U0840376

HAPPY & LOVE
欣欣向爱

需要保密的情话

Secret information

北流／著

江苏凤凰文艺出版社
JIANGSU PHOENIX LITERATURE AND ART PUBLISHING, LTD

目录

目录

第一章

自沉睡中苏醒

柳川市的秋天来得格外的早，才不到下午五点，天色已近黄昏，一辆线条流畅的商务车停在公安局门口，副驾驶下来了一个女孩子。她穿着簇新的浅蓝衣裙，长发打着柔和的卷披在背上，一双明亮的眼睛在黄昏下呈现出一种淡琥珀色，显得格外有神采。

她径直推门走进公安局，而那辆商务车就熄了火停在原地，静静地等待着，从前窗望进去，隐约还能看见一个男人的身影，西装革履，侧着头，似是一直望着女孩儿的背影。

公安局里此刻很平静，没什么人，值班的警察们三三两两聚在一起讨论案例，还有一个年长的桌前放着一杯枸杞水，正在闭目养神。

“您好，我要报案。”

与开门声同时响起的，是一个年轻姑娘的声音，她的语气很有礼貌，话音不急不缓，进来之后还不忘回身轻巧地带上门。

姑娘一看就是好姑娘，但问题是，他们见惯了愤怒的、伤心的、绝望的，在公安局里，情绪稳定才是异于常人的表现吧，当下就有一个年轻警察惊奇地摸了摸鼻子问她，“你叫什么名字。”

女孩条理清晰地回答，“阮景，乐器的那个阮，景色的景。”

“你要报什么案？”

阮景皱了皱眉头，犹豫了一瞬才又开口，带着点儿不确定，“人口走失案……吧。”

那个年轻警察神色严肃起来，一边掏出一张表，一边问，“谁走失了？”

“我自己。”

年轻警察于是停下手中的动作，露出了一个“你在逗我”的表情。

看着众人异样的神情，阮景皱了皱眉，补充道：“是我走失了没错，我失忆了，对过去三年的事情一无所知，也不知道为什么会来到柳川，所以想来公安局里问问，看看有没有什么线索。”

…………

半个小时后，老周一口喝干了手里的枸杞水，压下了跟那帮愣头青一样不懂得掩饰的啧啧称奇。他在分局干了二十多年干警，还是第一次碰到这种情况，失个忆把自己失到外省来了，如果不是面前这个姑娘语气太过理所当然不似作伪，又配合地掏出了柳川市中心医院的病历等证据，他们大概会一边稳住她，一边替她打个120。

“周哥，这种情况……怎么处理？”

老周沉默了一会儿，又抬起头看向说完话之后就安静待在一旁的姑娘，把手里的水杯放到一旁的桌子上，“那就，请示一下上级吧。”

等待的间隙，阮景就坐在一旁的长凳上，像是没看出几个警察都憋了一肚子的疑问，径自低着头，长长的睫毛偶尔忽闪几下。

天色彻底暗了下来，到了下班的点儿，局里却没有一个人动，直到老周转出来，众人才停下自己手中假装在忙的活计。

“我们这里没有你的资料，不过，根据你提供的信息，我们查到了你的大学，从你的大学里调出了你的个人档案。”老周又翻了翻手里新鲜出炉的个人档案，看阮景的目光都透着惊奇，啧啧地感叹，“京都人，十五岁被滨江大学破格录用……小姑娘年纪不大，履历倒是光鲜。”

阮景抿了抿唇没有说话。

毫不夸张地说，阮景就是别人口中所谓的天才，她十五岁就被中央直属的警校刑侦系录用，大一那年凭借独树一帜的“情景推演法”协助警方破获了一起特大杀人案，一时之间，在警界小露锋芒。“情景推演法”更是被当成了刑侦案例，在好几个局里开了座谈会学习，有了这样的实力，接下来的时间，除了上课，阮景也经常被惜才的老警察们借调，参与了很多刑事案件，最风光的时候，还荣获了滨州市公安局颁发的三等功勋章。

这些经历再度被提起，阮景心中波动不大。

“之后呢？大三之后……我有什么记录？”

“这……”老周反复看了几遍才抬起头来，纳闷地说：“大三之后你就没有公开记录了，只有毕业时被授予的一个‘优秀毕业生’称号。至于你毕业后两年做了什么，我们查访还需要时间。”

而且家人联系方式只填了个母亲，还是个美国的电话号码，又打不通。

一时间，众人也犯了难，不知道该怎么办，最后还是老周站出来，“如果你需要，我们可以把你送回滨江，看看滨江那边的公安局会不会有什么关于你记忆的线索，毕竟……现在看起来，你应该和滨江那边的警方比较熟一点。”

阮景摇了摇头，她不知道滨江有什么在等着自己，这般大张旗鼓地回去不是最佳之选。她想得清楚，可是她因着才出院，脸上还有些苍白，配上她紧抿唇的模样，倒显得有几分不安。

这在众人眼中，就是假装坚强了。

都这副境地了，还不愿给警察添麻烦，多好的姑娘。

老周心一软，从怀里掏出仅有的两张百元大钞塞到她手里，其他人见了，也纷纷效仿。

最后，老周又将不知道从哪儿拿来的一个古董机给她，“手机你拿着，里面存了我的号，你先找个酒店安顿下来，等我们查到什么线索，随时联系你。”

阮景从公安局出来的时候已经是怀揣推脱不掉的四位数“巨款”的人了，天色早已经暗得透彻，初秋的夜晚有些凉，路灯下树影摇晃，张牙舞爪的，隐隐有了妖魔鬼怪般的轮廓。

商务车旁靠着一个男人，身姿颀长，静静地站在暗影里，他仿佛已经站了很久很久，周身都浸染了一种难以言喻的萧瑟意味，面容在阴影里模糊不清。

阮景走过去清了清嗓子，“肖先生，今天多谢你了，还要麻烦你送我去……”

肖崇言的目光落在阮景身上，沉静，却令她莫名地不自在起来，“你没有身份证，能去哪儿呢？”说着，他向着她走了一步，面容从黑暗处显露在路灯下。

他的五官有种极富侵略性的英俊，那种眉宇间流露出来的肆意又偏偏被包裹在一种温和的气度之下，像是一幅运笔深刻的工笔画被生生地泼了水墨上去，迫使锐意晕染开来，矛盾又有着奇异的吸引力。

见她的睫毛隐约颤动了一下，肖崇言又加上一句，“是我开车撞到了你，才害你失忆，我说过，我会负责。”

阮景还在思索间，肖崇言已经转身上了车，副驾的门从里面被打开，他倾着身子，将副驾上的西服外套随手扔到后座，而后看向阮景说：“上车吧。”

他态度温和中带着点说不清道不明的危险，却对她没有丝毫恶意，阮景一向相信自己的洞察力，从善如流地坐了进去。

肖崇言等她系好了安全带才打着火。

阮景偏头看向他晦暗不明的侧脸，“我们去哪儿？”

肖崇言偏头瞥了她一眼，“我家。”

阮景有点犹豫，“会不会不太方便？”

“不会。我自己住。”

“就是这样才会不方便吧。”

阮景又看了他一眼，男人专心致志地开着车，华灯的辉光掠过他的面上，描摹出他俊逸的眉眼，阮景看不懂他是真没听懂还是假装。

肖崇言腾出一只手开了暖风，“离到家还有一段时间，你可以先休息一会儿。”

阮景摇摇头，“没关系。”

话虽如此，车内的暖风打得很足，座下是纯白的羊毛垫子，这种温度十分催眠，阮景还是忍不住睡意袭来，渐渐地闭上眼睛，陷入昏沉中的最后一眼，是男人把在方向盘上修长而又骨节分明的手指。

她缓缓堕入梦中。

眼前是刺眼的光，光芒中心，站着一个男人。

阮景看不清他的脸，只那一双漆黑的眼睛，似聚拢着世间千种光华，却也不得不盛着万种悲戚，那样沉重的注视，令她的心蓦地刺痛，无法忍受，霍地睁开了眼睛。

头顶是雪白的天花板，空气湿润，隐约夹杂着百合的幽香，风卷着白窗帘有规律地扬着，一阵哗哗的滚动声传来，阮景侧了侧头，一个护士推着车走进来，熟稔地往她旁边的输液架上挂了一个点滴瓶。

护士一低头就看见一双明亮的眼睛正审视般地看着她，吓了一跳之后她很快就反应过来，对阮景笑了笑，“你醒了，等我一下，我去叫医生。”

阮景抿了抿嘴，手撑着床坐了起来。

护士走得急，门没有关，外面的走廊上时而掠过几个医生护士，或者穿着病号服的病人，阮景低下头，自己也穿着同样的病号服，胸前清晰地印着“柳川市中心医院”几个红色的字。

柳川市，离京都不远，是个风景秀丽的文化古城，可是阮景十分确信，她从来没有来过柳川，更不要说进了柳川的医院。

她头脑混沌，一时间千头万绪也不知该从何理起，这种无措令她陷入了一种紧绷的情绪，以至于有人在门外突然发声的时候，阮景手骤然抓紧了白床单，情不自禁挺直了腰背。

病房里进来了四五个人，为首的是一个中年男医生，拿着日志本，日志本翻开一页，医生一边低头往上写着什么，一边例行公事般问她，“怎么样，有没有觉得哪里疼？头还晕不晕？”

交通事故年年有，这个女孩儿也算得上是不幸中的万幸了，只受了点皮外伤，肇事者反应及时，立刻将人送来医院，只是不知为何，她昏迷了两天才醒过来。

医生又说：“如果有头晕、耳鸣，不用担心，这些都有可能是后遗症，修养一阵子自然就好了。”

阮景默不作声地端详着他，微沉着脸，似乎在判断面前这个人的危险性。

没有听到意料之中的回话，医生的视线终于从册子中拔了出来，病床上的女孩面容白皙，盯着他似有几分警惕，浑身有一种异样的违和感，可是又叫人说不出来哪里不对，他狐疑地推了推眼镜，“怎么了？难道是失声了？不应该啊，车祸的后遗症中失声是很罕见的。”说着，他走上前来，将听诊器取下来准备检查一下。

阮景伸手拦住，缓缓张开了口，“是谁把我送到医院来的？”

医生还没张口回答，门外便传来了一个格外温柔的女声——

“肖先生你又来啦，病人已经醒了，你快进去吧。”

门“吱呀”一声开了。

紧接着，一个男人的身影不紧不慢地出现在门外。

他身量修长，略微消瘦，衬衣下却依旧有分明的肌肉隐约绷起，领口的扣子系得板板正正，只露出半截喉结，目光扫过她时，微微地上下滚动了一下。仿佛是屋内的人有些多，令他觉得憋闷，他伸出手小幅度地拽了拽领带结扣，站定在她的病床前。

“是我。”他声音悦耳，似乎含了点歉疚——他在门外听到了阮景的问话，“对不起，是我开车不小心，连累了你，我会负责任。”

阮景仰头看他，优雅、矜持，这是她对这个男人的第一印象，她顿了一下才问道：“你是谁？”

男人深深看了她一眼，却又立即移开了眼神，从怀里掏出一张名片递给他，银白色的纸张上用楷体印着“肖崇言”三个字，下面还有一行小字写着“滨江市看景心理咨询”。

“肖崇言，心理医生。”

“幸会。”阮景干巴巴地说。

肖崇言挂上温文的笑，却总像是笼了一层似有还无的纱，隔着距离，令人看不真切，用一种调侃的语气说道：“这可不是什么值得幸会的事吧。”

阮景沉默了一刻，实在不知道应该说些什么，嘴巴张合几度，依旧只字未露，暗自思忖着要怎样毫无破绽的套出车祸前的情形。

男人看着她，渐渐地显现出了一种难以言喻的表情，“……你是不是不记得你为什么会在这儿了？”

阮景的脊背一僵，面上有些绷不住，心理医生都这么敏锐吗？

沉默在很多时候都代表着默认。

失忆？

后面的几个医生忍不住交头接耳起来。

这可以说是一件很奇怪的事，明明送来医院检查的时候各项指标都很正常，顶多是一个“轻微脑震荡”的诊断，却毫无预兆地失忆了。

为首的医生走上来，推了推鼻梁上的眼镜框，面色严肃，“这位小姐，我们现在需要重新给你做一个检查，然后，希望你能回答我们几个问题，以便我们判断你记忆受损的程度……”

阮景只好点头，撑着床想要下来，手上一麻，身子不受控制地歪倒，肖崇言眼疾手快扯住了她的胳膊，扶着她站了起来。

人一窝蜂出去，病房很快空了，只剩肖崇言站在原地，手还抬着，目光无神地看着自己的手心，风吹起他的衣角，使他整个人都透着一股子萧索意味。

阮景做完所有检查已经是傍晚了。

阮景的记忆停留在三年前，她不知道她是如何来到柳川的，不知道身边有谁，不知道车祸发生前她要去做什么。

“医生，手机可以借我用一下吗？”

负责检查的医生看着她的目光有些怜悯，从兜里掏出手机递给她。

阮景道了谢，背过身去，犹豫了很久，然后按下了一串熟悉的号码，漫长的等待后传来了无人接听的应答。她想了想，又换了一个号码拨出去——关机。

阮景叹了一口气，将手机还给了医生。

外面夕阳摇摇欲坠，明明是暖黄色的光，她却感受不到丝毫温度。

三年时间，不知道能改变多少事，从没有哪一刻，令阮景觉得如此孑然一身，有个声音不断在她心底窃窃私语，告诉她，无能为力就是这样的感觉了。

苏醒的第一晚，阮景做了一夜的噩梦，可是等她在天光未明的晨间惊醒的时候，她却记不得梦里都梦到了什么，那是一种怪诞的感觉，就像是她明明可以拥有一段完整的喜怒哀乐，却被活生生地从她脑中剥离了。

“阮小姐？”

那个将她惊醒的声音还在轻声唤着，阮景坐起来已经大汗淋漓。

病床前，一个穿着白大褂，戴着口罩的女医生冲她弯了弯眼睛，“阮小姐，我是柳川市中心医院的精神科医生，请跟我去做一个检查。”

天色尚早，走廊里静极了，中心医院新楼老楼连在一起，两个人一前一后通过医院清冷的长廊，绕了几个弯到了极阴的一面，一扇并未标注科室的门前，女医生掏出钥匙，一边开着门，还一边扭头对阮景说道：“最近忙着搬科室，办公室还没收拾出来，你别介意。”

阮景摇了摇头。

走廊老旧，办公室内的设备却都十分簇新，一进门就是一张拓印的爱德华·蒙克的《呐喊》，扭曲怪诞的人物令阮景忍不住不适地皱了皱眉，移开目光。

“坐。”女医生指了指办公桌对面的椅子，然后自己背对着阮景在柜子里翻着什么。

阮景坐下，墙上的钟表指针拨动的声响很大，不知道是不是她的错觉，钟摆响两次之间隔的时间似乎比上一次要长了许多。

阮景忍不住按了按太阳穴。

也不知道女医生的东西为什么放得那么没有条理，她足足找了十多分钟，才翻出来一册装订好的册子放到她面前，这是我针对你的情况做的心理调查，你简单写一下，不要有负担。”

阮景点点头，拿起铅笔写了起来。

女医生接了一杯水放到两人之间，用勺子轻轻地搅和着，一圈一圈的波纹荡漾开，总是飘忽到阮景的眼皮子底下，使她无法专心地写字。

“你不要着急，慢慢做。你心里怎么想的，就怎么写出来。你心里怎么想的……就怎么说出来……”

墙上的钟摆似乎又慢了很多，声音越来越响，女医生的声音逐渐变得模糊不清，像是在天边的层云之上，倏尔又像是小虫使劲儿地往她耳朵里钻。

阮景听到有人在耳旁问她，“在天台上，你都看到了什么？”

天台？什么天台？

阮景的笔尖渐渐停住了，那个声音还在问，不停地问，然后更多的声音响了起来，伴着悠长而又缓慢的钟摆声，仿佛一定要让她说些什么，她胸中有一口气憋闷着，她迷茫地张了张嘴……

忽然间，脑海中有什么一闪而过，阮景只来得及捕捉住一双眼，盛满了冷泉，一声悠长的金玉声在心底重重地敲了下来……

阮景手中的笔蓦地掉落在地上，似击破了静谧的魔咒，她觉得自己又可以呼吸了。

墙上的时钟还在缓慢地走着。

阮景弯腰捡起笔，将它随意扔在桌子上，抬起头，面上淡淡，“医生，你发现了吗？”

女医生搅动水杯的手顿了一下，才问道：“什么？”

阮景指了指墙上的摆钟，“从我进来开始，它敲击得越来越慢了。”

女医生笑了笑，“我倒是没发现，看来你观察力真的很不错。”

阮景摇摇头，“说不上很不错，我大学念的刑侦专业，这是基本功了。”说完，她站起来，将手中的答题册放到桌子上推过去，“医生，我填完了，早上起得有些早，我回去休息了。”

女医生点点头，没有伸手去拿那个册子，她的手一直揣在兜里，似乎在握着什么，她看着阮景不紧不慢地走到门口，才出声叫住她，“阮景。”

女医生摘下了口罩，口罩下是一张清秀中又略显普通的脸，一张对于现在的阮景来说十分陌生的脸。

阮景疑惑地转头看向她，“您还有什么事吗？”

女医生沉默了一会儿，才意味不明地笑了一下，“没事，只是觉得你很幸运。”

“的确，经历了一场车祸，却仅仅是失去了三年记忆。”

阮景走出办公室，浅笑着回头道别，然后带上门，松开手，手心里一片冷汗。她疾步离开了这一块鲜有人至的区域，七拐八拐回到了中心医院主楼，在一个转弯处，和一个步履匆匆迎面走来的男人撞到了一起。

阮景一抬头，就对上了肖崇言的目光——他好看的眉眼里，有什么浓烈得仿佛快要满溢出来。

肖崇言双手抓住她，手掌锢得她的肩膀生疼，阮景忍不住挣了一下，他便立刻松开，挂上歉意的表情——像一只脱笼的猛禽，面对随时可能逃走的猎物时，不甘心地披上了斯文的外衣。

这个念头只是在阮景脑中一闪而过，她怀疑地问道：“肖先生？你怎么在这儿？”

肖崇言站得笔直，“我看到监控了，那个女人不是中心医院的医生……你没事吧。”

阮景摇摇头，“我没事，她试图催眠我，但不知道为什么没有成功，我想，她想从我这儿知道什么，或者说，她是在确认我是否真的失忆了。”女孩尽管刚遭遇了一场危险，可是依旧能镇定地分析，“应该是我失忆之前招惹的事情，我担心她携带了武器，没有敢戳穿她。”

肖崇言点头，“你现在一个人在异地他乡，又不记得之前都发生了什么事，还是谨慎一点好。”

窗外天光渐亮，走廊上的医患家属往来多了些，阮景见状，忍不住又回头看了看。

像是看穿了阮景的想法，肖崇言深沉地望着她来时的方向，清晨的阳光直射到他脸上，映出他略显冷淡的面容。他不紧不慢地说：“你现在回去，也找不到那个女医生了。如果她没有一点手段，也不能在这里出入自如。当务之急是保障你的安全，医院已经不能待了，如果你没有什么不舒服的地方，今天下午我们就办理出院手续。”

说完，他回身走在了前面，俊朗的面容吸引了几个路过的护士回头张望，继而窃窃私语。

阮景看着肖崇言笔挺的身形，心头泛起一阵狐疑。作为一个普通的心理医生，他显得太镇定，而作为一个肇事者，他又对她太过关心。

天性从容吗？本性善良吗？阮景不知道能不能相信他，但凡是人，都有性格上的弱点，太过完美无缺的人格是不存在的，要么是了解不够，要么是他戴的面具太完美。可无论是哪一种可能，阮景都不想弄清楚。

好奇心对于一个不知道自己过去发生了什么事的人来说，太奢侈。

阮景做了一个深呼吸，匆匆跟了上去。

肖崇言结清了阮景住院的费用，等到两人并肩走出医院正门口的一刹那，阮景突然想到了什么，面上浮起一丝无奈，轻咳一声，伸出手，拽住了他的衣袖。

肖崇言低头看着自己衣袖上的手指，眼底有很深的暗流涌过，手臂上的肌肉因为某种原因骤然紧绷起来，面上却问询地扬了扬眉，用一种很平静的、带着一点儿奇特的语调问，“阮小姐这是做什么？”

阮景漂亮的猫眼闪了一下，语调酸涩，“可不可以请你帮我，把我送到公安局，我身上没有钱。”她记忆中几个重要的号码要么她不想打，要么打不通，要么变成了空号，她现在几乎是一只破壳的雏鸟了，茫然四顾，没有熟悉的身影。

看出她的窘迫，肖崇言反而笑了，只是那笑容夹着凉意，并不真切，“我说过会负责，阮小姐以为，我现在正要急不可耐地想甩开你？”

“肖先生说笑了。”

阮景讪讪地收回手，礼貌地笑了笑，倒是她自己以小人之心度君子之腹了。

肖崇言却渐渐收了笑，眼神中有一种危险的味道蔓延。

她突然有些不安，想要逃开他的视线，脚下却不能移动分毫，只能眼睁睁地看着面前的男人接近。

他的身影罩过来。

她似乎还能闻到他身上凛冽的木香。

…………

“阮景？”

…………

“醒一醒，阮景。”

这个梦做得有些长，阮景睡眼惺忪地睁开眼睛，几秒钟之后才反应过来，她还在肖崇言的车上，刚从公安局出来，现在要被带回他家留宿一晚。

阮景坐直身子，车不知道什么时候已经停下。

“我们到了。”肖崇言扭头，伸手从后座拿起西服外套，他的肩膀和手臂几乎是擦着她而过。他身上的木香不可避免地飘进阮景的鼻子，她放在座位上的手忍不住抓了抓柔软的垫子，向后避了避，离他稍远一些。

肖崇言的公寓虽然坐落在市中心，但比邻着一处公园，不仅不吵闹，空气似乎都比别处好很多，阮景深吸了一口气，独属于夜晚的清新的空气令她的头脑清醒了许多。

阮景一路跟着肖崇言乘电梯上了 13 楼。

肖崇言划开了门锁，随手将外套和车钥匙放到一边的台子上。

“进来吧，平常没什么人来这里，很多东西准备不足，别介意。”

阮景跟在后面，冷不防他侧身过来，冲着她的方向伸出手，表盘上的银针在月光下微微刺着她的眼睛。阮景连忙往旁边一躲，那只手在空中一顿，然后依旧伸了过去，打开了阮景身后的灯。

肖崇言收回手，意味不明地看了她一眼，笑容依旧温和，“别多心。”

他不说还好，话音一落，室内不通风的燥热瞬间涌了上来，带着这个男人身上的那股子温度，细细密密地包裹住了她，令阮景尴尬之余突然意识到，这种孤男寡女的现状对她的影响比想象中还要大。

可能是新房的缘故，烟火气息并不浓重，只有几件有使用痕迹的物件儿昭示着这里还有人居住。

肖崇言进了卧室，出来的时候手上拿着一件男士 T 恤，还配了一条宽松的短裤，递给阮景，意有所指地说：“都是新的，别多心。”

阮景又尴尬地笑了笑，接过道了声谢，“我今晚……睡在哪里？”

肖崇言指了指与主卧相反的方向，“客房里的床品也是新的，还没有人用过，很干净，你可以睡在那里……别多心，客房的门锁也都是新的，可以反锁，你不用害怕。”

他十分周到地说完便不再管阮景，往客厅走去。

阮景被他仿若不经意，却又接连不断抛出来的调侃搞得有点烦躁，只好深吸了一口气跟在他身后。

“我没有害怕。”她的话堪称掷地有声。

肖崇言走到客厅拉开了窗子，微凉的空气一下子从窗外透了进来，他一边解开窗帘的结绳，毫无芥蒂地温声说：“毕竟孤男寡女，你一个小姑娘害怕也是正常的。”

身后许久没有回应，肖崇言没有防备地回身，险些撞到身后距离极近的阮景，他条件反射地倒退了一步。

肖崇言站稳，一抬头，就看见阮景露出了一个真心实意的笑容，“一个心有所爱，分手之后始终对之念念不忘的男人，对我来说，一点儿威胁性都没有。”

迎着月色，她的眼神明亮，笃定中带着一点狡黠。

肖崇言想要圆场的话便说不出来了。

避开她的视线，肖崇言走到厨房的桌子前，拿起水杯慢慢地喝了几口水，手指捏紧了杯子，垂着眼帘，“说说看。”

阮景踱着步，再次环视了一圈这个公寓，短暂的沉默后，安静的空间里响起她带着点懒散的声音。

“你的公寓很新，应该是精装，房间里原本的设施并没有太多的改动痕迹，说明你搬过来不久，并且没有花费太多的精力在布置内饰上，可是你的沙发垫，茶几上这套茶杯，甚至是用来绑窗帘的那对结绳……还是同心结模样的，虽然使用得很好，但是还能看出来已经用了几年了，说明这些装饰性的东西都是你带过来的，这么仔细地布置……这些十分微小又不是你审美的东西对你来说一定很重要，可能是一个在你生活中占据了重要位置的人买的，父母、朋友，或者爱人。”

对她的话，肖崇言没有什么反应，甚至头都没回，声音依旧清悦，“如你所说，为什么你会觉得买这些东西的是我的爱人？”

“不是我觉得，是你告诉我的。”阮景在沙发上坐了下来，手托着下巴，看着男人挺拔的背影，“刚才你开灯的时候我看到了你手腕上的表，那块手表，很不巧，我记得是一两年前，不，四五年前的款式了。虽然是男表品牌，但是由于颜值高，广告寓意好，在年轻女孩儿里很受欢迎；而且你收到这款表之后在这么长的时间里，都没有换过腕表，说明这份礼物只此一个了。为什么呢？因为送礼物的女人离开了你，但是你却对她念念不忘，所以哪怕你一条领带能买十块比这更贵的手表，你也没有想要换掉。”

肖崇言低头看了看自己手腕上的表，哪怕保养得再好，边缘的皮质也已经开始磨损。他低低地叹了一口气，转过身来，眼神中有复杂的情绪流过。

阮景喟叹一样开口，“我始终没法理解你这种分了手的还把回忆当生活的行为。你现在这么偏执，不过是在从一个绝境走向另一个绝境，既然兜兜转转也回不到原地了，你何必还想着她呢？”

不知道哪句话戳中了肖崇言，他将杯子重重一放，脸上终于透出了些恼意，“你一个心理年龄只有十八岁的人跟我谈感情？阮景，你不知道的事情很多，别太自以为是。”

这种教导主任般的口吻令阮景产生了些不好的联想，她冷笑了一声，明艳的眉眼也忍不住带了讥诮。

“我在替你考虑啊肖先生，你条件这么好，孤独终老可是一种罪过，况且你还是个心理医生吧，那就该知道，偏执其实是一种病，得治。”

她心里门儿清，之所以敢这样挑衅他，不过是看准了肖崇言这人骨子里就有一种风度，她的失忆是他造成的，他势必觉得有愧于她，加上点黑夜的保护，不知不觉带出了些她曾经胆大妄为的性子。

肖崇言果真不会轻易被激怒，他看了看阮景，反而缓缓笑了，“你就这么担心我会孤独终老？从前有佛祖舍身饲鹰，如今你不如效仿一下？”

肖崇言靠近。

阮景感受到了一种被狩猎的危险，脖子上的绒毛都仿佛要竖起来了，预判有些失了准头。她识时务地低下头，露出一截白皙的脖颈。

这是一种示弱。

肖崇言居高临下地站在离阮景很近的地方，将她困在自己的前胸和沙发之间，目光落在她身上，声音再度低了两度，“你再说说看，我现在心跳加速，呼吸灼热，是因为你口中的那个女人，还是因为你？”

阮景僵住，宛若一只鹌鹑，弱小，乖顺，一声都不敢吭。

见吓唬住了她，肖崇言退开，扯了扯领带，嗤笑一声，“牙尖嘴利，如果我真要跟你计较，你现在岂不是羊入虎口？”

“另外，你只说对了一半。”他一边解着衬衫的扣子，一边往浴室走去，不咸不淡地留下一句话，“我是有一个爱的女人，但是我们没有分手，所以你的推论是错误的。”

沙发上，阮景低下头，深深地吸了一口气，压下心头的那股火气。

人在屋檐下，该低头时还是得低头。

有了昨晚那一遭，第二天早上肖崇言仿佛昨晚什么龌龊也没发生过一样过来敲门，和悦地叫阮景起来吃早餐时，阮景乖了很多，立刻应了一声。

培根煎蛋配上牛奶，典型的西式早餐，符合肖崇言外表看起来不食人间烟火的模样。他吃了一块扒蛋，慢条斯理地喝了一口牛奶，喉结上下滚动中有一种莫名的性感。

他瞥了一眼阮景，“你下一步有什么打算？”

闻言，阮景立刻放下手中的餐具，抬起头，脸上漾出一个软和的笑，漂亮，且虚伪，“多谢您昨天收留我一晚，一会儿吃完饭我就走了。”

肖崇言放下叉子，皱着眉头，“你吃错药了吗？除了失忆，还有点别的病没检查出来？”

阮景没吭声，打定了主意一会儿从这离开后，不再跟这个男人有交集，事故已经酿成，她再埋怨也没有用，而这个男人太过精明，她不喜欢跟同样聪明的人在一起，被别人时时刻刻压制一头，会令她觉得无法呼吸。

“你要走？”

“是，我要回滨江，毕竟我记得的人和事都在那里，继续留在柳川没什么意义。”

他看起来有话想说，但是最终只是站起身，从钱包里取出一张卡，递给阮景，“这是我应该做的，你收下吧。”

“谢谢。”

阮景毫无心理负担地接过了。她接下来要做的事确实需要这笔钱，而且他这般大大方方、钱货两讫的姿态令她也安心不少。

该说的话都说完了，阮景用纸巾擦了擦嘴，刚要站起来——

“牛奶没有喝完，不要浪费。”肖崇言用叉子尾叩了叩桌面。

阮景只得又坐回去，坐下之后才发现自己竟然被肖崇言牵着鼻子走了。不满于自己条件反射性的听话，她皱了皱眉头，咕噜咕噜几秒钟，半杯牛奶就见了底。她放下杯子，没有察觉到自己嘴角挂了一圈奶渍，扬了扬下巴。

“感谢肖先生的早饭，我们有机会再见了。”

肖崇言看了她一眼，没吱声。

阮景出门之后，肖崇言才踱步到窗边，看着那个窈窕的身影远去，久久没有移动身子。

阮景有自己的打算。

她不想借助警方的帮助回去，也就不能让警察替她开具证明，最好是神不知鬼不觉地回去，万一滨江那边确实有什么不对劲，她才好在暗处梳理明白。

感谢侦查课教授的谆谆教诲，阮景不费吹灰之力，就在一个老居民区找到了一个办假证的小贩，也亏得肖崇言出手大方，让她有足够的资金，小贩鞍前马后跑了好几天，很快就弄到了一张新的身份证。

“小姑娘，拿好了啊，小心点用，万一……你可别供出我来啊。”

阮景对着太阳光观察了那张卡片许久，连上面的花纹光泽都跟真的一样。她将假身份证揣进兜里，睨着小贩，“有点本事啊，你要是害怕，怎么不干点别的正经买卖，你就不怕我是警察的卧底？”

小贩吓了一跳，左右看看确定阮景是开玩笑，才小心地笑着说：“小姑娘，你可别吓唬我，我也是打听过的，抓住顶多三年，而且我一看你就是正经人，我才敢给你办的。”

阮景不以为然地笑了笑，付清了尾款，“总之你好自为之吧，法网恢恢，总有找上你的一天。”她说得正气凛然的，完全没有意识到自己也参与了违法行为。

小贩也不生气，“得，干完您这单我就收手好吧，小姑娘快点走吧，晚了可买不着汽车票了。”

阮景随口“唔”了一声，突然觉得哪里不对，她猛地回头，身后已经没有了小贩的身影。

她环顾四周，心忍不住怦怦地跳了起来——她似乎从没有跟小贩说过，自己要买汽车票。

是他无意中猜中了？不可能。

阮景回想着小贩的表现，像是小心翼翼，可神态却不见得有多紧张。她又想着找到小贩的经过，阮景轻易地找到了那根张贴小广告的电线杆，最不被注意的右下角，那里的小广告已经被撕掉了。

是凑巧被清洁工撕掉了？还是……那张小广告根本就在等着她去看。

新鲜出炉的假身份证还在衣兜里，阮景低着头思考着各种可能性，脚步不由得慢了下来，天知道她拿着这张假身份证去买票，会不会被接到举报的警察当场抓起来。

出了那片老居民区一路北走，是一条比人肩宽不了多少的胡同，两边多是一些年久失修的小高楼，偶尔还有一间营业的小商店和茶楼，都是门可罗雀。

阮景一直在想事情，冷不防对面突然冲出来一个中年女人，满脸都是泪，嘴里絮絮叨叨着什么听不清楚，结结实实地和阮景撞了个正着。

阮景被撞得倒退了一步，肩膀骤痛，正想要按住，却冷不防被那中年女人拉住了双手，手中有异物的触觉，她低头一看，中年女人一手还握着一柄水果刀。

“你……”

“对……对不起了，你原谅我。”中年女人带着哭腔，看着阮景。

阮景勉强摇了摇头，“没关系，你没事吧。”

中年女人松开了握着阮景的手，神情突然变得极度绝望，跌跌撞撞同阮景擦身而过的瞬间，阮景终于听到了她在说什么，“求求你，放过我吧……我还不想死。”

中年女人越过她，仿佛有恶魔在身后追赶，跑得仓皇无措，阮景的脚步逐渐停了下来，她还是不太放心……

“扑通。”

身后有重物落地的声音传出来，阮景眉心隐隐一跳，迅速调转了方向，往来时的路跑去。

阮景仍旧是晚了一步——就在转弯的路口，方才那个奇怪的中年女人倒在了血泊之中。她身子冲下倒着，背上扎了一把刀，刀柄的方向正冲着阮景。

阮景蹲下身子，看着中年女人瞪大眼睛的尸体，明白了她想说的那几句话。

“求求你，放过我吧……我还不想死。”

“对……对不起了，你原谅我。”

阮景背上一凉，几乎可以立刻还原中年女人临死前的一段遭遇：有人在追赶那个中年女人，以她的生命为威胁，让她奔向阮景，让她的身上、她的刀上，都有了阮景的指纹，那个人要把她的死同阮景挂上关系，中年女人才会绝望地冲阮景道歉，她就要死了，并且会连累这个无辜的小姑娘……

巷口传来了一阵警笛的声音，阮景立刻意识到警察是冲着这儿来的，现场极具误导性，可是她不能逃，这样明显的犯罪现场，她不能逃！

阮景虽然头脑十分冷静，但手心却冰凉，自从她苏醒以来，一切都太被动了。

还未等阮景起身，身后便传来一声厉喝，“警察！不许动，把手放头上，转过身来！”

这是最糟的情况了，阮景哀叹一声，双手抬高，站起身来，缓缓地转过了身。

出警的警察忍不住瞪大了眼睛，脱口而出，“怎么是你？”

公安局里，阮景被羁押在问讯室，老周夹了记录册进来，面色凝重地坐到她对面，“阮景，女，二十一岁，滨江大学刑侦专业毕业，无不良记录。”

阮景点了点头，示意没问题。

老周“啪”地合上一本档案，将一个证物袋拍在桌面上，“那么请你解释一下，你为什么会出现在犯罪现场……这个又是怎么回事。”

阮景望着她刚刚拿到的，此刻犹如烫手山芋的假身份证，颇为无语，早在发现不对劲儿时就应该扔掉的，顾虑那么多，却为此刻深陷嫌疑的自己凭空添了不利的佐证。

作为刑侦专业中自带天才光环的学生，阮景十分清楚眼下的状况对她来说有多危险，一个不小心，就极有可能被警方以杀人的罪名提起诉讼。她缓缓舒了一口气，字斟句酌地组织着语言——

“各位，结合我之前报案时候的资料，你们可能想象得出，我从大一开始就一直协助警方做一些侦破方面的工作，但是我可能没有说过，我失忆前，接触过几起危险的案件，所以我婉拒了你们想要送我回滨江的好意。但是另一方面，为了弄明白过去三年到底发生了什么，我又必须要回去……”

阮景一边说，旁边的记录员一边将键盘敲得噼里啪啦。

阮景深谙警察审讯的时候都需要了解的点，陈述起事情的起因经过也就格外清晰明确，十多分钟里，一直都是阮景在说，其余人在听。

“所以，我现在暂时证明不了自己的清白，但是你们可以先去排查被害人的社会关系，再拼凑出她今天的行踪路线，此外还可以让法医对死者伤口进行精密测量，深度，角度，肯定都与我有误差……”

“好了。”老周叫停，看着面前意犹未尽的女孩，心里不合时宜地升起一股后生可畏的念头，他清清嗓子，板着脸，“你说的这些，我们都会核实，但是作为嫌疑人，你身边的人我们也必须调查，你之前说，收留你一晚的那个肇事者叫……肖崇言是吧。”

阮景点点头。

老周一个眼神，旁边就有一个年轻警察会意地点点头走出去了。

审讯暂停，有几个警察到法医那里去了解案件的最新进展。

真相到底怎样，尚且没人能说得清。

但是，这帮刑警可谓是很照顾阮景了，她的面前有一杯冒着热气的水，还有两包不知道谁送过来的小饼干，一看就是女孩子爱吃的东西。

老周一边在心里腹诽这帮小兔崽子，一面假装没看到这种“特殊优待”，对上阮景的目光后，直言不讳地说：“现在的情况比较复杂。现场的环境老旧，根本就没有监控摄像头，而且被害人的身上和刀柄上都提取出了你的指纹，光听你的一面之词，是没有办法证明你的清白的。”说到这里，老周顿了一下，“你知道吗？我们本来是接到举报说那一带有假证销售点，准备过去排查的，没想到被举报的人是你，更没想到……”

老周住了嘴，谁知道，一个群众举报的普通的违法事件，却毫无征兆地过渡到了杀人犯罪现场。

听着听着，阮景却察觉出不对劲儿来，如果给她办假证件的那个人和杀人凶手是同一伙人，如果目的仅仅是为了陷害她，一个嫌疑人的身份就够了，怎么都可以把她困在柳川不得动弹，根本没有必要这样大费周章地多此一举。

除非杀人凶手和小贩根本就不是一伙人。

两人相对沉默时，外头响起了敲门声，一个警察推门走进来，神色严肃，“周哥，出来一下。”

那人手里拿着几张新打印出来的个人档案，第一张上面隐约有一个男人的肖像，就连证件照也无损他的英俊。

“怎么了？”

“这个肖崇言，有点古怪。”

老周接过来翻了翻，也眉头紧锁，半晌才放下档案，“今年真是奇了怪了，咱们查不到档案的人……一碰就是两个。”

年轻警察也连连挠头，“而且只有一些基本资料，其余的就连咱们局长的权限也不够，这人什么来头？”

“甭管他什么来头，现在最重要的是确认他跟阮景的案子有没有关联，让小张他们去找他……”

他口中的小张正巧从走廊另一侧急匆匆走过来，“周哥，办公室里有人找！”

老周不悦地回头，“你没看见我这儿有案子嘛，没什么事别找我……对了，你跟……”

小张急急打断他，“是跟案子有关的，有个目击者过来报案，说手上有案发当时的影像！”

老周瞪大了眼睛，“真的，来的人是谁？核实报案人身份了吗？”

小张咽了一口唾沫，连连点头，“他说他是肖崇言……就是你们调查的那个肖崇言。”小张加重了后半句的语气。

老周和年轻警察面面相觑。

接待室里，许莺将一杯热茶轻轻放在桌子上，推向对面坐着的那个男人，脸上有着好奇，话音也带了几分平常面对犯人没有的柔软，“肖先生，喝茶，周警官一会儿就过来。”

肖崇言颔首，微笑着冲许莺点了点头，将水杯拿在手里，垫在交叠的双腿上，望着氤氲的雾气有些出神。

许莺看着他也有几分出神，心中暗自揣测着他和里面那位阮小姐的关系。

“肖先生。”

老周大步迎面走了过来。

肖崇言站起身，理了理自己的西服下摆，伸出了手，“您好周警官，我是肖崇言。”他递上了一张名片。

老周扫了一眼，上面的信息几乎就是他们能查到的关于这个男人所有的资料了。

肖崇言，男，二十七岁，心理医生，几个月前刚刚搬来柳川，在东城一次性付款买了公寓。几天前驾车出行，撞到了阮景，其人极有责任感，立刻将人送到了医院，在阮景出院后，还给予了生活上的帮助和金钱上的补偿。

有钱，有颜，有责任心，还有着一份体面的工作，这样一个男人，表面看起来毫无瑕疵，可是老周却总觉得他身上有什么违和的地方，但是具体的又说不出来，只好暂时压下心头那点不安。

肖崇言将一个相机 SD 卡递给了老周，“案发的时候，我就在那条巷子旁边的茶楼上，目睹了案发经过。阮景是无辜的，杀了被害者的另有其人，只是由于太过突然，我也没有留意到凶手的去向。”

许莺将 SD 卡插进了一个相机里，按了几个按钮之后，液晶屏上显示出一段录像来。

从阮景进入这条巷子开始，到中年女人突然冲出来撞到她身上，再到阮景继续向前，那个中年女人却在仓皇中被谋杀在巷口，由于角度问题，视频里只隐隐捕捉到了凶手一截黑色的衣角，但也足够证明阮景是无辜的。

视频是没有经过任何处理的原始视频，送来的时机也正好，只是……

“肖先生，恕我多问一句，那条巷子很偏僻，你怎么刚好在那里，还未卜先知似的录了下来？”老周别扭地看着肖崇言，这很难令人不怀疑，面前这个衣冠楚楚的男人是不是有什么不为人知的癖好，毕竟现在这个社会，任何一个披着精英皮的优质男人，本质上都有可能是一个猥琐的痴汉。

肖崇言面上丝毫没有被质疑的羞恼，反而极淡地扯了扯唇，不知道想到了什么，露出一个不太明显的笑容来，“随手举报办假证的人，是每一个公民在日常生活中都应该尽到的责任。”

老周还能说什么呢？说你把人家撞了，人家想回家，加上身份有些特殊，这才起了办假证的念头，结果被你这种热心市民盯上了？可是老周什么都不能说，他是人民警察，不仅不能吐槽，还夸他录得好。

阮景一个人在审讯室里坐了很久很久，久到她已经在脑子里将今天发生的事完完整整复刻了三遍，依旧找不到一处足以洗清自己嫌疑的关键点。

难道真的要在公安局里待上几个月？她是犯罪嫌疑人，连参与调查的资格都没有。

越想越烦躁，阮景忍不住手指按上了突突跳的太阳穴，闭了闭眼。

外面终于传来了开门的声音，老周推门进来，正看见阮景竭力平复心态的样子，脸上刻意严肃的神情稍稍缓和了一些，“阮景，出来办手续吧。”

闻言，阮景抬起头来，脸上终于忍不住露出了一个迷茫的表情，带了些女孩独有的娇弱，令老周忍不住爱心泛滥，声音再次调低了一些，“出来吧，现场有目击者，还有录像，你的嫌疑基本洗清了。”老周见她没动，又补充道：“也不知道该不该说你是因祸得福，拿出录像证明你清白的人，就是之前撞到你的那个肇事者——肖崇言。”

阮景的眼皮不知为何重重地跳了一下，肖崇言，怎么会是肖崇言，怎么到哪里都有这个肖崇言？

老周看她神色有异，关切地问道：“怎么了？肖崇言这个人有什么问题吗？”

老周总觉得肖崇言的外表之下，就该有点别的什么东西……究竟该有什么他也说不清，但总归不该像他现在这般表现出来的温润无害。

这大概就是刑警的直觉吧。

阮景摇摇头，扬起了一抹笑，“没什么，只是觉得自己真的是……因祸得福了，我们走吧。”

走进办理手续的大厅，隔着几个人，阮景还是一眼就看见了孑然站立的肖崇言。他仿佛就是有一种与众不同的气质，哪怕他收敛了所有的锋芒站在人群里，依旧无法同其他人融为一处。

他是迄今为止，最令自己捉摸不透的人，而极致的神秘，往往带来极端的吸引力。

肖崇言交了阮景的罚款，又替她在担保人一栏里签了名字，整个流程下来，阮景一直黑着脸，犹如一个犯了错被家长亲自从教导处接走的学生一样。

老周亲自送了两个人出来，“理论上讲你现在没有嫌疑，但是这个案件性质很严重，你作为最后目击者，为了你的安全，在案件破获之前，最好不要离开柳川，有需要的时候，警方会联系你。”

见阮景点点头表示明白了，老周又冲着肖崇言憋出了一个赞扬的表情，“幸好碰巧肖先生遇上了，否则万一阮景离开了现场，中间那段时间更说不清了。”

肖崇言不置可否地点点头，似是看出了对方对自己的忌讳，也没有寒暄的心思，简单地告了别。

肖崇言和阮景出了公安局，一前一后向着停车场走去。

见阮景脸上神色不佳，肖崇言偏了偏头，“一会儿去哪儿？”

“不劳肖先生操心。”

“不如先去吃饭吧，你想吃什么？”

“……”

肖崇言停下脚步，难得蹙着眉看她，一本正经地说：“阮景，你应该谢谢我，替你洗清了嫌疑。”

阮景也站定，扬着下巴，“是，我还要感谢你让我以办假证的污点被公安机关在档案里记了一笔。”这么丢人的原因，她从前想都不敢想。看着肖崇言毫无表情的脸，阮景歪了歪头，冷着脸打量着他，“而且你把录像交给警察了，即便没有这起杀人案，我也出不了柳川了你知不知道，你到底什么居心？！”

“这些不重要了。”

肖崇言给阮景开了车门，才绕到另一边上了车。

这副拒绝说明的模样令阮景不得不深呼吸两次来平稳心态，她大跨步上了车“啪”地关上车门。

“肖崇言，你什么意思。”

肖崇言不答反问，“听说你是刑侦专业的高才生？”

“是又怎么样。”

“那你知道，现在的情况是什么，警方说这起命案不排除是针对你的设计，你怎么想？”

阮景面色不变，十分笃定，“那个女人死前的行为，很明显就是为了嫁祸给我，我猜……如果不是凶手急于脱罪，那么就是，有人不希望我离开这里。”

肖崇言点点头，“没错，也许我们可以大胆地假设一下……”外头风吹云动，映衬他眼中有光时明时灭，“有人知道你在这里，并且，他希望你留在这里，如果你依旧执意要走，下一个受害人很快就会出现了。你愿意赌吗？”

见阮景默认，肖崇言发动了汽车，“你的失忆是我造成的，我不会不管你，走吧，去吃饭，吃完饭如果你不愿意去我家，就在附近找一家酒店，你身上有钱的。”

不论怎么安慰自己，阮景都明白，哪怕她不接受男人的帮助，她所拥有的，仍然不过是男人给她的一张卡。

车内重新恢复了静谧，外头的树影飞速后退。

阮景又想起来，肖崇言依旧没有直接回答他的问话，小贩的幕后之人与他有关吗？他录像当真只是因为她的行为不当吗？

再加上隐藏在暗中的，这个丧心病狂的凶手，目之所及之处尽是谜团——这糟心的感觉。

第二章

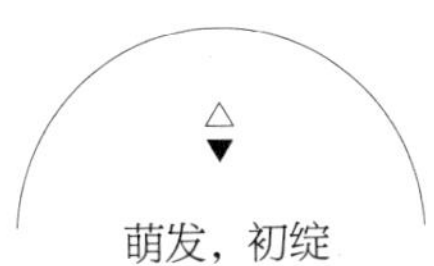

萌发，初绽

阮景在东城找了一家酒店住了下来。

肖崇言依言没有勉强她，只是又留下了一张名片，看着阮景用新买的手机输进他的号码打过来，便驱车离开了。

阮景睡得并不踏实，说来也怪，在肖崇言家中时，她戒备心那样重，却偏偏能一觉到天亮。

她揉了揉酸痛的脖子，在酒店用过早餐后，收拾了一番出了门。她身上没有行李，总该买点生活用品，昨天肖崇言跟着，她不自在。

酒店附近就有一条商业街，三年后的商业街风格，跟阮景记忆中有很大的出入，哪怕她心事重重，也改变不了姑娘家的本质，左看右看当什么都是新鲜的。

旁边的名品店里，走出来一对情侣模样的人，男人戴着墨镜揽着女孩儿的腰，女孩儿怀中大包小包。

男人向这边瞟了一眼，却推开怀中的女孩儿，摘下墨镜，大步走过来，“阮景？你竟然还在柳川？”

阮景提步要走的动作一顿，重新看向叫住她的男人。

他看起来比她稍稍大一些，但也不过二十多岁，一身浅蓝色的休闲西服，锃亮的皮鞋和昂贵的镶满了钻的腕表，甚至头上用发胶梳得一丝不苟的头发，每一处都在散发着“我很有钱”的味道。

骚包的有钱人，阮景在心里给他定了性，脸上表情没什么变化，只是语气熟稔了那么一点点，“好巧。”

那男人却不觉得她冷淡的态度有什么不对，依旧一副他乡遇故知的惊异，上下打量着她，“不是巧，我已经找你好久了，你怎么就像是失踪了一样，我还以为你离开柳川了。”

阮景眉头都没动一下，“是吗，你找我有什么事？”

那个男人古怪地打量了一会儿阮景，犹疑地开口，“我们之前谈好的，你不会是变卦了吧。”

被推开的女孩儿此刻也走了过来，满脸警惕地看着阮景，却不再试图拉男人的手臂。

阮景几秒钟就确定两人之间不是男女朋友关系，并且这个女孩儿应该不认识她。

阮景歪了歪头，“没有，只不过，有旁人在，现在不方便说。”

男人恍然大悟般连连点头，三言两语打发走了那女孩儿，然后眼巴巴地看着阮景。

阮景像是忽然想起什么似的，“对了，我的电话丢了，你的号码可以重新给我一下吗？”

男人张了张嘴就要报来，阮景一拦，学着肖崇言和善地一笑，“直接给我名片就好，我记不住。”

男人点了点头，从怀中掏出名片递给阮景。

许小川，兴元国际贸易董事——这是个不伦不类的名头，没有实职，但是却持有不少股份。

阮景在心里默默补充了对他的定义，骚包又有钱的二世祖，还有点傻兮兮的。

许小川开着同他本人十分匹配的炫红色跑车，载着阮景去了一处环境优雅的咖啡厅。

一路上说长不长，已经足够阮景套出两人认识的始末。

许小川是通过一个警察朋友知道阮景的——他曾经有一个未婚妻，但是他的未婚妻在婚礼前夕被绑架了。警方调查了一通，最终在一处山顶的高崖旁找到了她的血迹，得出了他的未婚妻很可能已经身亡的结论，至于劫匪至今还在调查之中，说是调查，但是可用的线索太少，几乎快成了一桩悬案。

可是许小川不相信这样的结论，他辗转找到阮景，希望她能帮忙找到自己的未婚妻。

服务员将两杯摩卡放到桌上，阮景拨动着搅拌棒，悠悠地说道："按照你说的，你的未婚妻遭人绑架，绑匪收到赎金之后并未如约放人，而是消失不见了……按照这种情形来看，你未婚妻可能已经身亡，你凭什么确认她还活着？"

阮景可不觉得自己会因为许小川的深情而动容，仅凭他一面之词就义无反顾地帮他寻找一个可能已经被撕票的女人，更何况，她可忘不了方才见到许小川的时候他身旁有个女孩儿——男人的深情啊。

似是看出了她的意兴阑珊，许小川提醒道："我们约定好，你帮我找到她，我帮你找到你想要的。"

"我想要什么？"

许小川想说的话被怼了回去，一言难尽地看着阮景，"你是不是摔坏了脑子？"

许小川无意中点出了事实，阮景干脆利落地点了点头，"是有点。"

许小川瞪大了眼睛，然后哈哈大笑起来，"你这样的要是都算摔坏了脑子，那我们这种智力平凡的人就是没脑子了。"

许小川显然没有把阮景的话当真，但还是解释着说："我和阿媛，就是我……曾经的未婚妻吴媛，为了哄她开心，我们订婚的时候，我为她拍了几件首饰，其中有一件是一条宝石项链，我们约好了婚礼当天让她戴着，可是后来发生了一些事情，我爸卖了那条项链……阿媛失踪后，我遇到了你，你不知怎么知道了那条项链，很感兴趣，想知道它的来历，可是那个卖家很神秘，拍卖会也有拍卖会上的规矩，我想要探查也不是一件容易的事……所以……"

"所以你就用找出幕后卖家这件事跟我做交换。"

阮景皱了皱眉，她对许小川说的这些事情毫无印象，也只得从只言片语中揣测自己当时的心境，她不是那种对亮晶晶的东西着迷的人，更不会无缘无故非要找到一个卖宝石项链的人，这里面一定有什么诱因。

这会不会就是自己出现在柳川的原因呢？

阮景心头充满了疑惑，却也有了一个隐隐的方向，她端起摩卡啜了一口，“这个交易自然还是生效的，只是，你为什么会觉得，吴媛还活着？”

许小川低下头，手指在马克杯上摩擦了几下，“阿媛是在某一天跟我约会之后被绑架的，那段时间我很心慌，每天晚上都睡不着，有一天晚上，我去了她的住处。”

阮景挑了挑眉，“你胆子倒大。”

许小川苦笑一声，“我当时就想着，万一那些绑匪真的胆大包天闯进阿媛的家里，好歹把我也一起绑了得了。”

阮景没说话，对于那种陷在爱情里盲目又执意地想和对方同生共死的人，她一向敬而远之。

“我在她的家里坐了很久，可能是深夜……我迷糊之间感觉有风吹在我脸上，我一下子就清醒了，卧室的窗户没有关严——你知道吗？阿媛她有点强迫症，我清楚地记得，那天出门的时候时间已经很紧张了，她还一个劲儿地检查屋子，水要关好，电要断掉，门窗要锁上。我们为这还吵了一架。”许小川逐渐陷在自己的情绪里，“我明明是看着她锁的窗子！那就是一种感觉，明明房间已经很久没有忍住了，但是空气却不沉闷，甚至，就像我呼吸的空气里有她的味道！这还不算，真的，只要留心，那个房子里很多东西都不对劲儿，她常用来喝水的杯子不见了，冰箱里少了东西……”

见他有点魔怔，阮景摇摇头，轻咳了一声打断他的自言自语，“这些你跟警察说过没有？”

“说过了，可是几乎所有的人都觉得我是疯了。”他抬头看着阮景，想从她眼中看出怀疑或是认同，可是阮景什么反应都没有给他。

“看来你真的很爱你的未婚妻，如果她真的死了……”

“尸体到现在也没找到，是生是死得有个准信吧，我才能甘心啊。”他的侧脸看上去有点迷茫。

许小川的神智很清醒，阮景这才觉得有点意思，正要问下去的时候，咖啡馆的门又开了，走进来两个衣冠楚楚的男人，一边说着话一边往这边走过来。

阮景只是用余光瞟了一眼，便立刻认出了其中一个男人。

真是巧了，肖崇言。

她不动声色地往边上躲了躲，护栏上摆满了绿植。

肖崇言没有留意到这边，和另一个男人坐到了他们左前方的座位。

服务员来得很快，将饮品单子递给肖崇言。

“你来点吧。”肖崇言将单子推给了同伴。

听到他的声音，许小川却不知怎么地，扭头多看了肖崇言一眼，脸上浮现出一抹浅浅的疑惑。

正是这一眼，肖崇言皱了皱眉，察觉到什么，目光如炬地看过来。

说来也许是第六感，在肖崇言皱眉的那一刻，阮景忽然弯了腰钻到了桌子底下，唬得对面的许小川一愣，他脑袋里模模糊糊的念头瞬间被打散。

肖崇言的目光在许小川身上一掠而过便收了回来，随后站起身，“我们换一个地方谈。”

坐在他对面的男人一愣，随后身子向后一靠，“走什么啊，听说这儿的锡兰红茶好喝，你倒是请我尝尝啊。”

肖崇言只是淡淡说道：“不方便，下次再来。”说完，他也顾不上有些懵的服务员，径直往外走去，同行的男人只好拎起外套跟上。

咖啡馆的门开了又关上，阮景从桌子底下钻了出来，无视许小川古怪的表情，理了理头发，没事人一样喝了一口已经凉掉的摩卡，然后站起身，“不好意思，我现在有点事必须要走，你未婚妻的事我会留心……你有我的电话，过后联系我。”

阮景走得突然，许小川眨了眨眼睛，看向对面空无一人的座位，认真地思索起来……阮景不会真的摔坏了脑子吧……

阮景追出咖啡馆，正好看见那两人的身影往左边的街上拐去，她想也不想，提步跟了上去。

肖崇言和那个男人不知道为何走了，阮景不认为他发现了自己，他也不可能是为了避开许小川，那他究竟看到什么？人说“好奇害死猫”，可阮景自认是九命猫妖，多出的那几条，注定就是要用来满足自己好奇心的。

阮景跟着肖崇言拐了三个弯，两个男人俱是身高腿长，三人之间的距离已经有些远了。阮景心下焦躁，小跑了两步，冷不防在拐角处被人拍了一下肩膀，一个调笑的声音在身后响起，“嗨，美女，这么着急是要去哪儿啊，是看上我了，还是看上我旁边那位了？”

阮景后脊一凉，想回头，腰间却猛地被一个硬物一抵，她瞳孔紧缩，这人竟是带了枪的！

条件反射，她立即张开双手缓缓上举——这是从前的一个刑警教她的，硬干不过的时候，应当以保全性命为主，这才是聪明人的做法。

顶在腰间的硬物有些抖，阮景听见身后的男人闷声笑了起来，“常桉，别闹了。”

肖崇言从阴影中走出来，站到阮景面前。他蹙着眉头，表情不是很好。

阮景一见他，立即察觉到自己被戏弄了，羞愤之余，还略有点尴尬，尤其是双手投降这种姿势让她觉得自己傻透了。

“开个玩笑嘛。”男人一边说着，将抵在阮景腰间的半截废弃管子随手一扔，看向阮景，同她的视线一对上，男人的眼神闪了一瞬，又恢复了正常，“还是个漂亮妹子，崇言你和她不会是……”

男人欲说还休，没继续说下去，饶有玩味地将目光在肖崇言和阮景身上来回游弋，仿佛在等着谁阻止或者发问。

肖崇言没搭理他。

阮景对他这一套故弄玄虚的手法丝毫不感冒，也没搭理他。

看着两人如出一辙的表情，男人摸了摸鼻尖，场面一度安静得十分尴尬。

肖崇言扭头，指了一下男人，“我的朋友，常桉……警察。”

“你好，刚才的事别见怪。”常桉配合地露齿微笑。

“怎么会，常警官。”阮景露出一个标准的皮笑肉不笑的表情，心里暗讽莫不是她对警察有什么误解，这男人文能张口调戏小姑娘，武能随地捡棍子充枪口，可不是什么好相与的角色。

果然是物以类聚，人以群分。

肖崇言不知她内心的腹诽，抬起手腕看了看时间，“正好中午了，一起吃饭吧。”

常桉意味深长地看了他一眼。

港式茶餐厅气氛正好，常桉意外地发现这家餐厅有罐装的锡兰红茶，惊喜异常，眼角眉梢都带着笑，令女侍应生绯红了脸。

阮景为自己的跟踪找好了十几种借口，可是肖崇言什么也没问，他给阮景递了双筷子，“趁热吃。”

阮景低头扒着饭菜，肖崇言余光扫过去，耀目的阳光下，她的身子有些单薄，耳垂背光半透，眉眼收敛，添了几分纤弱的意味。

窗户半开，外头忽然有一阵急刹车的声响，司机伸出头来大骂着横穿马路的几个男人，可那几个男人并没有理睬，径自走着自己的路。

常桉随意地一瞥，手中刚刚打开的红茶就这么一滴不留地倒在了阮景的身上。

阮景低头看着自己滴水的衣服，眉心跳了跳。

肖崇言递过来一包纸巾，“还是去处理一下吧。”

阮景面无表情地接过来起身向洗手间走去。

肖崇言的目光扫过她的背影又转回来。

常桉看着距离不过百米的几个男人，其中一个抬起头正对上他的视线，愣了愣，几个男人瞬间加快了脚步。

常桉收回目光，小声骂道：“这帮人追得倒紧，我先去处理一些事情，咱们的事下次再说。”

肖崇言点点头，“好，注意安全。”

那几个男人明显就是冲着这里来的。

常桉犹疑着说：“还有……你这样待在柳川……”

肖崇言目光一沉，“常桉，别说……我知道自己在做什么。”

“我自然是相信你的。”常桉笑了笑，又叹了一口气，“可惜了我的茶。”他将外套往身上一披，推门离开。

几秒钟后，几个男人追着一个年轻男人在街头狂奔的身影，令行人皆为之侧目。

阮景擦着手出来的时候，就看见肖崇言一个人坐着。他握着的杯子放在膝盖上，白色鸡心领的毛衣穿在他身上显得气质十分干净。

“常警官呢？”

“有事先走了……不过你还会遇见他的。”

并不想……阮景重新低下头，她自认为人大方，可是每次跟肖崇言待在一起的时候总有种坐立不安的感觉。她索然无味地继续扒着饭，心里构思着一会儿道别的词语。

“明天……”

“我有事。”阮景接得极为自然。

肖崇言垂下的手指拢了一下，神色平淡。

手机忽然嗡嗡地震动起来，是公安局的人给阮景打来了电话。

阮景接起来应了几声。

“……是周警官。”撂下电话，阮景看了看肖崇言，“他说命案的嫌疑人找到了几个，让我们明天过去协助辨认。”

肖崇言看着自己面前的杯子，“你明天不是有事？”

阮景有点尴尬，有事什么的，原本就是为了不接触他才找的借口，“……事有轻重缓急，我也想快点破案，快点离开这里。”

肖崇言没说话。

阮景拿起纸巾擦了擦嘴站起来，“多谢你的午餐，明天公安局见。”

她干脆地走了，自然也没看到，肖崇言愈发寡淡的神色，如同有什么被抽离，只剩下在极为漫长的时间里沉淀下来的寂寞与荒芜。

第二天，阮景到公安局的时候看到肖崇言已经到了。他还是一套如初见时笔挺的西装，表情礼貌而又疏离，正在跟一位警察说着什么，听到动静，回头瞥了阮景一眼……

阮景心里顿时有点凉飕飕的。那一眼怎么说呢，噙着笑，沁着冰，被这种眼神蛰了一下，她很轻易就能看出，他在生气，或者说，他很轻易地就让她感受到，他在生气。

阮景有些莫名其妙，但还是放缓了步伐，挂着笑走过去。

老周看见阮景点了点头，“走吧，我们进去说。”

阮景看向肖崇言，“肖教授，你……”

肖崇言像没听见似的，目不斜视地从她身边走过去，带起一阵风。

会议室里已经等了几个刑警，老周走到前面，放下了幕布，灯光骤暗，屏幕上出现了一个女人的基本信息。

老周双手撑在桌面上，环顾一圈，沉声说：“被害者刘敏红，今年四十二岁，离异，有个女儿在南方读大学。案发时，她女儿还在学校，她的工作是每天给生鲜超市供货。除了雇主与超市的员工，她几乎不与人交际，可以说社会关系极为简单，找出这几个嫌疑人我们也是下了一番功夫。”

说着，老周切换了画面，屏幕上出现了几个人的半身像，有男有女，旁边的一个年轻刑警将两份资料同时递给肖崇言和阮景。

“这就是我们筛选出的几个嫌疑人。你俩看看，有没有眼熟的？”

肖崇言和阮景看资料的工夫，那个年轻刑警一板一眼地介绍着这几个嫌疑人的基本信息。

阮景简略地翻了一遍，抬起头，“我觉得，这几个人都不是凶手……我遇见刘敏红的地方，是在一条狭窄的巷子里，有人在她身后追杀她，我们错身而过。这至少是一起协同作案，我刚才听你介绍这几个人基本信息的时候，他们只是围绕刘敏红筛选出来的嫌疑人，彼此之间并没有任何关系。我认为，凶手选择她的随机性比较高，最重要的是刘敏红当天的行动轨迹。”

年轻刑警皱了皱眉，“阮小姐跟凶手根本就没碰过面，未免太武断了。”

“我并不是武断，只是……”

“阮小姐，今天让你们过来只是为了辨认嫌疑人身份。”

阮景抿唇没说话。

气氛一时间凝滞起来。

老周上前拍拍他的肩膀，缓和道：“哎，于泽，小阮也是好意。”

叫上这两个人过来旁听，老周是有私心的。这个案子古怪，他想从阮景身上得到些有用的线索，再者……他又看了一眼肖崇言，这个男人侧着头，手指抵着太阳穴，目光有点空，似乎对面前这一场争执毫无兴趣。

这时候，会议室的门开了，一个人走进来俯身在老周耳旁说了几句话，老周表情立刻明媚起来，站起身拍拍手，“好了诸位，我有一个好消息。”

于泽有些暴躁，“啪”地一声开了灯。

老周安抚地看了他一眼，才开口，“这是一起恶性杀人案件，凶手对目标的选择可以说随机性很强，为了尽快破案，我们从京都借调了一位优秀的刑侦人员，大家鼓掌欢迎。”

噼里啪啦的掌声响起，一个穿着警服的男人走了进来，冲众人利落地敬了一个礼。

看清男人的面容，阮景颇为惊讶，“这不是……”她一偏头，对上肖崇言冷硬的侧脸，丝毫没有想要和她互动的意思，那老死不相往来的架势要多矜持就多矜持，阮景没忍住“嗤”了一声。

“各位同事，我是常桉。”

前面的男人露出一口大白牙，看到阮景时更加灿烂地笑了笑。

常桉的到来无疑给柳川市公安局众刑警打了一针强心剂，接下来于泽将案情又详细复述了一遍，不知道是不是阮景的错觉，每次于泽的目光扫过来，都刻意避开了阮景，阮景甚至能从他眼角眉梢的细微变化中，读出他对于自己的不屑。

与阮景的冷遇形成强烈对比的，是在常桉的引荐下，身份被“曝光”的肖崇言。

老周此刻颇有些恍然大悟，心态翻转了 180 度，“您曾经和秦晋荀秦教授合作过？怪不得我们查不到您的档案。”

说起秦晋荀，那可是鼎鼎有名的刑侦专家，侦破的许多案件都被列为机密，尤其是两年前捣毁了“蝙蝠”，更是震动了国内警界。如今谁提起这个名字，都不免肃然起敬，而能和秦晋荀多次合作的心理医生，肖崇言怎么可能是个简单的心理医生，最起码，犯罪心理是要懂得吧。

老周挂上了真诚的笑，全然忘记了对肖崇言的猜忌，上前握住了他的手，“真是失敬了肖医生，对于这种犯罪动机不明朗的案件，我们还是很依赖心理医生的帮助与分析啊。”

肖崇言也笑容和煦，“您客气了，有什么能帮上忙的，我不会推辞。”

老周又看了看阮景，想到什么，“既然如此，我还有个不情之请，阮景一个小姑娘，又是这种情况，卷进命案里，心里肯定不舒坦，还需要肖医生多多照看了。”

肖崇言点点头，“我会的。”

这次辨认嫌疑人的任务可以说是无功而返。

顶着老周慈爱的、于泽严肃的、常桉饶有趣味的、肖崇言视若无睹的目光从公安局里出来，阮景心口堵了一口气，寒着脸走在前面。

常桉摸摸下巴，看着阮景的背影，“你又怎么得罪她了？”

肖崇言轻描淡写，“我什么都没做。”

“得了吧，你们这些心理医生，要是想让某个人不好受，还需要亲自动手做什么？”

阮景已经走远，当真没有回头一次。

肖崇言低低地叹了一口气，站住了脚，“常桉，心理医生也不是万能的，也掌控不了人心。”

常桉不以为然，“得了吧，你跟一般心理医生能一样？狼吃素多久都不可能变成羊，当年的肖公子不爱岁月静好，只爱那些心理变态的罪犯，揣摩他们的心理如同探囊取物，当年你们配合得简直是……”常桉一时忘形，险些说过了，幸好及时住了嘴，讪讪地摸了摸鼻子。

肖崇言没在意，反而浅浅地笑了，眼神变得柔和，“当年……那是因为我觉得我有根，可是如果有一天，根没有了，被人挖走了，那么不管树冠长得多高、多茂盛、开了多少花、引来多少引吭高歌的鸟，它都会慢慢地枯萎，直到腐烂……常桉，我有些害怕。”

他的侧脸似乎消瘦许多，常桉心头突然涌上一丝不安，他伸出手重重地推了一把肖崇言的背，“行了行了，什么树冠啊树根的，你是不是想头上多点绿？这我可得考虑考虑能不能帮，走吧走吧，今天你可一定要请我喝茶。”

阮景出了公安局并没有直接回酒店，而是循着地图到了附近的一处步行街。

她远远地就看见一辆骚包的跑车停在路边，驾驶位上的男人戴着墨镜，一手吊儿郎当搭在方向盘上，旁边一个穿着热裤的女人双臂交叠地半趴在车门上，大波浪般的秀发几乎快垂到那辆敞篷跑车的副驾驶座位上，再明显不过的暗示了。

阮景走过去轻轻拍了拍女人的肩膀，没什么表情地说："借过。"

女人上下打量她，面色不是很好看，又转回头看向许小川，俯下身子，胸有沟壑，"帅哥，一起兜个风？"

顶着阮景微微不耐烦的眼神，许小川识时务地别过脸，女人见他不说话，收了甜笑，不大高兴地走了。

阮景上了车，吸了一口气，"不冷吗？"

许小川的视线又溜回远去的女人身上，闻言回道："这才是一个成熟女人的自我修养。"

阮景面无表情，"我是说你的敞篷车，现在是秋天没错吧。"

许小川收回目光，悻悻地合上棚顶，发动汽车，"你今天吃枪药了？"

阮景没吭声。

她只是，不习惯罢了，从她懂事起，心智就远超同龄人。也许按照原先的轨迹，她现在已经该顺利毕业，进入公安局的刑侦大队，凭借自己的天资与后天的勤奋，为警界所瞩目，而不是像现在这样，因为记忆缺失被人同情照顾，因为年纪和身份被人质疑无视，在他们热烈地讨论案件时，明明心中有许多想法，却只能作为一个局外人而三缄其口。

而这些无法宣之于口的矫情，阮景自然不会向许小川吐露，她抱着胳膊靠在椅背上，"走吧，带我去看看吴媛的家。"

吴媛一个人住在一片普通的居民区。这一带都是老楼盘，距离市中心不远不近，房价不高不低，居民有住了几十年的老人，也有买了二手房搬过来的年轻夫妻，也有临时租住的上班族，极为鱼龙混杂。

许小川掏出钥匙开了门，他递给阮景一双拖鞋后，自己也换好了鞋，熟门熟路地走到客厅开窗通风。

阮景打量着屋内，"经常来？"

"是啊，总觉得她还会回来。"许小川背对着阮景，烧了一壶茶水。

房子就是普通的房子，加上许小川常来，哪怕有什么线索现在也破坏殆尽了。

阮景在沙发上坐了下来，“那天，就没有发生什么特别的事？”

许小川摇摇头，不免泄气，“没有……那天，和往常一样。我们早上通了电话，她说要去超市买菜，我们约了下午一起看电影。可是过了一会儿，她又打电话过来说她身体不舒服不想去了。我担心她，就来她家里陪她。阿媛下午状态好了一些，又说想要看电影了……我之前也跟你讲过，为了点小事，我们还吵了一架。这么一折腾，我们看完电影就有点晚了，可是阿媛坚持不让我送她。那天她情绪不太好，我就没坚持，要是早知道……”他的眼眶微红，一抬头就看到阮景若有所思的神情，忍不住问，“有什么问题吗？”

阮景不答反问，“她那天身体那儿不舒服？”

“就是精神有些不大好。”

“吴媛平时性格怎么样？”

“……很好。”

“性格很好的人，会因为没有精神随意取消约定，又因为一点琐事就跟你吵起来，吵架之后还正常去看电影，看完电影之后又生气不让你送，这么反常的举动，你就没觉得奇怪？”

许小川苦笑，“我家里一直不同意我们的婚事。自从我父亲将那条项链卖出去之后，阿媛就一直郁郁寡欢。阿媛她是个没什么安全感的人，可能这件事让她觉得我没那么可靠了吧。那之后，我们之间的摩擦就多了起来。”

看许小川的表情，两人之间不只是摩擦那么简单，阮景也无意探寻他们的感情纠葛，“你觉得正常，可是我觉得奇怪，我们明天就去看看。”

“去哪儿？”

“去吴媛失踪当天去过的所有地方，看看还有没有可能存留的线索。”

看着许小川信任地点头，阮景不禁怀疑之前的自己到底给他灌什么迷药了……这案子查起来没头没尾的，要是有警方的调查档案倒是能省事不少，可是问谁要去呢。

晚上阮景休息前，手机里收到了一条来自肖崇言的短信："明天有事吗？"

白天不搭理人的是他，晚上上赶子发信息的也是他，阮景冷哼一声，想到电话那头的人根本听不见，飞快地回了一个孤零零的"有"字，就扔下手机洗澡去了。

一夜无梦。

许小川清晨驱车来接阮景，两人七拐八拐到了一个大型超市门口，牌子上写着"鑫鑫超市"四个字，里面人不少，一进去就感受到跟外头的安静截然不同的人声鼎沸。

"你确定是这儿？"

许小川点点头，"这小区附近就这一个生鲜超市，阿媛一般都是来这儿买菜，我还陪她来过几回。"

阮景的目光在四周游移，绑匪是有预谋地选中吴媛，还是随机挑选到她呢？如果是前者，绑匪是知道了她未婚夫家腰缠万贯，还是吴媛外露了钱财被盯上？每一种原因都有许多种可能性，而每一种可能性都对应着无数个嫌疑人。

在她思考的时候，前面一个卖菜的摊位，显得比别处拥挤了些，挡住了两人的去路。

中间那一行三人，看起来倒是眼熟得很——倒不是阮景眼神多好，而是那几个人未免太显眼了些。

肖崇言倒是一身便装，只是脸长得好，直挺的腰背给他加持了气场，气质和周遭的环境格格不入。

常桉一脸稀奇地拎着一根绿色的茄子。

于泽神色严肃跟在后头，目光炯炯，盯在谁身上谁都忍不住反省自己是不是犯了什么事儿。

"阮景？"常桉一脸惊喜地挤了出来，"你怎么在这儿？"

看见阮景，于泽的表情板得很严肃，一副拒绝搭话的模样，绷着脸转身走了。

肖崇言最后走上来，目光寻梭在阮景和许小川之间，"这就是你今天的事？”

许小川的目光不由自主就移到了肖崇言的身上。

“你好，初次见面，我叫肖崇言。”

许小川又盯了肖崇言一会儿，久到常桉露出了古怪的神色。阮景终于忍不住用手肘捅了他一下，这才如梦方醒，“你好你好……”

常桉怀疑地打量着许小川，捅了一下阮景，“这是谁？怎么一下子跟你就成了一起逛菜市场的关系了？”

阮景犹豫了一下，才说：“是我的一个……朋友，有件事情，想让我帮忙调查。”

常桉不疑有他，咧嘴笑了笑，“真是巧了，我们也是来这儿调查的，不过我们是为了刘敏红的案子。”

这时于泽快步走了过来，也顾不上阮景这种“闲杂人等”还在，简明扼要地说：“我找到了一个案发前几天见过刘敏红的人。”

见过刘敏红的人是个收银员。常桉本意是向她套话，于泽却出示了警官证，直截了当地将人带回了公安局。出于一点小心思，阮景默默地跟在肖崇言身后混了进去。

常桉和于泽进了问讯室，监控室只有肖崇言跟阮景两个人。

门一关，僵持的气氛一瞬间蔓延上来。

肖崇言侧脸如刀，淡漠地看着显示屏。

阮景犹豫了一下，走到他旁边轻咳一声。

肖崇言余光一瞥，没有动作。

阮景只得伸出手指轻轻点了点他的手臂，她收回得很快，没发现他一瞬间僵硬起来的肌肉。

“我想请你帮一个忙。”阮景构思了好几种劝说他的话语。

肖崇言转了脚尖面向她，过近的距离无端令阮景感受到强烈的压迫感，“这就是你说的有事？”

他的眼神无端让她觉得有些慌，她知道他有能力做些什么，也知道他面无表情的伪装下不容小觑的欲望……可是她不知道他想要什么。

“肖医生这副态度很容易让人多想，不如明说，您到底想干什么？”阮景顺从心意问了出来。

肖崇言没回答，他喉结上下滚动，不耐烦地伸手拽了拽领带，分明是在克制什么。几瞬之后，他移开了目光，重新看向监视器，仿佛刚才古怪的眼神只是她自己的错觉。他岔开话题，语气也柔和了许多，“为什么要查吴媛的案子。”

“这是我失忆之前接下的委托，我觉得，这应该就是我之所以来柳川的原因。”阮景低下头，状似无奈，“如果不是意外失忆，我本不必要这么费事。”她意在提醒他，不要忘了自己的失忆是谁的责任。

良久之后，她才听到肖崇言说：“我知道了。”

没过多时，监控室的门开了，常桉和于泽走了进来。

常桉将记录册往桌上随意一拍，“按照超市员工的回忆，刘敏红出事的前几天还给她们超市上过货。她能记得这么清楚是因为那天她正在给顾客结账的时候，看到有一对男女在洗手间门口拉拉扯扯，好像是小情侣吵架，刘敏红当时还上去劝了，所以她多看了两眼。”

“她说的是假话。”

毫不犹豫地，肖崇言和阮景两个人的声音几乎同时响起。

肖崇言隐晦地看了一眼阮景。

于泽皱了皱眉，目光掠过阮景，径直看向肖崇言，“肖医生怎么知道她说的是假话？”

“她在接受你们问话的时候，一直在避免眼神接触，如果说她是紧张，她回答的时候却又不假思索，在最后于警官复述纪录内容让她确认的时候，她几乎没有点头、应答的反应，这些都是典型的编造谎言的表现。”

常桉一副“知道你很厉害但是我不想再听了”的表情，对肖医生专业水准虚假地恭维了一番，然后好奇地看向阮景，“阮景妹妹，他是研究心理学的变态狂人，罪犯在他面前就跟白纸似的，你又是怎么看出来的？”

阮景平铺直叙，“刚才从超市出来的时候，我留意到她是三号收银台，而在三号收银台的角度，根本看不到洗手间。”

两个人都给出了指向相同的解释，于泽却仿佛面前只有肖崇言一个，“她为什么要说谎？”

阮景淡淡插嘴，“这就要有劳于警官再跑一趟了。”

于泽虽然面色一黑，却还是黑着脸点头离开了。

对于于泽的冷淡，阮景其实并不放在心上，这几次的接触，已经足够阮景琢磨明白这个男人，心里装着凛然正义，却是一个标准的大男子主义拥护者。他从内心就看不上她，理由嘛，一个小姑娘而已，所以，他自然也只会以最不屑的心态揣度她。

不过作为优秀刑警，于泽办事雷厉风行，不到两个小时就拿到了收银员口中见过刘敏红那天的监控录像，当时的情景投射到光屏上时，在座所有人都不由得坐直了身子——收银员说的倒也不全然都是谎话。

监控无声地播放着，一个女人从监控边缘入画，男人追了上来，两个人说了几句话之后情绪都有些激动，开始拉拉扯扯，而这个拉扯的地点很巧妙，从画面中只能看到男人和女人偶尔露出来的手臂，看不到女人的正脸，男人似乎想拽着这个女人离开，女人反抗之中，男人身上掉出了一个黑色的钱包。

刘敏红就是这时出现的，她从地上捡起钱包，上前分开两人，交谈了几句似乎是在劝解，男人愤愤地离开了，随后女人也捂着脸跑开了。刘敏红站了几秒钟才想起来扬着手中的钱包想要追上去，被迎面走过来的收银员撞了个正着。两人交谈了几句，刘敏红就将钱包给了她，收银员将钱包揣进兜里，走进了洗手间。

事实显而易见，刘敏红捡到了男人的钱包却没追上失主，于是就给了收银员。收银员拿到钱包没有上交，而是自己偷偷留了下来，所以她不敢说实话。

于泽按下暂停键，“从始至终那个女人都没有露过脸，我认为我们应该先找到这个男人，看看他对刘敏红有没有印象。”

没有人有异议，可用的线索太少，只能广撒网，抓住任何一点蛛丝马迹，再掘地三尺。

会议进行到这里就散了，常桉留下来和于泽等人继续研究，阮景和肖崇言一前一后走出公安局大门。

阮景刚要低头找手机，手腕突然被一只冰凉的手握住，好像有股细微的电流从手腕上蹿，让她忍不住蓦地将手抽出来，一抬手，就对上肖崇言没什么表情的脸。

他似乎浑然不觉自己的行为逾矩，被甩开的手自然地插回兜里，“后天上午九点，来公安局找我拿吴媛案子的资料。”

“……好，谢谢。”

肖崇言临走前睨她一眼，嘴角上扬，柔和却莫名有点暧昧的笑容顷刻间直冲她而来，“我还有点事，今天就不送你了……我期待你的‘谢谢’。”

阮景蹙着眉回身望去，他一身西装，身材笔挺，背影都比旁人要夺目几分。她从不觉得自己是个自恋的人，可是她现在真的有理由认为，这个自称有个感情很好的女朋友的心理医生，似乎真的对自己有点意思。

阮景的神色有些冷漠，如果真是这样，那他就是一个……表里不一的渣男。

回到酒店的时候天色刚刚暗下来。

“阮小姐。”前台接待的小姐礼貌地跟她打招呼，这段日子阮景一直住在这里，整天进进出出，前台和服务员都认识她。

阮景走过去，笑容甜美的前台小姐拿出了一个文件袋，“今天上午有人让我们把这个转交给您。”

阮景接过文件袋，封面有落款，写着“柳川市中心医院”。她大概知道里面是什么，冲前台小姐说了声“谢谢”，就要回房间。

“阮小姐。”前台小姐又唤她，阮景疑惑地回头，前台小姐歉意地笑了笑，“刚才客房部打电话过来，说她们清扫的时候门锁出了故障，您的房卡可能不适配，我重新给您看一下。”

阮景点点头，掏出房卡给她。

前台小姐低着头在台子下操作着什么，或许是因为这时只有她一个前台接待，操作时间有点长。等待的时候阮景不经意地瞥了一眼她的脸，有些面生，可能是新来的？

这个念头在她脑海中只是一闪而过，前台小姐已经抬起头，重新将房卡递给她，“房卡给您，现在应该没什么问题了。”

阮景点点头，不再多想回房间去了。

档案袋里除了她的病历，还有主治医生给她的回信。

阮景不是不相信自己可能遇上了医学中的极个别特例，只是就像真相由证据推演，她失忆的症状总该有个解释，而不是连医生都无法解释其中的原因。还有那个突兀出现，企图催眠她的不明人，动机不明的假证小贩，嫁祸她的杀人凶手，有什么在黑暗中张开了网，企图将她套牢。

她问了医生，她还有没有什么其他的可能性，医生翻遍资料库，也没找到类似的案例，但是他提供了一个新的思路——她或许不是因为车祸导致的失忆，恰恰相反，她或许是由于失忆情绪不稳，才导致的车祸。她在车祸前发生了什么至关重要，医生再三强调，这只是他自己的猜想。

阮景收起档案袋，闭上眼睛，长长地舒了一口气。

到了和肖崇言约好的那天，阮景带上了许小川。

公安局门口，许小川去停车，阮景站在门前，看着从里面走出的风度翩翩的肖医生，忍不住皱了皱眉，你怎么戴眼镜了？”

肖崇言推了推鼻梁，“平光镜，最近眼睛有些不舒服，怎么，难看？”

活像个斯文败类，阮景撇撇嘴，没吭声。

“我去给你拿资料，在这儿等我还是进来？”

“在这儿等你就好。”

肖崇言点头，“好，那你就在这儿，等我。”

他的口吻带着轻松的笑意，阮景觉得莫名其妙。

许小川停好了车过来，和肖崇言打了个照面，视线又一次迷失在肖崇言的气质中，直到肖崇言身影消失在门后也难以自拔。

阮景终于忍不住，抱着手臂，上下打量着他，“你怎么老盯着肖崇言看？他是你的性取向？”

许小川打了个哆嗦连连摇头，“你别瞎说啊，我只是……觉得他有点眼熟。”之前只是有点，现在他戴上了眼睛，许小川更加确定，他们在什么地方见过。

“真巧，我也觉得您有些眼熟。”肖崇言正巧走出来，镜片后面的眼睛一闪，嘴角弯出一个微妙的弧度，随手将档案袋递给阮景，才踱步面向许小川，“我记性不好，也是想了许久才想起来……令尊卖出的那条项链，是我买下的。”

许小川瞠目结舌，细想却又觉得理所当然。他父亲不愿他娶一个来历不明的普通女人，因此在有买家想要那条属于他们的定情之物时，父亲就毫不犹豫地转手卖了出去。

肖崇言又不知道那条项链的意义，更何况一个愿买一个愿卖，许小川怪不到肖崇言身上去，可是一想起他和吴媛的矛盾始于那条项链，他又忍不住对肖崇言生出一丝怨尤。

许小川低下头，不再看肖崇言。

阮景却顺着他的话模模糊糊想到，肖崇言为什么要买一条昂贵的宝石项链，是送给所谓的女朋友的吗？

有了女朋友，却偏偏对她似撩非撩，阮景心里讥诮，眼光潋滟，嘴上不由自主冷哼，“肖医生看来收入不菲，送人的礼物不拘金钱，不过若是要送礼物的对象多几个，恐怕也承受不住吧。”

等了半晌，没有等到肖崇言说话，阮景抬起头，看见肖崇言目光沉沉地盯着她，脑袋上犹如顶了一朵黑云，有摧枯拉朽之势，似乎下一瞬就要将她连根头发丝儿都不剩地生拆下肚。她心里一惊，突然有些瑟缩。

她不知道他的怒气是为什么，就如同不知道他先前的快意从何而来，莫不是当久了心理医生，他自己的心理也变得不正常了？

“肖医生，阮小姐。”

阮景头一次觉得于泽的出现令她倍感亲切。

于泽看着阮景，严肃地皱起了眉头，表达的含义显而易见——你怎么又来了。

阮景摸了摸鼻尖，准备就此离开，于泽的视线又定格在她的手上，眉头皱得更深，几乎能挖一条沟了。

“无关人员调阅内部资料，必须有局长及以上级别批准，肖医生，你自己看就算了，外借，不合适。”

明明于泽的话更不客气，肖崇言闻言却又恢复了温和的肖医生形象，点了点头，“是我没想到这一点，我现在联系常桉，让他向局长打报告……阮景，你们进来等吧。”

他叫她的名字，阮景抬头，对上他暗含警告和威胁的目光，来不及细想，条件反射性地点了点头，旋即，就看见肖崇言满意地弯了弯眉眼，一瞬间绽放出了光彩。

不跟喜怒不定的神经病计较，阮景默默地替自己找了理由。

常桉当即写了申请叫许莺帮忙送上去，自己则兴高采烈地拿出新调查出的线索叫了阮景过来围观。

对上旁边于泽不赞同的目光，阮景意兴阑珊，冲着光屏上扫了一眼。

在上面讲述的是之前阮景被问讯时给她饼干的警官，小年轻看了看阮景，有点脸红，听到旁边于泽重重地咳嗽了一声，这才慌慌张张地清了清嗓子，“经过我们详细调查，刘敏红最后一次出现在大众的视野里就是收银员在超市看见她的那一次。所以，收银员、吵架的男女，可以看作是最后看见刘敏红的人。女人的面貌尚不清晰，但是那个男人，通过肖像比对，我们锁定了一个叫刘谨桥的人。二十六岁，家住红岩小区，今年年初刚搬来柳川，目前在西郊一家生物公司做宣发人员。”

“他叫刘谨桥？”在一旁充当透明人的许小川突然开口。

常桉向后一倚，姿态放松，“怎么，你认识他？”

见所有人的目光都看向他，许小川有些迟疑地点点头，“我见过他，他是阿媛的邻居，就住在阿媛的对门。”

阮景愣了愣，半晌，突然笑了，眼角上挑，兴致颇浓，悠悠地道：“这真是……巧了。”

一桩杀人案，一桩绑架案，被这么一根似有还无的线连在一起，若说两桩案子有关，好像欠缺了点什么实质性的证据，可若说无关，又未免教人心下揣测不停。

一个普通人，有多大概率在对门的邻居被绑架疑似撕票之后，碰上一个劝架的路人转头就被无端杀害，这是柯南体质吗？

吴媛绑架案的卷宗被常桉和于泽拿去翻阅了。

阮景看了一眼把自己藏在角落，低着头不知道在想什么的许小川，随意地问向身侧的人，“你相信有这么巧合的事情吗？”

她刚问出口就觉得不妥，果然，一回头，就发现肖崇言注视着她的目光，他看着她，又像是透过她在看着什么。阮景心下烦躁，换了一个坐姿，鞋跟在地上不轻不重地敲了一下。

肖崇言垂眼，视线落在她露出一截的脚踝上，纤细，白皙。

“阮小姐问错人了，我只是一个心理医生。”

“我可能习惯了，只是随意问问，肖医生不要见怪。”

肖崇言仿佛很感兴趣，走到她的面前，一手搭在她的椅背上，为了迁就她的高度还特意弯了下腰，身子前倾，绷紧的衬衫下，男人的胸肌轮廓分明，“随口？阮小姐年少有为，还有需要向旁人询问意见的时候吗？我十分好奇那个人是谁？”

阮景不由得闭了闭眼睛，却逃不开他俯身时带来的一阵气流，他身上绕着终年不化的冷香，不似哪种香水，却尤为吸引女人。

而她也是女人。

阮景突然觉得胸闷，她站起来走了两步，直到自认为不会被他干扰才停下来，硬声道：“我不记得了。”

“这样……”男人短暂地笑了一下，话语带着扰人的意味深长，又重新一步一步走到她跟前，“那如果阮小姐想起来的时候，还请告诉我一声，我对能得到阮小姐青睐的这个人，很感兴趣。”

阮景握了握拳，精致的小脸红了又白，反唇相讥，“肖医生行事这么令人捉摸不透，您女朋友知道吗？”

几个警察正好这时进来，看着气氛古怪的一男一女，有些摸不着头脑。

于泽风风火火地进来，“许莺，小刘，你俩出趟警，调查一下这个刘谨桥的社会关系，将他的资料跟吴媛、刘敏红比对，看看有没有重合的地方。”

“是，副队。”

阮景也跟着站了起来。

瞥见她的动作，于泽警惕地说：“你干什么？警察出警不方便无关人员跟着。”

阮景好笑地瞥他一眼，“我朋友家在红岩小区，我去朋友家不行吗？”

于泽面色有点难看，又看向跟着阮景站起来的许小川，语气不善，“你跟着干什么。”

许小川无辜地耸了耸肩，“我就是她的朋友啊，我是富二代，阿媛的房子实际上是我买的。”

于泽吸了一口气。

肖崇言也理了一下外套，站了起来，冲许小川微笑示意，“都是旧相识了，许先生不介意我也一起吧。”

许小川看向阮景，阮景微微点了点头。

毕竟是有丰富刑侦经验的心理医生，带上他肯定是利大于弊，而且她有一种直觉，肖崇言现在所展露出来的，只是他能力的冰山一角，越神秘，越危险，也越有致命的吸引力。

阮景一路神思纷乱，冷不防前面两人都停下了脚步，回头看她。

阮景疑惑地皱皱眉头。

许小川尴尬地指了指自己的跑车，“阮景，你坐肖医生的车还是坐我的车？”

停车场上一红一黑两辆车停在阮景的左右，颇有任君采撷的意味。

阮景没多想就要往许小川那边走，还没等她迈开步子，一个身影比她迅速地迈开步子掠过去。

肖崇言一面将衬衫袖口向上挽了一层，一面泰然自若地拉开徐小川跑车的副驾门，“我的车正好没油了，要麻烦许先生了。”

副驾上第一次坐了男人，许小川也懵了，“哪里，肖医生愿意帮忙，我感激还来不及呢。”

阮景只能坐到后面，看着肖崇言一小半的侧脸，神色微动。

许小川开了门，一段时间没有人住，空气显得十分污浊，手指在家具上一刮就是一层灰，三个人都没说话。

一片寂静里，隐约能听见楼上传来的几声争执，隔着墙壁沉闷地传过来，只能分辨出是男人在咒骂，而女人断断续续地哭嚎。

许小川尴尬地清了清嗓子，“楼上好像是住了一对夫妻，这隔音不太好，我听到过好几次他们吵架。”

肖崇言看着阮景，“于泽他们一会儿就来，我们的时间很紧张。”

阮景点了点头，“那我们上去吧。”

许小川听得莫名，看着他们一唱一和地说着旁人听不懂的暗语，那其中的默契令人很难插话，他疑惑地看向两人，“上去？你们要去哪儿？”

肖崇言只是微笑着，望着一脸真挚的许小川，没有回答的意思。

阮景耐心解释，“楼上的邻居在家，我们准备去打个招呼。”

“打招呼？我们不等警察过来调查吗？”

是啊，这才是正常人的想法，可是怎么偏偏，她和肖崇言就可以像排演了成百上千遍，就能做到不谋而合呢？

出神只是一瞬间，阮景冲许小川笑了笑，“你想从另一个人口中得到信息，一定要交谈，关键是怎么交谈。”

许小川小心翼翼地答道：“倾听对方谈话，从中寻找漏洞并迅速予以反击，逼他不得不说真话？”

阮景扶额，“我现在相信你真的是财阀培养出来的富二代了。”

阮景还想说什么，肖崇言却往前站了一步，跟阮景并肩，开了口，“倾听对方的谈话，附和对方的谈话，扩大谎言的漏洞，从中提取真实的信息……这比较实用。”

肖崇言的口气十分和善，说话的时候也没有看他，五官在模糊的光晕里甚至显现出一种陶瓷般的光泽。

可是许小川无端觉得他就是在炫耀，以一副理所当然站在阮景身边的态度冲他炫耀。

“对了小川，你订个外卖，就饺子吧，多订几份。”

阮景说完就走了，肖崇言跟在她身后，隔着将近一米的疏离距离。看着两人一前一后离开的背影，许小川忍不住摇摇头，这大概是……错觉吧。

走上二十来个台阶，隔着门，吵闹声更加清晰。

阮景皱了皱眉刚要抬手敲门，肩上忽然一沉，男人一只手自然地环上她的肩膀，另一手敲响了门。

阮景身子不由自主地僵硬，却没有回避，反而在门开的一刹那，顺势依偎进男人的怀里。

眼下的情况，以夫妻的身份，最能取信于人。

门开了，露出一张男人警惕的脸，“你们是谁啊？”

肖崇言略做调整，乱了一瞬的呼吸逐渐恢复了平稳，手指在阮景腰间紧了紧。

阮景不察，面上笑意盈盈，“我们是楼下的，最近刚搬来，想跟邻居打个招呼。”

这时，许是男人的妻子也伸出头来，面色不善地看了一眼阮景，等到发现她和肖崇言的动作后，方才稍微卸下防备，拉住自己丈夫的胳膊往里拽了拽，完全看不出方才激烈地争执过。

“楼下哪户？我怎么不知道有人搬来了？”

“401。”

“401啊，看来原来住在那里的女人被人绑架撕票的传言是真的了？”

听到妻子明显充满幸灾乐祸的口吻，阮景和肖崇言不易察觉地对视一眼。

丈夫有点尴尬，拉了拉妻子，“你说什么呢，都是邻居。”

妻子不屑地笑了一声，“邻居？一看就不是什么好女人，搬过来不久就傍上了小开。别以为我不知道，你每次见到她，眼睛都恨不得长在人家身上。”

丈夫觉得面子过不去，眼睛一瞪。

眼看又要吵起来，阮景及时附和地笑道：“幸好她已经不是我们的邻居了……不过，我们对面的住户不知道人怎么样，好不好相处啊。”

妻子又笑了起来，“402那个男人啊，你们就当没这个人吧。”

丈夫补充道：“是啊，他人特别怪，在小区里偶尔碰上了，从来都不跟我们打招呼，可能是孤僻症什么的？”

像是想起了什么，妻子突然拍了拍丈夫的胸口，“对了，前些日子我看见他带了个老太太回来，我问他，他说那是他妈。”

又试探地问了几句，直到两人不耐烦了，阮景才和肖崇言从楼上下来。

阮景突然说道：“手。”

“什么？”

肖崇言像是没理解，反而转过头来看她。两人的距离本就近，这一下，他那张脸猝不及防地险些挨到阮景脸上，老式的楼道，窗口很小，周围光线昏暗到她几乎以为自己从他眼中看到了快要将人溺毙的情感。

阮景有一种落入情网的感觉。她一字一句，用力咬着牙根儿，“我说，你的手，拿下来！”

肖崇言幽幽地看了一眼自己掌中不堪一握的腰身，没放。

"不是还没完事儿吗？"

阮景想骂人，可是想到这栋楼糟糕的隔音，她不免泄了气，瞪了肖崇言一眼之后，悄悄地回了401。

热腾腾的饺子外卖刚到，配合着肚子咕咕叫的许小川，显得十分诱人食欲。

十分钟后，402门口。

阮景端着饺子用力敲响了门。

肖崇言的手自然地归位于她的腰上。

里面"砰"地一声轻响，但阮景相信自己没有听错。

上了年纪的铁门就像一堵坚硬的墙壁，隔绝了外面人的窥伺，也叫里面的人无法洞悉来客，连续敲了两分钟，门没开，但两个人都十分有耐心。

阮景抱怨说："他家里没有人啊，不是说看到他回家了吗？楼上的是不是骗我们，我们还是走吧。"

肖崇言也说："不好吧，都是邻里邻居的，要是出点什么事……我看咱们还是报警吧。"

话音刚落，门开了个缝，露出一个男人警惕的眼睛，"找谁？"

阮景笑着举起手中的盘子，"我们是对面新搬过来的，包了点饺子给你送过来。"

男人犹豫了一下，视线在他们身后一扫，终究是将门打开，"进来吧。"

老旧的装潢，几乎跟这栋老楼始于一年，显得这个年轻男人身上也多了一种老气横秋的感觉，察觉不到对于生活的丝毫热爱。

"我叫阮景，这位是我……丈夫。"阮景说着，眼角余光分明看到身边亦步亦趋的男人挑了挑眉。

"刘谨桥。"年轻男人说着，视线瞥到一侧，面色微变，快走了两步过去。

阮景顺着他的视线望过去，是一间半开着门的卧室，往门缝里望了一眼，只看到一个穿着老旧毛衣，白发苍苍的老人的背影。

刘谨桥飞快而又小心翼翼地关上了卧室的房门，这才回过头来冲几人笑了一下，"抱歉，我妈有点精神衰弱，平日里受不得吵闹。"

“没关系，谁家还没有老人呢。”阮景将伪装成自己包的饺子放在桌子上，看着一个个饺子精巧的外表，想到自己那糟糕的厨艺，心里闪现出一丝尴尬。

“刘先生独自照顾母亲……女朋友一定也很贤惠吧。”

刘谨桥束手坐在椅子上，面上些微局促，似乎家里闯进两个陌生人对他来说是一种无法忍受的事情，“我没有女朋友。”

没有女朋友，又怎么解释监控里面同他拉拉扯扯的那个女人呢？

阮景还待再问，忽然，窗外传来了一阵汽车引擎声，配合着一个大爷中气十足的声音，“警察来咱们这儿干什么，是不是我们小区遭贼了？”

阮景和肖崇言对视一眼，是常桉和于泽他们来了。

眼见刘谨桥的状态更加局促，肖崇言冲阮景轻轻摇了摇头，阮景会意，起身告辞。

刘谨桥很明显地松了一口气，将两人送出了门。

刚回到401没多久，就听到楼上的女人又一次亮出了嘹亮的嗓门儿。

“我们又没有做错什么，凭什么要接受调查，你们是警察，警察就了不起啊，就可以随便乱闯民宅啊。”

这一行，不怕罪犯，就怕没犯罪的群众不配合，打又打不得，说又说不得，活生生逼死人。

第三章

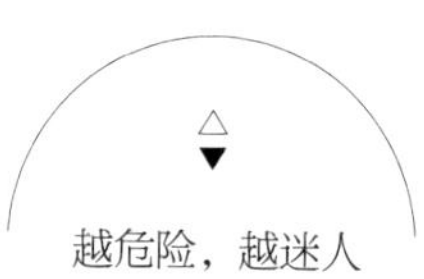

越危险，越迷人

没过多久，常桉和于泽灰溜溜地进来了。

常桉还好，看到桌上剩下的饺子二话不说洗手来吃。

于泽的面色就相当严肃了，一声不吭地坐在角落。

常桉含糊地说：“看来走访这条路不好走啊，402 的门敲不开也不能硬闯，剩下的不是根本不知情就是极其不愿意配合，还有楼上那家，那个女人喊得我耳朵现在还嗡嗡的。”

于泽闷声说：“我去申请搜查令。”

话音刚落，就听见阮景嘴里清清楚楚地传来一声“呵呵。”

感情饱满，想要装没听见都不行。

于泽蹭一下站起来，“怎么哪哪都有你，你知不知你擅自调查是违反我们的规定的。”

阮景也是真的生气了，你们这么大张旗鼓地过来，又调查出什么了，干脆将刘谨桥抓起来好了，带回去审讯，就问他为什么住在吴媛的对面，又为什么和别人吵架的时候正巧遇见了刘敏红，你看看你会不会被举报投诉，脱了你这身衣裳！”

常桉摸了摸鼻端，用胳膊肘捅捅肖崇言。

肖崇言没吱声，看到阮景“蹭”地起身离开，这才跟着站起来。

两人出了小区，阮景一声不吭地沿着马路走，肖崇言也不问她要去哪儿，安安静静地跟在她身后。

鞋带不知道怎么开了，阮景险些跌了个跟头。

肖崇言紧赶着上前一步，扶住她。

阮景看了他两秒，突然说：“违反规定？我违反规定又怎么样，规定是死的，人又不能靠规定破案。”

肖崇言垂头看她，“我能听见。”

“当然你能听得见，我这句话就是说给你听的。我们今天的做法用专业用语来讲叫作卧底，能牺牲一点自己换来绝对真实可靠的线索这才是查案子最快捷的方法。那帮警察可没有我这么聪明。他们大多死板、守旧，就像那个于泽一样。”

“我知道。”

“什么？”

肖崇言看着她，眼底仿佛有笑意流转，“我是说，刚才我看出来，你比他们都聪明。”

无比迁就。

阮景觉得自己刚才的行为蠢爆了，蹲下来手上忙碌不停，嘴上也不知道是在说服他还是在说服自己，“现在知道有什么用。我本来就很聪明。你真应该看一看我以前做过的事情，‘情景推演法’绝对不是空口白牙说出来就可以的。”

可是她现在却在这儿，连参与调查都要费尽心机，怎么会不让她气闷。

肖崇言将手向她伸出来，“来，起来吧。”

日光和暖，他的面部背着光，看不清表情，可是他弯腰的动作，伸手的弧度，温和的语气，令阮景心底突然一热。她假装没看见他伸过来的手，自己站起来，匆匆别过头。

虽然于泽看阮景不顺眼——反正于泽一直都是看她不顺眼的，她还是受老周之邀，坐到了会议室里，听着警察对于刘谨桥的调查结果。

都是些基本档案，多大年纪，家住哪里，在哪里工作，亲戚都有什么人，有没有过不良记录。

刘谨桥的档案跟他的人一样，呆板、死气沉沉。

于泽调出刘谨桥的工作内容，“刘谨桥在一个生产农副产品的公司任职企宣部门，公司地址在西郊。有个很巧合的地方是，吴媛最后有踪迹的那个地方，就在西郊旁边的山上。”

有人插话，“巧合做到这种份上，本身就是一种证据了。”

可是现在一条板上钉钉的证据都没有。

阮景看了一圈四周，突然问道：“肖崇言呢？”

常桉看了眼手表，“应该快了吧。”话音未落，他的手机响了起来，常桉接起，不知道对面说了什么，他的脸色变得很古怪，半天才回道：“好吧，我稍后就带人过去。”撂下电话，面对众人好奇的目光，他耸耸肩膀，“有人报案，你们谁跟我出一趟警？”

于泽不大乐意，板起脸问，“什么案子，怎么打到你这儿来了？”

“盗窃案……报案人是肖崇言。”

去是肯定要去的，只是刘谨桥这边也不能搁置，于是常桉随意地点了一个人，“阮景，你跟我去看看吧。”

阮景面无表情地跟常桉对视，后者一副天经地义的架势差点让她忘记了自己不是他的属下。

阮景说：“不去。”

常桉说：“好吧。”

许莺突然站起来自请，“常队，我跟你去吧。”

见众人都看向她，许莺的面色微红，显得十分俏丽，明眼人一看就知道她在想什么。

撇掉心中那一抹不知道从何而来的酸溜溜，阮景站了起来，“别浪费时间了，既然有了刘谨桥可能出现在吴媛失踪现场的线索，就可以作为证人传唤他。”

道理是这么个道理，可是老周最后还是决定等常桉处理好肖崇言的事情，一起参与问询刘谨桥。

等阮景再次见到肖崇言的时候已经是隔天下午。

刘谨桥被于泽从下班回家的路上截住，直接带回了公安局。

刘谨桥面色隐隐发白，但还算镇定。

等待开始审讯的间隙，阮景看向一旁抱着肩、手指搭在一侧的臂膀上随意地敲着、明显在走神儿的肖崇言，忍不住好奇地问，“你丢了什么东西？”

肖崇言姿势不变，随口回答道：“一条项链。”

阮景记性很好，挑了挑眉，“你从许小川父亲手里买的那条红宝石项链？”

肖崇言点了点头。

“我还以为你……”阮景话说到一半，及时打住。

肖崇言撩起眼皮子看了她一眼，似笑非笑，“以为什么？”

阮景摇摇头，“没什么，只是没想到你还有收藏珠宝的爱好。”

常桉跟于泽走进了问讯室，监控器开着，阮景和肖崇言轻易就能掌握里面的情况。

监控室的门开了，许莺抱着文件夹进来，看到里面的两个人，冲肖崇言笑了一下，安静地站在一旁。

“我原本是为另一个人买的，但是后来发生了一些事，没有送出去。”

那边才开始问话，声音通过电流的压缩显得有些失真，肖崇言的声音显得格外明显，甚至有点突兀。

肖崇言的目光落在阮景身上，暗沉而淡漠。

阮景却透过他平静的面容，触碰到他压抑的心情。

许莺疑惑地看了看肖崇言，又看了看阮景，对他们之间的眉眼官司丝毫不明。她抿起嘴，表情不太好。

问讯室里气氛压抑。

“我再问一遍，吴媛失踪的那天你在做什么？”

“我真的不记得了，都好几个月前的事情了……你们不能因为我不记得了就把屎盆子往我身上扣吧。”

也说不上这个刘谨桥是心理素质不好还是心理素质太好，警察问他的话，回答翻来覆去都是那么几句，问急了，一个大男人竟然还险些掉了金豆豆，一副和白领形象不符合的懦弱样。

这种气氛蔓延至监控室，阮景摇了摇头，“这么审下去，什么都问不出来……许警官，你有里面那位于警官的电话吗？”

许莺毫无防备地被点名，“有，你要做什么？”

于泽隐忍着极度不爽的心态，翻来覆去地跟刘谨桥打着口舌官司，正直的于警官甚至在心里怨恨自己为什么没生在旧社会，随便来个刑具保准让这人乖乖从实招来……手机短信提示音响起的时候，于泽几乎要烦躁地摔门而去，他低头看去，短信来自一个陌生号码。

于泽盯着显示屏，面色古怪中夹杂着不为人道的别别扭扭，少顷，他抬起头。

“那吴媛疑似被绑匪撕票的那天，周四，你又在做什么？”

常桉意外地看了于泽一眼。

刘谨桥咬紧口风，“警官，这我就更不知道了啊。”

于泽沉默片刻，板着脸问，“那我这么问吧，你们每天的工作几乎都是一成不变的，你记忆中有没有发生什么特殊的事情，请你注意，我说的‘特殊’指的是和你平常工作不相符的事件，如果没有，我就当作那天你的工作轨迹和今天一样，那么周四下午两点的时候，你是不是和往常一样在工作。”

其实这个问题并不难回答，但是刘谨桥却陡然变了脸色，他支支吾吾了一会儿，似是想起什么一样兀自拍了拍脑袋，“我好像记起来了，那天因为有事早下班，所以工作内容都比较赶……可能……跟平时的作息不太相符。”

于泽跟常桉悄悄地对视了一眼。

监控室外的阮景轻嗤，“不打自招。”

常桉心里有数，不动声色地放刘谨桥走了，转身就让人盯着他，于泽则立刻着手探查刘谨桥的工作和生活规律。

毫不意外，刘谨桥口中跟平时的作息不相符的时间段，是他跟市场部以及超市供货人员交涉的时间段，而交接的地点，就在公司西门，正对着吴媛失事的那处山脚。

常桉抽出了一支烟，不等阮景皱眉，看到肖崇言投来淡淡地一瞥，就又讪讪地放了回去，“按照时间推断，吴媛失事的时间，正好是刘谨桥外出工作的时间，那山根本就不高，刘谨桥怎么会一点也没有察觉到？”

于泽问，“你认为，刘谨桥是绑匪？”

常桉摇摇头没说话，像是有什么问题没想明白，脸上露出了困惑的神色。

一片安静之中，阮景突然开口，“恰恰相反，我认为，刘谨桥和吴媛，是合谋。”

于泽皱眉，“你疯了。”

阮景没理他，面向常桉等人，“你们有没有想过，吴媛可能……真的没死。”

这个念头一旦冒出来，就像野草一般疯长，很多一直存在于记忆深处的微小细节争先恐后地浮现出来。

古怪的住处、监控镜头中跟刘谨桥争执的女人、刘谨桥跟吴媛是邻居……

满室寂静中，只有肖崇言望过来的目光，竟像是含着笑意的。

阮景移开目光，提醒众人，“别忘了，另一个案件的受害人，刘敏红。她是给超市供货的，我看到你们查到的刘谨桥公司的资料了，众多合作方里，有一个名字你们不觉得熟悉吗——鑫鑫超市，我们曾经去过的。”

底下响起了窸窸窣窣的交流声。

阮景从座位上站起来，走向窗边。外面风正猛烈，吹得树木随风狂舞。她的声音轻柔，宛如要将人带入一个梦境。

“不如我来给你们讲一个故事。

“刘敏红是一个普普通通的超市送货员，独自抚养着女儿上了大学，她并没有因为长久的劳作而愤世嫉俗，相反，她坚强，又对这个世界充满希望，因此格外热心肠。

“某一天，她从日常进货的西郊的农贸基地出来，去了一个叫鑫鑫超市的地方送货，她在超市看到了一对吵架的……可能是情侣，便上前劝阻，看到了那对男女的脸。

“在那件事情过去几天后，刘敏红在西郊进货时再一次看到了这对男女，这给刘敏红招来了杀身之祸——因为那个女人，本应该死于前不久的绑架案中，从柳川，从这个世界消失。刘敏红没有丝毫防备，可能还欣喜于小情侣的重归于好，却没想到已经大祸临头。”

一口气说了这么多话，阮景的嗓子发干，最后几个字运气不足。

一杯冒着热气的水递了过来，阮景接过，正想轻声道谢，男人已经转过头去了，像是这种端茶递水的动作做了成百上千遍一样，丝毫没有将这举手之劳放在心上。

老周还记着阮景那辉煌的档案，忍不住求证，“这是你那个情景推演法的应用？”

阮景谦虚谨慎地摇摇头，“只能算是一部分。”

于泽“哼”了一声，声音不大不小，却刚好让在场的人都能听得清楚，“合情合理，但不一定是真相。”

阮景没说话，她甚至都没听清于泽说了什么，心中的疑惑没有随着故事的还原而解开，相反，密布的疑云越来越深。

如果她的还原是正确的，那么男人是刘谨桥，女人自然是吴媛，两个很可能事先就认识的人，抱着莫名的目的做了邻居，又不知道因为什么事情起了争执。

恰好此时，他们需要一个理由，将自己困在柳川，刘敏红就被迫成为祭品。

这里面她不能确定的两件事，一个是吴媛和许小川的关系，如果吴媛身份复杂，阮景十分怀疑她作为许小川未婚妻的动机，另一个就是自己——自己在这两个案子里，又扮演了怎样的角色？

直到肖崇言的话将她从沉思中拉出来……

“当一件事情，合情、合理时，证明它不是真相与证明这就是真相，同样得难。”肖崇言说着，站起身，“接下来的事情你就帮不上忙了，走吧，我送你回去。”

阮景没再矫情，事实上，肖崇言越来越给她一种很玄妙的感觉，他们仿佛格外契合，无论是思维、举止，甚至是灵魂，那种契合是与生俱来的，也是历经沧桑之后缓释积淀下来的。

阮景一走出大厅就看到许小川在公安局外面等着她，见到阮景，他掐灭了手中的烟，目露探寻。

阮景在心底叹了一声，扭头看向肖崇言。后者没说话，抿了抿嘴唇，鼻腔里“嗯”了一声，自顾自离开了。

阮景上了许小川的车。音乐流泻中，她简明扼要地说了自己的猜想。

良久，许小川都没有任何反应，他看着窗外匆匆而过的行人，五官的轮廓显出一种漠然。

阮景知道这件事对许小川的打击很大，吴媛是他的未婚妻，他认定要共同度过一生的人，他却一点也不了解她。

“阮景。”

许小川低着头，阮景看不清他的表情，却能感觉到他周身围绕着的悲伤。

“我不想查了，之前答应你的寻找幕后卖家的事，我会尽力办到，你能不能……”他语调酸涩，艰难地说：“能不能，别查了。”

“小川，这中间，隔着刘敏红一条人命，不能不查。”

真相或许伤人，但他们必须，也终将迎来真相。

行动前，常桉打电话知会了阮景一声。

阮景心中有太多的疑问想要证实，也没办法在酒店待下去了，干脆也去了局里。

阮景一进门，却发现某个一身西装的男人正抱着胸站在窗边，“衣服都没穿好就过来……像什么样子。”

阮景低头看了看自己。她一直住在酒店，除了必需的生活用品就买了两套换洗衣服，偏偏一件溅上了咖啡，另一件还没干，她只好穿了平日在酒店里穿的一件修身的衬衫裙。尺码偏小，她嫌领口紧，所以上面两个扣子没扣，不过怎么看也不像是“衣服没穿好”的样子。

一阵尴尬后，阮景还是默默地扣上了扣子，清了清嗓，又看向男人。

肖崇言已经扭过头去了。

硕大的液晶显示屏上，是行动组的事实影像，老周还有几个警察手里拿着对讲机，一脸严肃地看着大屏幕。

肖崇言侧头，仿若不经意地问，“你觉得吴媛会在哪儿？”

阮景顿了顿，像是在打哑谜，“刘谨桥的母亲……”

阮景隔了一会儿又问，“你觉得常桉他们会抓到嫌疑人吗？”

“难说。”

肖崇言保守地答道，对视间，两人明白他们对这一次抓捕都持不乐观的态度。

警察火速抵达了红岩小区，毫无意外地，402 人去楼空。

刘谨桥匆匆离去，家里一片混乱，许多东西都没有带走。

公安局里，于泽手里拎着一件银灰色假发扔在桌子上，面色难堪，“是我们大意了，邻居说家里的女人是他母亲，我们竟然没有怀疑。”

常桉倒没生气，“没有人见过他母亲，她就像凭空出现在刘谨桥家里一样，这就是障眼法的有趣之处。”

有刑警推门进来，“到处都找不到刘谨桥，我建议在各大公交枢纽以及高速公路等出市方向布控。”

“批准执行。”

那边忙忙碌碌，阮景和肖崇言向后退了退。

阮景的神色有些怔愣。

肖崇言在侧后方凝视她，视线描绘着她的眉眼，良久，在阮景转回头之前移开了视线。

“你在想什么？”

阮景在想，许小川在吴媛家里感受到有人回来过，并不是错觉，只是……

“只是我想不明白，她为什么还要冒着被发现的危险回到 401。”

肖崇言神色深沉了少许，唇畔微翘，“阮景，从心理学的角度来说，一个人能做出什么样的行为，不止跟她的智商有关，也不止跟她面临着什么样的情况有关，还有可能不自觉地遵从着自己内心真实的想法，这些不经思考的感性一面，往往可以被犯罪心理学利用，从而……”

“肖医生，你可以说些我能听得懂的话吗？”阮景面色不大好看地打断了他。

肖崇言笑了，“你可以简单地理解为，她爱他。”

“……”

仿佛只是她的错觉，男人轻嗤一声，很快收敛了神色。

时间一天天过去，还是不见刘谨桥和吴媛的踪迹。

他们到底在哪儿？监控显示他们不可能走出柳川，如果说还有一个原因会使得他们留在柳川，那个原因会是什么？

脑子里有什么一闪而过，快得阮景几乎抓不住——但也仅仅是几乎。

从失忆前的自己结识了许小川开始，从那个冒牌的心理医生企图催眠自己开始，从刘谨桥和吴媛杀人阻止她走出柳川开始……

不远处是激烈的讨论声，阮景却什么也听不清，她的大脑此刻清晰无比地意识到——是她啊，他们留在柳川的那个原因，当然是她啊，她仿佛已经能感受来自黑暗中的窥伺，那些不可暴露在日光下的阴影，正等待着时机。

阮景霍地站起来，“肖医生，我想回去了，你可以送我吗？”

她的语调有一种异样的平静。

肖崇言看了看她，缓缓地皱起了眉头，终究没有说什么，沉默地站了起来。

酒店大堂这时候似乎和往常没什么区别，只有一个前台小姐，无所事事，视线若有似无地看着走进来的两个人。

阮景的记忆力很好，她在酒店住了这么长时间，是第二次看到这个前台，第一次也是只有这个前台一个人，给阮景的房卡重新充磁。

阮景伸手指了指电梯间——也是这位前台小姐站立的方向。

“谢谢肖医生，我回房间了。”

阮景走过前台，前台小姐笑靥如花地问好。

肖崇言深深地看了阮景一眼，在她的背影消失在电梯间后，缓步走向了前台。

“先生，您还有什么事情吗？”

肖崇言看向前台小姐，直看得她微微红了脸低下头。

“这位先生……”

肖崇言面无表情地说："我想，请你跟我去一个地方。"

"什么地方？"

"公安局。"

前台小姐面色一变，还未待张口，肖崇言迅速地伸出手，扣住她的手腕。

阮景上了13楼，用磁卡刷开房门，面前整齐地摆着一双拖鞋，和她离开时一模一样。

阮景低头看了一眼，踩着矮靴径直走了进去，将挎包随意地扔在床上，不着痕迹地摸了一下袖口，那里别着一把壁纸刀。

她垂下眼睛，低着头解外套上的扣子。

忽然，脑后有风声袭来，她还没来得及反应，脖子上挨了一下，随即一阵深深的钝痛传来，她顷刻间陷入黑暗之中。

阮景在一阵呼啸的风声中醒来，日光昏暗，大约已经是下午五六点的时候了，手臂酸麻，是绳子长时间捆绑所致。

她睁开眼，这是个四面透风的废弃工厂，余光中瞥见了两个模糊的人影，正凑在一起说话，在他们望过来之前，阮景又迅速闭上了眼睛。

她被绑架了，绑匪是刘谨桥和吴媛。

他们不知道阮景已经醒了，刘谨桥往这边看了一眼，又收回目光，忧心忡忡地说道："现在怎么办？"

吴媛沉声说："我们一露面，肯定会被警方发现，现在，只有等他来接我们了。"

他？阮景心中一动，这个"他"是谁？

她还想继续听，两人却仿佛提到什么禁忌闭口不言了。

时间一点一点流逝，空间内寂静无声，衬得外面风声呼啸。

阮景佯装无意识地轻哼出声，吸引了两个人的注意，而后才缓缓地撑着坐起来，面露茫然地环顾四周。

"她醒了，你看着她，我先出去看看……你小心点。"刘谨桥面色不善地看了阮景一眼，才往外走去，显然还在忌惮阮景假装邻居骗他的事情。

吴媛应了，走过来居高临下地打量了阮景一会儿，然后蹲下来拽着她身上的绳子将她半拉起来。

阮景坐正的同时将袖子里的壁纸刀拽出来，握在手中。

“你就是阮景？”

吴媛的口吻很奇怪，像是早就无数次听过她的名字，而今天终于见面了一般。

“你就是吴媛？”

阮景用同样的语气回敬。

“你知道我？”

“经常听许小川提起，他始终不相信你死了。”

像是被戳到了痛处，吴媛面色一沉，就要站起来。

行动间，一条银色的链子从她衣兜里滑了出来，吴媛看见连忙伸手要揣回去，但阮景的动作更快，她不知道什么时候解开了绳结，膝盖毫不留情地顶上吴媛的小肚子，将吴媛撞了一个趔趄。

阮景手指轻巧地一勾，一抹红色从半空中一划而过，“当啷”一声落在了地上。

阮景利落地弯腰将项链揣进兜里顺便想到，好了，这下顺便告破了一桩盗窃案——这就是肖崇言丢失的那条宝石项链。

吴媛表情飞快地闪过一丝慌乱，刚一站稳就大步上前抢夺。

阮景按住她的手，目光灼灼，“隐藏在许小川身边，你到底是为了什么？”她在问吴媛，却也不指望她回答，“难道就是为了这个项链？你从许小川身上没得到它，又去肖崇言那里偷？想要这条项链你就直说，许小川何其无辜，爱上了你？”

阮景的语气锐利，扎在吴媛身上令她脸色一变，却顾不得反驳，只说：“还给我！”

吴媛的嗓门很大，阮景担心外面的刘谨桥听到动静回来——她上学时体能就不上不下，虽然协助警方办过很多案子，但都是充当军师的角色，体能比起那些身手敏捷孔武有力的警花们差得不是一星半点。

阮景只能兵行险招，一手去扭吴媛的手腕，在她整个人由于疼痛而不自觉翻转身子的时候用另一只胳膊死死地捂住吴媛的嘴巴，将她扭倒在地。幸好吴媛是个比她还手无缚鸡之力的弱女子，阮景很愉快地发现她上学时课上那一招半式还派得上用场。

屋内的情形瞬间颠倒。

刘谨桥还没有要回来的迹象。

阮景心念一转，用一种十分笃定的口吻，略带嘲讽地说："他如果担心我知道那件事，还不如直接杀了我，绑架我有什么用。你们暴露了自己，反而给了警方更多的可乘之机，何必呢！不瞒你说，警察马上就到了，你们根本跑不掉。"

吴媛放弃了挣扎，没说话，只是难看的脸色让阮景做实了某种猜想。

阮景叹了一口气，"就算你对'他'忠心耿耿，好歹……好歹为许小川着想一下吧，他有什么错？"

吴媛的眼眶微红。

阮景没有绑住她，只是警惕地看着她。

吴媛的神色逐渐平静下来，甚至微微笑了笑。

"我们失败了，反正也活不下去……小川，还不如让他以为我死了好。你说得对，直接杀了你一了百了，可是'他'不允许，我们接到的命令是，带回宝石，并把你困在柳川。"

什么叫"反正也活不下去"？阮景眼神微黯，暂且放下这个疑惑，继续不动声色地套话，"所以你们就杀了刘敏红？"

"我也不想，可是刘敏红太爱管闲事了，你知道吗？她不过是一个送菜的，记性却好得不得了。她见到我和刘谨桥吵架那一次，几乎立刻就认出了我，我曾经和许小川一起去超市买过菜……她以为我和小川分手又交往了一个男朋友，那天就上来劝我们走到一起不容易，不要吵架。我本想放她一马的。"

后面的事情阮景也想象得出来，刘敏红在西郊，又一次见到了刘谨桥和吴媛。

本该被绑匪撕票的吴媛出现，哪怕她当时没认出来，过后等吴媛的案子上了报纸，她也会反应过来。

为了避免暴露，刘敏红非死不可。

案件已经清晰，阮景正要套一套跟自己有关的事情，忽然看见吴媛目光一闪，而后风声袭来——

大意了！

阮景心头一凛却已经来不及，眼角余光中，刘谨桥抄着一根铁棍恶狠狠地靠近她，不由分说向她挥来。

阮景只来得及避开第一下，眼看刘谨桥红了眼又向她扑来……

忽然——

一颗子弹“簌”地打在残缺的门框上，铁制的门框生生被打穿。

刘谨桥的动作僵住了，像是遇见了极为可怖的事情，手里的铁棍锒铛落地，身体抖成了筛子，盯着那个弹孔一步步后退。

阮景心里一惊，从铁门向外望去，荒郊野岭的，一个人影也没有，可是她知道，那一片寂静中，有致命的危机。

那一枪只是警告性质，或许是警告刘谨桥不要做出理智之外的事情，又或许是警告他们，有什么事情，该发生了。

周围隐隐约约地，响起了纷杂的警笛声。

吴媛的脸色逐渐缓和过来，忽然神经质地笑了笑，“我们暴露了，他果然不会放过我们。”

警笛声越来越近，吴媛从上衣兜里掏出一个小瓶子，里面两粒白色的胶囊，她将其中一粒递到刘谨桥。

而枪声没再响起。

刘谨桥一把打掉了吴媛手中的胶囊，眼底通红，神色几近癫狂，“我不想死，我想活着，他明明答应我可以活着的！”

吴媛蹲下身捡起药，怜悯地看着他，“那是在我们还没有暴露的时候。”

她近乎呓语，“‘怦’地一声，脑袋都开花了，多难看啊，我们安安静静地、没有痛苦地走吧，谨桥。”

刘谨桥号啕大哭，转而又癫狂地笑，一边笑，一边接过了胶囊，死命地往嘴里塞。

阮景察觉不对，想要拦下吴媛……终究是慢了一步。

十几秒钟后，吴媛突然抽搐，嘴角出现了星星点点殷红，阮景一把扶住她，“告诉我你吃了什么，我想办法救你……小川他，还在等你。”

吴媛睁着眼睛，努力地看着顶棚，声线颤抖，“我不能见许小川，是我对不起他，你跟他说……让他忘了，忘了我吧。”

“他一直都在这么做。”

如果说阮景之前还没有明白许小川怎么会一面思念未婚妻，一面却跟不同的女孩儿约会，那么她现在明白了，许小川是个聪明人，只是他强迫自己愚钝。

他爱她，所以在察觉到这场爱恋有可能是一场骗局之后，宁愿相信心中的吴媛已死。

空气压抑得可怕，那树影张牙舞爪，肆无忌惮地嘲讽着人的脆弱。

又过了一会儿，吴媛彻底不动了。

阮景垂眸，将她缓缓地平放在地上，又替她将耳边的一缕碎发整理好。

警笛声此起彼伏，不过几十秒，警车已经包围了这块空地，车门纷纷打开，全副武装的刑警们紧张地逼近。

“人质安全。”

“嫌犯两人，全部确认死亡。”

警察和法医有条不紊地清理着现场。

常桉将枪往腰后一别，走了过来，旁边跟着面色不善的于泽，“厉害啊阮景，要不是你和崇言这么默契，我们还找不到这两个人呢。”

阮景眼角的余光看到那个身影往这边走过来，垂下了眼睛，“还要多亏了肖医生机警，能理解我的意思。”

肖崇言走过来听到了这话，双手插着兜，眉眼淡淡，“没受伤就好。”

于泽终于没忍住，激动地伸手指着他插话，“没有受伤？肖医生，她是一个女人，哪怕是警校出身，她也还不是一名刑警，你也不是，你有什么资格让一名群众……一个女人去冒险！”

手指快伸到眼前了，肖崇言丝毫不为所动，“当时情况急迫，阮景看出了那个前台小姐有问题，猜到楼上的房间会有陷阱，她想顺藤摸瓜，我只是配合了阮景的想法。”

于泽快要气笑了，“阮景的想法？她要是死在这儿，我们是不是还得称赞她一声英勇献身？你俩是不是觉得我们警察都是废物？”

常桉上前打着圆场，“好了好了，别小题大做了啊，人家阮景都不觉得有问题，何况这不是没事儿嘛，我们快回局里吧，后续还一堆事情呢。”

于泽冷笑了一声没接话，一刻也不能忍受下去似的，大步流星地走了。

阮景也独自走向救护车，刘谨桥砍在她脖子的那一下用了大力，直到现在还生疼。

走了一段路，一阵冷风突兀地自平地而起，阮景拢了拢常桉给她的外套，忍不住回头望去。

肖崇言站在原地，唇边尚有浅浅的弧度，似乎没有被于泽那一通责骂所影响。

阮景一向不是循规蹈矩的人，对“在其位谋其政”的说法也算不得认同，所以当她认为自己有机会探得真相的时候，根本就不会顾忌自己的行为是否合乎规章，是否安全，连素来对她不假辞色的于泽都反对她去冒险，肖崇言洞悉她的想法后却没有阻拦。

他心里，到底在想什么？

他是太相信自己，还是，根本就不在乎，不在乎自己的判断是否正确，不在乎自己的冒险是否可能葬送了性命。

可是他在想什么，又跟自己有什么关系呢……

阮景一只手忍不住抚上自己胸口的位置，头一次分辨不出，自己的心跳是否还规律。

直到阮景的背影再也看不清楚，常桉才长长地、疲惫地舒了一口气。

“他们都走了，咱们也回去吧。”

肖崇言点了点头，抬步向前，表情在凉风里显得愈加冷漠。

常桉看着他孤单的背影，似乎刻意地直挺着，没有什么能使他弯下腰，常桉掩下眼底的心疼，又深深地叹了一口气。

一连破获了两起案件，堪称圆满。

阮景作为涉事人，与许小川一起，需要到公安局录一份证词。

老周泡了一杯枸杞茶坐在阮景对面，听得津津有味。

“我觉得他们是冲着我来的，势必有所图。如果我告诉警方了，你们为了保护我，难保不会走漏风声，所以事先只敢告诉肖崇言，让他斟酌……”

除了于泽依旧横眉冷对，其他同事都表达了不同程度的叹服，老周更是拍了拍阮景的肩膀建议，“不如你考来我们公安局怎么样？我一定好好栽培你！”

于泽将一份调查案件“啪”地放在桌子上，面色不佳。

老周吓了一跳，摸了摸鼻子，不再提什么栽培不栽培了。

于泽翻开调查报告，“我们在刘谨桥家中的电脑里发现了一封还未销毁的邮件。”

阮景心思一动，走到于泽身后，越过他的肩头看向那份报告。

她离他有点儿近，于泽皱了皱眉，避开了一些。阮景正好看得清楚。

邮件的内容很简短：拿到宝石，弄清她身边的那个人是谁。

虽然没有指名道姓，但阮景有理由怀疑这个“她”指的就是自己，只是“她身边的那个人”是什么意思？她皱着眉，百思不得其解。

于泽沉声说：“所以说，他们的行动是有组织的，有个联络人，或者说是头目，在背后操纵着他们，也在他们任务失败，暴露后，清除他们。这个组织势必庞大，分工明确，只可惜，我们追溯不到有效的 IP 地址。”

一片沉默中，阮景突然想起什么，犹豫了一下，还是问了出来，“我现在……是不是可以离开柳川了？”她在柳川待得够久了，不能再这样耽搁下去了。

老周迟疑了一会儿，终究还是点点头，“他们折损了两个人，知道警方近期会加强防范，短期内你应该不会有危险……我们后续会跟进调查，这边也派人去通知滨江警方了，你回去后，会得到应有的保护。”

阮景感激地点了点头。

阮景在酒店也算住了一段时间，收拾起东西来也不轻松，她刚要将一件厚重的大衣卷起来装进行李箱里，突然没控制住，打了个喷嚏。

阮景站起身打开手包翻找着手纸，一张名片跟着飘了出来，上面有两个地址，一个在滨江，一个在柳川。她捏着这张名片，不由自主地咬了咬唇。在意识到这个动作对于自己来说有多么矫情之后，她又刻意板起了脸，“蹭”地一下将名片扔了回去，做完这个动作之后，她突然沉默下来。

第二天，阮景顺着名片上的地址，找到了文化中心附近的一条街，看到了肖崇言新搬来的工作室。

工作室不大，门口的牌子尚且很新。

阮景一走进去就有一个小伙子满脸堆笑地迎了上来，“小姐你好，请问有预约吗？”

阮景刚要说话，里面就传来肖崇言的声音，“小王，是我的朋友，让她进来吧。”

听到肖崇言的话，小王的笑容更加真挚，指了指后面的一扇门，“肖医生在这间办公室，我去给你们倒水。”

阮景推开门走了进去。

肖崇言的目光从电脑屏幕上移开，将眼镜摘掉放在桌子上，挤了挤眉心，“你怎么来了？”

阮景表情十分镇定，在沙发上坐了下来，说着早已经准备好的说辞，“我要走了，之前有点病例的资料应该在你这儿，我来取。”

“在我的公寓，一会儿我们一起过去，我拿给你。”

阮景点了点头，又似不经意地提起，“等我回了滨江……”

肖崇言静静地看着她，阮景后半句话不知怎么地，突然羞于说出口。

阮景心里跟自己说，肖崇言这个人是个优秀的心理医生，更难能可贵的是，他对于刑事犯罪案件有着天然的洞察力。柳川市公安局已经向他抛出了橄榄枝，想要特聘他参与柳川市警方接下来一系列案件的调查。这样的人，她同他保持正常的交流，是一件百益而无一害的事情。

可是，这是她自己的真实想法吗？她一夜翻来覆去睡不着觉，为的就是回滨江之后，能够和一个专业人士保持联系吗？

肖崇言像没察觉她语气中的迟疑，整个人都十分温和，“我的工作室主体还是在滨江，等我回去，免不了还要找你叙旧……毕竟，我要对你负责。”

他在开玩笑，阮景虽然不想承认，但，她有一点被取悦到了。

阮景安静地坐在一边。

肖崇言不知道写了些什么东西，最后一笔落下，合上了记事本，“稍等一下，我去拿外套。”

肖崇言站起身往外走去，小王正好这时进来，很是诧异，“你们这就走了？”

肖崇言点点头出去了。

小王将一杯水放到阮景面前，很巧，是阮景长久以来一直都很喜欢的一种花茶。

阮景喝了一口，目光微闪，“这里只有你们两个人？”

小王单纯地点了点头，略带讨好地回答，“这还是第一次看见有女孩子来找肖医生呢。”

阮景抿了一口茶，假装无意地问，“那他女朋友呢，没跟过来？这样两地分居，她也愿意？”

小王疑惑地挠挠头，“肖医生有女朋友吗？我也不太清楚，我上个月才被聘用，这个月就调到这儿来给肖医生打下手了，不过我从来没见过有像是他女朋友的人给肖医生打电话啊。”

阮景若有所思地点点头。

这时肖崇言的臂弯里搭着呢绒外套走了出来。

“我们走吧。”他将外套递给阮景，“先披着，我去取车。”

阮景没拒绝，道了声谢接过，低头看了两眼，又翻手将外套披在身上，确实十分暖和。

这是阮景第三次来到肖崇言的公寓。

肖崇言一边换鞋一边对阮景说：“你随意坐，我去找找那些病历单。”

旁边有扇半掩的门，两排书架伫立，肖崇言说他没搬过来多久，家中藏书却这么多，阮景扬声问道：“我可以进书房看看吗？”

“请便。”

肖崇言的书房还兼任了画室的角色，画架上有一副刚完成不久的油画，旁边的油彩尚未干，画笔被主人随意地扔在一边，笔尖上残留的颜色在木板上留下了些许痕迹。

身后有脚步声传来。

“这是什么？”阮景冲着油画扬了扬下巴。

“闲来无事，随便画的。”

阮景于美术上没有丝毫天赋，在学校的时候，对她来说最难的就是罪犯肖像素描。她看着这幅画，灰黄色的沙滩，大片褐色的礁石，远在天际的海水只有浅浅的一道蓝线，沙滩上，一个人站在那里……整幅画说不上哪里不对，但就是引起了阮景的不适。

阮景嗤笑一声，移开目光不再看，也不知是夸赞还是讽刺，“听说诸城的那位秦晋荀教授也擅长绘画，一幅画有人出七位数求购，我看肖医生的功底也十分深厚，若是再下些功夫，说不定还能发展另一条谋生之道。”

“秦教授婚姻美满，闲来画的都是些秀丽风景，精致人像，而我的画，灰秃秃的，哪里会有人愿意买。”

“肖医生不是也有女朋友吗？”阮景目光灼灼，抓住了他话里的漏洞。

肖崇言张了张嘴，忽然笑了，笑得她心里痒痒的，忍不住打了个喷嚏。

“最近感冒多发，你等等，我去给你冲一杯感冒药。”

“不用麻烦了。”

阮景揉揉鼻尖，摆了摆手，准备拦他，肖崇言已经打开门朝着厨房走过去了。

跟他表面营造出来的温和无害不同，这种不经意间流露出来的唯我态度，才像是真正的他，而平时的他，更像是在掩饰着自己。

现在阮景可以确定的事是，他说有女朋友，果真是在骗她。

阮景的目光漫不经心地流连在书架上。

肖崇言看的书很杂，两书柜的书都有些翻阅过的痕迹，她一本本地巡视过去，希望从中揣测出些许端倪。

忽然间，许小川的电话打来了。阮景一接起来，还没说话，就听见电话里面的声音有点急促，“阮景，我想起来了，那个肖医生，我见过他，根本不是像他说的那样，是因为一条项链。”

画室的门没关，阮景不由得扭头看了一眼，肖崇言开着水龙头正在冲洗一只玻璃杯，尽管只能看见背影，也能察觉到他的认真。

阮景感到自己的体温正在升高，压低了声音，“嗯，你说。”

许小川的声音透着懊恼，“就在四五个月之前吧，咱们刚刚认识的时候，当时我见过你们在一起，不过我们只打了个照面，他就走了，所以我也是现在才想起来。我肯定没记错，你们是认识的……而且，关系好像有点奇怪，因为我在看到你们的时候听见他对你说什么‘我是绝对不会同意的’……”

这句话犹如一道炸雷，在阮景的上方迸裂开来，轰得她耳朵“嗡”地一声，再也听不见周围的任何声音。

肖崇言彻彻底底地骗了她。

他为什么骗她？

阮景的脑海里飞快地闪过各种可能。

他的公寓是新的，他的工作室是才搬来的，而此前，他也是从滨江来的。

假如许小川所言为真，在她与肖崇言早已认识这个事实上往前追溯，他的第一个谎言，便是告诉她，他只是她的肇事司机……所以，导致她失忆的那场车祸，根本就不会是偶然。

更甚一步，他在肇事的时候，就已经知道，她醒来之后一定会失忆，才敢那样坦然的，以一个陌生人的身份，出现在他面前。

想到失忆之后的一幕幕，阮景心下泛冷，到底是他心思太重，还是她太易轻信。

阮景压下心头的惊涛骇浪，使自己的声音听起来依旧十分淡定，“你为什么之前没认出来？”

许小川的声音也很疑惑，“我记忆里的那个人，和他不大一样，比如那个衬衫纽扣，我记得你身边的那个男人解开了两粒，痞子样儿，可是这个肖医生，衬衫穿得板板儿的，我……”

阮景没兴趣知道他的衬衫有什么差别。

她脑子很混乱，耳朵听着许小川的话，竭力告诉自己要镇定。

电话里，许小川还在说：“案件结束，咱们去公安局做笔录那天，我在走廊上遇见他了，他冲我笑，笑得我毛骨悚然，回到家差点没做噩梦，说来也怪，原来很模糊的感觉第二天一下子就清晰了……我这就立刻打电话给你了……不过，这到底什么情况啊……他为什么跟我们说谎，你怎么又突然不认识他了？”

门开了，肖崇言端着一杯冲好的板蓝根走进来。

阮景不紧不慢地说：“好了，我现在还有点事，过后联系吧，再见。”

看着她挂了电话，肖崇言微笑着，将杯子递给她，“喝了吧。”

药水澄明，阮景手指捏住杯壁，指尖由于用力泛着白，迟迟没有喝。

墙上钟表的声音在空寂中不断扩大。

“怎么了？”肖崇言看着他，眼神幽暗难测。

“没什么，我怕烫。”阮景笑了笑，一饮而尽，将杯子递还回去，表情不露丝毫破绽。

她只不过是在想，他如果想要她的性命，有很多机会，现在，绝对称不上是好时机。

看着她喝掉了感冒药，肖崇言的面色好了很多，转身间闲话般地问，“几时离开，需不需要我送你？”

“肖医生。”阮景喊道。

肖崇言站在门口，有那么一瞬间，阮景似乎从他的眼里看到了正在生成的漩涡，想要席卷了面前的一切跌进深处，再也不放出来。

“还有什么事吗？”他的话却分外有礼。

阮景将耳边的一缕碎发理好，“听说肖医生最近打算在柳川开一个新的咨询室，不知道还缺不缺人手。”

如果谜题是他，那么就让她一点一点剥丝抽茧，将他的皮相剥开，看看他的血、他的心。

“……如果你愿意来，我荣幸至极。”

四目相视，两人都察觉到空气中不同以往的气氛。

关门声响起，肖崇言嘴角的弧度逐渐消失，旁边的玻璃杯上残留着淡淡的唇印，他的视线停了几秒，伸出手指，缓慢地划过那一小块殷红。他将那一抹红碾在手指间，表情看不出喜怒，拿出手机，拨通了电话，“常桉，你那边抓紧。”

电话里，常桉收敛了往日的吊儿郎当，“她留下了？”

肖崇言“嗯”了一声。

许小川遇到她的事，是个意外。许小川是个聪明人，却仍属于普通范畴内，肖崇言想让许小川忘记他，或者想起他，都不用费太大的波折。

唯一不可控的，就是阮景的意志，她若不顾一切执意要回滨江，他只得再动用些非常规的手段留下她，比如之前，给她一张假证，再伺机举报她。他从来就没想过让她离开，现在还太危险，她只有留在他身边，才是最好的，有些事不能阻拦，他便只能用自己的方式，保护自己最珍视的东西。

幸而，她变了，又没变。

隔天是一个繁忙的工作日，所以茶室里的客人并不多。

临窗边的座位上，阮景从于泽手中接过办好的身份证，礼貌地感谢道："多谢于警官了。"

于泽充满正义感的五官狠狠地皱了起来，"你现在不走了？"

"暂时不走了。"阮景笑靥如花，让服务员上了去火的菊花茶，"于警官，你能不能帮我一个忙？"

于泽抱着手审视地看着她，全身心都在拒绝，"你找别人吧，我没时间。"

阮景苦笑，她倒是想找别人，可是且不说常桉已经回了京都，就算他在，她也不敢拜托肖崇言的朋友帮她，老周又是极力推崇肖崇言的人，找他帮忙，说不定转头肖崇言就知道了。算来算去，也只有这个脑筋不太会转弯的直男警官派得上用场，她只能选择他。

所以对于于泽的拒绝，阮景干脆当没听到，睫毛忽闪，温顺无害，"我想请你帮我找一个人，我有一个朋友，她叫梁颜，我失忆之后就联系不到她了。"

梁颜，她最好的梁颜，假如说这个世界上，她还有一个人可以相信，那个人一定是梁颜，她醒来第一个电话就打给了梁颜，可是却一直打不通。

于泽侧目，"你怎么不回滨江？你不是在那儿念的大学吗？还为当地公安局立下了汗马功劳，你回去肯定有很多人可以帮助你。"

"我……我现在还不能回去，我留在这里……还有些事。"

于泽烦闷地扯了扯衣领，端起桌上的菊花茶喝了一口，没说话。

好半天，于泽都没听到对面的人再发出动静，他疑惑地看过去，只见那个全公安局上下口中的、被称为刑侦界未来希望的女孩子……眼眶红了。

于泽顿时一个脑袋两个大，手中的杯子“砰”一下搁在桌子上。

“你哭什么！”

阮景不说话，只是静静地红了眼眶，泪珠要掉不掉。

于泽一口气不上不下，就这么闷在了胸口里，“你别哭了，你是人民群众，我是人民警察，有困难我肯定是要帮的，不就是找个人，谁来着，你把基本信息告诉我，我托人打探一下。”

阮景抹了抹没多少的眼泪，拿出准备好的资料，推过去，“那就多谢你了，于警官。”

收好东西，于泽匆匆忙忙走了，好像身后有什么洪水猛兽。

看着他的身影，阮景叹息一声。她真的没那么多时间用道理劝服他，或者用陷阱诱他帮忙。示他以弱，不过就是料定了于泽的一根筋，她示弱，他就又不由自主成了保护者。这是一种与生俱来的正义感与使命感，身为警察，最难得的就是这种天性。

不知道这三年，梁颜会变成什么样子，也不知道为何梁颜直到现在也没有发觉自己在柳川的异状，但是阮景深信，不管是三年前的梁颜，还是现在的梁颜，都是她最值得信赖的朋友。

小王再次见到阮景时，比上一次待她慎重了许多，拐弯抹角地问她和老板到底是什么关系，知道她是来工作的，又开始担忧自己好不容易找到的高薪工作会保不住。

阮景料想他不会知道肖崇言很多事，对待他的防备心便也没那么重，只是笑着问他，“不至于吧，我们加一起才三个人，你就感到竞争压力了？”

“关键是，从开业到现在，除了一个走错路的，还没有上门的患者呢。”

“第一个客人马上就会上门了。”

肖崇言穿着正装走进来，目光落在阮景身上，对上她几天未见生疏了许多的眼神，不闪不避，“你跟我进来一下。”

阮景握了握拳头，抬步跟上。

走进屋子，阮景正犹豫着要不要关紧的时候，身后突然伸过来一只手覆在她手上，落下了门锁。

阮景受惊回身，肖崇言不知何时悄无声息地站在她身后，两人身体极近，可两个人一个冷淡，一个警惕，表明了两颗极疏远的心。这样矛盾的形态中，阮景却又不得不与他气息交缠，随着他低下头，耳垂与脖颈相继痒了起来，被迫掀起一阵暧昧的暗潮。

百叶窗拉下。

现在，这里就是一个全然密闭幽暗的空间。

阮景全身高度戒备，如果把她比作一只猫科动物，那么此刻，她浑身的毛都快要竖起来，只要有人轻轻一撩，等着他的只会是尖锐的爪子和牙齿。

“阮景。”他微不可察地叹息，“你不必怕我。”

“你想多了，我没有。”

两个人的距离只隔着几厘米，肖崇言的鼻尖擦过她的，他的声音更轻，带着某种蛊惑，“那你为什么不看我？”

不看他？不，她只是不想，她不想从他的目光里看出某种信息，无论是什么信息，现在的她承受不起撕破伪装后，来自他的欲望，或者恶意。

既然他先一步选择了隐瞒，那么她就配合，小心翼翼地维持着微妙的、危险的平衡，愚蠢、自欺欺人地度过一天又一天，而她要在漫长的、短暂的一天又一天中，找出真相。

这是聪明人之间的博弈。

失忆，她棋差一招，但“一招不慎，满盘皆输”这句俗语，绝不适用于她。

“砰砰砰。”

小王的声音隐隐夹杂着兴奋，“肖医生，有客人来了。”

肖崇言端着脸正要起身，下巴忽然一痛，濡湿的触觉伴着一股酥麻沿着他的鼻梁瞬间窜了上来，压迫性的目光猛地一缩，竟然捂着下巴后退了一步，“你……”

阮景抬起袖子擦了一下嘴，眼神亮得吓人，“我不惧怕任何人，从前不会，现在也不会。”

门开了。

小王的第六感告诉他里面的气氛有点古怪，此时他应该毫不犹豫地说一声“打扰了”，并且迅速回身关门，但是想到身后的那一位面色苍白的客人，他犹豫着，不知道该不该把这位客人往里面引。

幸而肖医生察觉到他的苦恼，里面传来了说话并拉起百叶窗的声音，“进来吧。”

声音暗哑，仿佛短短十几分钟，他就染上了感冒的症状。

小王回过头，小心翼翼地对着一个姑娘说：“您请进。”

阮景低着头站在办公桌一侧，俨然一个合格的助理。

几秒钟后，诊疗室走进来一个二十五岁左右的女人，妆容精致，穿着白色的衣裙，外面套着驼色大衣，卷发，昂贵的首饰，外表就写着两个字：名媛。

只是她的面色实在欠佳，浓重的粉底也遮不住眼底的黑眼圈。

“您好，我是蒋唯心。”

“蒋小姐请坐。”

蒋唯心勉强笑了笑，在沙发的边缘坐了下来，腰背挺得笔直，一手无意识地抚摸着脖子前项链上的宝石。

一颗硕大、耀眼的蓝宝石。

阮景忍不住多看了一眼。

肖崇言戴上他的平光镜，双手交叉放在桌子上。不可否认，眼镜对于肖崇言来说，就像一把锁，戴上眼镜之后，他脸上最后一丝侵略性也消失殆尽，只余一个如春风般柔和的形象了。

“我收到了您的邮件，只是我还是希望您能亲口说说您的困扰，沟通是所有心理疾病都要面临的一关。”

蒋唯心点点头，示意她明白，只是支支吾吾了许久，也说不了一句完整的话。

肖崇言一边低头写着什么，一边说：“在您发给我的邮件里，您说……您总觉得有人要杀你。”

蒋唯心神色一紧，好像这句话本身就是一个恐怖化作的怪兽，令她惶惶不知所以。她的紧张感无以复加，只得以一个防御性的姿态，死死地攥住胸前的项链。

就连不太懂心理学的阮景也知道，这种状态根本无法进行治疗。

见状，肖崇言轻轻叹了一口气，“不如这样，舟车劳顿，蒋小姐先安顿一晚吧，有什么话我们明天慢慢说。”

蒋唯心如蒙大赦般点头。

肖崇言冲外面扬声说：“小王，你送蒋小姐去酒店。”

等到蒋唯心离开，阮景若有所思，“被害妄想症？”

肖崇言摇摇头，“有一部分，但不完全是。”

看着阮景没什么兴趣的脸，肖崇言向后一靠，双腿交叠，“这个年头，被害妄想症并不是什么稀奇的病症了。”

说完，肖崇言意有所指地看了阮景一眼。

阮景回以虚伪而又谨慎的微笑。

第四章

愚人

第二天，蒋唯心依约前来。经过一夜的休整，她的精神状态好了许多，坐到肖崇言对面时，也多了几分镇定，甚至还冲阮景笑了笑。

肖崇言看了她一眼却叹了一口气劝道:“安眠药这种东西副作用很大，尤其是心理疾病导致的失眠，饮鸩止渴，迟早会知道后果的。”

蒋唯心的笑意一瞬凝固，而后自嘲地说：“肖医生说的是，我的私人医生之前也不赞同我吃药，但是我实在睡不着……肖医生，你不会知道这些日子我是怎么熬过来的。”

蒋唯心发给肖崇言的邮件阮景之前就看过了，所以才更加觉得奇怪。她是典型的京都名媛，独生女，家世优渥，父母和睦，生活顺遂，即便有点无聊那也只是有钱人生活中一点无伤大雅的小困扰，无论如何也跟那些一听就惊悚无比的心理疾病挂不上边。

但她总觉得有人要杀死她。有时候是在马路上，突然有车斜斜地冲出来，她便觉得是要冲向她的，会发了疯地跑起来；有时候是在家里，用人给她倒了一杯牛奶，她就觉得里面一定是下了药，将牛奶泼人家一身不算，还不由分说地解雇人家……林林总总，几乎搅得家里一团糟。

如果光是这样还好，可是近期蒋唯心还出现了自残征兆，她无意识地进行了多次自杀，但无一例外都被家人及时发现，清醒后会忘掉自己的所作所为，将这一切归咎于有人要杀她。

蒋家之前请的所有的心理医生对蒋唯心都得出了同一个结论，十分严重的被害妄想精神分裂。

本子的一页写满，肖崇言又翻了一页，“你的诊疗记录里写着，你订婚了。”

说到自己的婚姻，蒋唯心的脸上多了一抹发自真心的笑意，“是的，我们很相爱，我们的订婚仪式很盛大，得到了所有人的祝福，而且，我和我的未婚夫明年就要结婚了。”

随着蒋唯心的叙述，肖崇言笔下不停，阮景瞟了一眼他的本子，无数个专业术语接连出现，几乎闪花了她的眼睛，她收回了目光。

看不懂，很烦躁。

肖崇言问得很详细，蒋唯心也竭力配合。

“我不想将这种痛苦带给我周围的人，我想要痊愈，还请肖医生直言不讳。”蒋唯心的话十分诚恳。

肖崇言放下笔，“你的思维认知出现了严重的问题，就好像在我们看来人有双手，用握手表示友好，可是对你来说，所有人都是不友好的剪刀手爱德华，他们对你伸出手，就好像要用利刃将你开膛破肚。”

“我……”

蒋唯心显然被肖崇言的话吓到了。

这未免也太直言不讳了，瞄到蒋唯心隐隐苍白的脸，阮景皱起了眉头。

眼看蒋唯心的身影摇摇欲坠，肖崇言缓了缓，刚要继续说……

小王来敲门，“肖医生，外面来了一个年轻男人，自称是蒋小姐的未婚夫。”

“他怎么来了？”蒋唯心立刻慌乱起来，坐立不安。

“如果你不想见他……”肖崇言揣度着她的面色。

蒋唯心慌张地摆手，“不是不是，我不是不想见他……”察觉自己反应过激，蒋唯心有些颓然，捂了捂脸，声音低落，“白宿是担心我才找来了，让他进来吧。”

阮景闻言一怔，手上的笔滑落在桌面上。

肖崇言扭头看了她一眼。

门开了，一个一身白色运动服的男人走了进来，脸上带着明显的愁绪，眼底黑眼圈浓重，却无损他风度翩翩的气质，他身上有一种介于少年和成熟男人之间的气质，干净与矜贵奇异地糅合在一起，令人移不开眼。

“唯心，你怎么一声不吭就跑到这儿来了？”

蒋唯心站起来，跑过去环住男人的腰身，将头埋进他怀里，“对不起，我只是不想让你们担心。”

“白宿？”阮景的声音响起，轻，且充满犹疑。

男人捋着未婚妻的头发，听见声音转头看过来，视线定格在阮景脸上，“阮景？你怎么在这儿？”

白宿认识她，白宿认出了她。

不知为何，阮景悄悄松了一口气，内心的波澜渐渐平复，三年过去，总归有什么事是没有改变的。

蒋唯心一直在对着白宿道歉，说她自己不该偷偷跑出来，连累他大老远过来找她，阮景站在一旁听着，思绪微微放空。

三年，白宿竟然订婚了。

其实这也不奇怪，早在滨江念大学的时候，阮景、梁颜与白宿便经常玩儿在一起。白宿家不是一般的富二代，他的父亲是做进出口贸易的，家底可以说以亿计数。白宿回到京都，也要被人恭恭敬敬称一声“小白总”，这样的家庭，婚姻通常都是身不由己的。

白宿安抚了未婚妻，又开口询问，“我好久没见阮景了，下午跟她出去聊聊天，嗯？”

蒋唯心善解人意地笑笑，“我没事，你们老同学见面，当然应该好好聊一聊。”

“我很快就回来。”白宿抵了抵蒋唯心的额头，低喃着，“你先回酒店等我，好吗？”

蒋唯心乖顺地点了点头，脸颊染上了红晕，比开始见到她时的气色好了很多。

送走蒋唯心，白宿看向阮景。

阮景点点头，刚要张口请假，肖崇言就抬起腕表看了一眼，“三点。”

肖崇言头虽没抬，阮景却知道这话是对自己说的，哪怕这份工作只是一个幌子，但白天旷工总归是她的错，于是她痛快地点头，“好的，我三点前回来。”

白宿看着肖崇言面无表情的脸，礼貌性地点点头，便虚揽着阮景离开了。

虽然不了解柳川市，但白宿还是迅速地找到了一处高规格的茶室，问服务生要了一个清静的单间，拉门一关，里外隔绝成两个世界。

没费多少工夫，阮景就将自己月余经历简单地复述给白宿听，只是下意识地将自己的经历伪装成一起普通的车祸，并隐瞒了肖崇言和自己的肇事司机是同一个人这件事。

“你是说，你车祸之后失忆了？”水汽氤氲中，白宿蹙眉凝神，下意识流露出来的专注将他的面容衬得愈加俊朗，恢复了几分阮景记忆中青涩少年的影子。

阮景点点头苦笑，“是啊，一觉醒来，惶恐地发现我自己已经不是我认为的我自己了，平白无故长了三岁，这个经历也算是不寻常了吧。”

白宿死死地皱着眉头，“你醒来怎么不联系我？”

“我打过你的电话，是空号。”

白宿反应过来之后不免懊恼地拍了拍桌面，“是，我差点忘了，毕业后我换了电话号码……其实你是知道的。”

阮景平静地低头喝水。

空气有种窒息般的压抑。

白宿沉默了一下，“你不相信我。”

阮景没说话，她突然意识到，三年的时光对于她来说只是睡了一觉一样，可是对于白宿来说，那是一千多个日日夜夜，他在不断地成长。曾经，阮景可以轻而易举地隐瞒白宿那些她不想让他知道的事，可现在的白宿，却在成熟之后察觉到她话语之外的隐瞒。

短暂的沉默之后，阮景摇头，“我只是不想你因为我陷入危险之中。”

她不想将所有真相和盘托出，其实不止这个原因，她有一种预感，在她所不知道的那三年，阮景和肖崇言这两个人之间，一定有什么私密是不足为外人道的。她提防肖崇言，怀疑肖崇言，却不能让别人也来猜忌他。

这些念头在她脑袋里划过，最终，她垂下眼睫毛。

白宿皱着眉头反问，“危险？”

“是……在医院的时候，就有一个不明身份的女人企图催眠我，想从我口中套话，后来我想要回滨江，又有一波人栽赃，阻止我离开。”

“嘶啦”一声，椅子因为男人突然起身而发出尖锐的声响。

白宿二话不说站起来，拉住阮景的手腕，急切地说：“我带你走，我们去滨江，如果你觉得滨江也有危险，我就带你去京都。”

阮景挣开他，摇摇头，表情十分镇定，一副旁人无法动摇的决心，“不，现在是我自愿留下来的，我在这里丢失了我的记忆，我也要在这里把它找回来。”

白宿满脸写满了反对，“你是用自己的人身安全在冒险。”

阮景知晓他的脾气，跟他争论这个也没什么用，所以干脆顾左右而言他，“对了白宿，你知道我为什么会在柳川吗？”

白宿仍旧是气鼓鼓的模样，但还是回答了她，“我们最后一次联系大约是半年前，电话中，你说要去查一桩案子。那之后我再打你电话就打不通了，之前你查案的时候也会有这种情况，我也就没太在意。”

阮景又问了几句，发现白宿其实什么也不知道，也就彻底绝了寻求他帮忙的心思，这时候一个念头逐渐浮现，她忍不住问了出来，“对了，梁颜，还好吗？”

她问这句话的时候还想着，既然在这里遇见了白宿，也就没必要再让于泽帮忙联系梁颜了。只要梁颜站在她面前，她那无时无刻不在惶恐的心情，大概会平和下来。

谁知听到阮景的话，白宿的手突然一抖，水洒了满桌子。

看见他的反应，阮景心下一沉，“……怎么了？难道你也联系不到梁颜吗？”

白宿闻言，怔怔地看着她。

虽然只几秒钟，阮景却觉得度秒如年。一种不祥的预感深深卷席了她，她死死地盯着白宿，看见他的嘴巴张张合合。

“阮景，梁颜死了。”

周围一切声音如潮水般退去。

阮景嘴角还笑着，白宿的每一个字都发音清晰，连在一起却那么晦涩难懂，她没听明白他在说什么，眼泪却瞬间砸了下来，砸到她的手臂上，四肢百骸都被砸得生疼，“你……在说什么？”

白宿痛惜地看着她，“我很抱歉，小景。”

“这是……什么时候的事。”

“半年前。”

阮景睁着眼睛，睁大眼睛，看着面前的男人，喃喃自语，“我不记得了。”

“我知道。”白宿坐到她身边，伸手将她揽在怀里，阮景发出了一声撕心裂肺的闷嚎，犹如一只濒死的幼兽，极致痛楚，却知道做什么都无法挽回。

白宿抱着她，在她看不见的地方，脸上的沉痛之色缓缓地消失。他木着脸，手一下一下拍着她的后背安慰，手指绕着她的长发缠了一圈，顺着她的脊背一点点下滑，指尖像是在抚摸一件玉器。

根据白宿的讲述，梁颜死于一起意外。

半年前，一起由超速引起的车祸，梁颜当场死亡，那个日期，刚好是阮景来了柳川之后的几天。

阮景不知道自己是怎么一步一步走回心理咨询室的，甚至，她不知道自己为什么要回去。在这个彷徨、迷茫的时刻，她第一个想到的，竟然还是去那个男人身边——或许是因为，不管他到底隐瞒了自己什么，这个男人在她心中，都是强大的、笃定的，具有稳定人心的力量。

肖崇言放下手中的书，皱着眉看她，“你不是见老朋友去了吗？怎么这副表情回来？”

阮景摇了摇头，没有力气说话，坐到自己的位置上，神色不自觉地放空。

肖崇言盯着她，良久，起身去里间拿了一条毯子，披在她身上。

阮景摇了摇头想要拒绝，手指刚触碰到毯子的边缘就被肖崇言握住，他用了些力气。

“披着吧，你在发抖。”

阮景低头，沉默片刻后，拢了拢毯子，将自己包裹起来。

在这个临近黄昏的时刻，屋子里没有开灯。

暖风不知道什么时候开得大了，满室寂静又温暖，阮景感觉自己的血液又开始缓缓流淌，她的精神紧绷，肉体却因此更加疲倦，阮景缓缓地趴在桌上，看着肖崇言的背影，神思逐渐昏沉。

有时候，一个生活中不经意的瞬间，穿越时间，穿越空间，可以在一个人的记忆中停滞好久。

一如梁颜。

在一个草木茂盛的夏天，梁颜站在树下，穿着纯白色的长裙，秀发乌黑，眼波盈盈，经过的男孩子都偷偷瞧她。她站在那儿，就能代表整个夏天的明媚。

万千星河不及她灵动闪光。

“小景，过来呀。”

阮景一直都觉得，这世上没有什么比笑着的梁颜更美。

她快步走向梁颜，走到她身边，心中从未有过的安定。

可是下一瞬，梁颜突然痛苦地抓住她的手腕，鲜血大口大口地涌出来，极致的红，衬得她面色更加苍白。

“小景，我疼。”

阮景想扶住她，可是脚下却突然像是被什么抓住，一点一点陷下去，只能眼睁睁地看着她的生命力迅速地流失，最终变成一具不会说话、不会笑、不会呼吸的尸体。

阮景想，她也疼，心疼得快要裂开了。

“阮景，醒一醒。”

有个声音，淡漠得很，却破开了漫天血色，将她从沼泽中生生地拽了出来。她睁开眼，看着眼前面容清俊的男人，眼底尚存迷惑，不由自主地问，“你是谁？”

他眼里印着她的倒影，声音中有一种她清醒时从未听过的温软，“肖崇言，我是肖崇言。”

他说他是肖崇言，可是肖崇言又是谁？

“睡吧。”

他的手指插入她的发中，一点一点精心地梳理着。

空气中不知什么时候弥漫起一股淡淡的香味，室内的温度逐步升高，男人的额头已经隐隐冒了汗珠，对于女人来说，温度刚刚好。

她又昏昏沉沉地睡过去。

再次醒来的时候，天光已经彻底地暗了下来，月影朦朦胧胧，屋里没开灯，只有角落里的电脑显示器幽幽地冒着蓝光。

阮景坐了起来，转了转脖子，又忍不住打了一个悠长的呵欠。

听到这边的动静，男人合上电脑站了起来。

下一瞬，满室明亮，阮景忍不住眯了眯眼。

“抱歉，我不知道我怎么就睡着了。”可能是下午哭过了的原因，一开口，她才发觉自己的声音有多沙哑。

肖崇言递给她一杯水，“刚才你做噩梦了。”

阮景沉默不语，从他手中接过水，水杯温热，他指尖微凉。

“这屋子里好香。”

肖崇言蹙眉看她，语气不温不火，“我看你睡得不安稳，就点了熏香，很多有惊惶症状的病人来咨询的时候，我都会用这个，可以帮助他们放松。”

热水顺着喉咙流进去，阮景周身仿佛也有了热度，“谢谢。”

肖崇言的视线从她白皙的脖颈上一扫而过，面无表情地接过玻璃杯，“不客气。”

因为阮景打算在柳川再留一阵子，也不好总住酒店，拿着肖崇言的卡付房费，哪怕那是他的补偿，阮景心里也觉得怪怪的，干脆找了一间月租的公寓。

说来也巧，跟肖崇言的住所隔了不到十分钟的车程，理所当然，肖崇言提出了要送她回去。

阮景一上车就闭着眼靠在座椅靠背上，整个人恹恹的。

肖崇言瞥了她一眼，伸手打开了音响，一段舒缓的钢琴曲缓缓流泻在狭小的空间里。

窗外五光十色的霓虹灯飞速掠过。

“肖邦的曲子很好听。”阮景忽然说。

肖崇言没接话，只是接下来阮景听到的，都是肖邦的曲子了。

又过了一会儿，汽车拐上一条小路，周围一下子暗了下来，肖崇言才又开口，“上一次，我不是想刺激她，我只是想让她跟我说真话。”

阮景意识到他是在说蒋唯心的事情。

肖崇言一手扶着方向盘，另一只手旋小了音量，“以她的家世，很容易找到许多优秀的心理医生，她太清楚一个具有被害妄想精神分裂的人的表象是什么，也很容易就将自己代入其中，最后演变成一个妄想症患者。”

阮景坐直了身子，对他的解释十分的不解，“演变？你是说蒋唯心没有精神病？”

肖崇言摇摇头，若有所思地说：“不，恰恰相反，她的精神病很严重。”

“……”

阮景觉得自己被耍了。

见她一脸不满，肖崇言意味不明地笑笑，将她送回了家。

阮景道过谢上了楼，这栋公寓的安保做得很好，私密性极强，可是当她打开门面对空旷的房间、陌生的陈设，还是不免感到压抑。

窗外的车灯远远近近。

恍惚间，阮景意识到了什么。她拉开窗帘向楼下望去，一辆黑色的商务车还静静地停在原地，车门开着，有个人影倚门而站，指尖一抹猩红色明明灭灭。

阮景感到自己的心重重地跳了一下，她走到客厅旁按下开关，瞬间一室灯火通明，等她再向下看去的时候，车已经开走了。

白宿的到来无疑给阮景注入了一支强心剂，以至于第二天白宿约她见面的时候，她毫不犹豫地就给肖崇言发了一张短信版的“请假条”，也不管他回不回复，自顾自赶往了约定地点。

比萨店的门角风铃摇响。

阮景进门就看见白宿坐在位置上，微笑着看向她。他穿着白色的高领毛衣，料子是柔软的马海毛，在黄色氛围灯的笼罩下，像一只温顺无害的羔羊，比记忆中的白宿还要嫩上几分。

这个比喻令阮景不由自主地笑了起来，只是下一秒，眼前浮现出曾经三个人在一起的时光，那种撕心裂肺的痛楚又开始悄然浮现。

阮景费力压下了这股无法释怀的悲痛，走到白宿对面坐下，“怎么想到来这儿？”

白宿招来服务生要了菜单，送到阮景眼前，“我在网上查了，这一家的手工比萨特好吃。我昨天已经带唯心来尝过了，比咱们学校附近的那家还好吃。”

阮景一边看一边随口问道：“蒋小姐呢，怎么没跟你一起来。”

白宿跷起二郎腿，以一个很舒展的姿势靠在座椅靠背上，双眼一眨不眨地盯着她，“还在酒店，我给她订了明早的机票，回京都。”

阮景愣了一下，抬起头来，“回京都？”

白宿笑道：“你放心，我会留在柳川陪你一段时间的。”

阮景摇摇头，面色有些严肃，“你不能让她回京都。蒋小姐即便是要走，也最起码让肖崇言看看她的情况。”

“没必要，我们在京都找了许多心理医生了。她的病情却越来越重。最后一个专家说，还是顺其自然，让我们在生活中多关心她一下，缓解她的紧张，给她安全感。不停地找医生，只会令唯心一遍一遍意识到她有病……这是我们都不愿意看到的。”

阮景还想说什么，白宿将菜单又往她手边推了推，“快点选吧，我早上没吃饭，现在都快饿死了。”

白宿显然不想提这个话题，脸色铁青。

阮景只好将话咽回肚子里。

白宿说得不错，比萨香气扑鼻，十分诱人。

在美食的缓冲下，白宿的情绪重新好转，殷勤地给阮景切比萨拿饮料。

这时候阮景的手机响了，她抽手按亮，是肖崇言的回复：“下午过来。”

简练的四个字，阮景轻轻地“嗤”了一声，随手将手机揣回兜里。

“你笑什么？谁给你发的信息？”冷不丁白宿突然开口问她。

“没什么。”阮景继续向比萨进攻，没有抬头，也就没看见白宿在她敷衍地回答后陡然眯了眯眼，嘴唇紧紧地抿了起来，纤长的手指拢着杯子，像是要将什么牢牢地攥在手心。

那是可以被称之为“愤怒”的一种表情。

等到阮景察觉到气氛不对抬起头的时候，只来得及抓住白宿眼中未曾完全褪去的阴郁。她微微一怔，白宿已经飞速低下头，喝了一口水。

水汽氤氲中，他仿佛不经意间开口问她，“那你在柳川待了这么些日子，有没有什么发现？”

仅仅犹疑了不到一秒钟，阮景身体先一步于头脑做出了反应——她摇了摇头。

“那你有什么发现，一定要告诉我。”白宿看着她的眼神认真而执拗，“我担心你。”

看着男人那一双略微濡湿的双眼，阮景的心软了下来。这是她的白宿啊，她和梁颜的白宿啊。梁颜一直都相信，有些东西，哪怕时间变迁，哪怕故人不在，总归是不会改变的，当然也包括记忆中那个热烈的少年。

可是方才那一闪而过的阴郁，真的只是个错觉吗？

因着这股子莫名其妙涌来的情绪，在白宿提出去柳川市的名胜古迹散散心时，阮景摇摇头拒绝了，说自己下午还有事情。

白宿阴沉着脸。从前在大学，阮景跟梁颜腻歪在一起而忽视了他时，白宿就经常露出这样的表情。

在留下了自己现在的住址以后，约定好这两天再见面，阮景才好不容易得以脱身。

赶到肖崇言的心理治疗室时，肖崇言不知道正在跟谁打电话，听见动静撩起眼皮看了她一眼。

阮景脱下外套挂起来，回身就听见他跟电话那端的人说：“我一向信任你，常桉，注意安全。”

隔了几秒钟，他挂断了电话，瞥了一眼墙上的时钟，“很听话。”语气有种明显的愉悦感。

阮景别扭了一瞬，清了清嗓子问他，“你让常桉去做什么了？他不是警察吗？”

“那当然是做警察做的事情了，”肖崇言意味不明地回答，一边说着，一边起身走到文件柜前，从上层抽出一份夹在蓝色夹子里的文件，递给阮景，“看看吧。”

阮景接过打开，一张事故现场的黑白照片映入眼帘，她的呼吸滞了一下。照片中，两个人倒在血泊之中，看周围的情景大概是高空坠落身亡，两具尸体都有不同程度的损伤，而且由于拍摄角度问题，看不清两人的面容，仅仅能从衣着上判断出这是一男一女，或许年纪不小，大概在四十岁左右……往后翻几页，都是一些柳川警方对当时这一起坠楼案件的调查。很奇怪的，只有最开始对当时围观群众的笔录调查，后面就像是遇到了什么阻力，连一个“高空坠落致死”的死因都草草几笔。至于死者身份，就更没说清楚了。如果有个词能形容阮景看它的感受，那就是“无头公案”。

“给我看这个做什么？”

“我的一个病人，就是这起高楼自杀案件的直接目击者，那两个人先后跳下来时，他正从那栋大楼下经过，‘砰砰’两声，人就砸在他眼前了，据说脑浆都出来了，红红白白地搅合在一起，铺了一地。”

说完，肖崇言偏头看了看阮景的表情，看到她面无表情的回视后，皱了皱眉，似乎在为了没有恶心到她而遗憾。

阮景一眼就看穿他突如其来的恶趣味。

“这么看我干什么，你忘了我是什么专业的吗？你不会以为我还会怕这个？”

肖崇言缓缓地“哦”了一声，又垂下了头。

阮景没好气地问，“所以呢？你这个病人因此被吓到了？得了什么精神方面的病症？”

肖崇言点头，“是的，他受了刺激，晕倒过后，就忘了那个下午发生的事情。警方将他介绍给我，希望让我帮助他恢复记忆，他们需要这个人的证词。”

“警察遇见这种事也会找你？”

肖崇言示意她看完后将文件还给自己，“是，警察对这种情况也没什么好办法。而像我这样，既是专业领域的佼佼者，又能胜任刑事案件调查的心理医生，可是抢手货。”

话音刚落，阮景还来不及嗤笑，小王就探了脑袋进来，“肖医生，有人找。”

小王身后，是那个叫许莺的女警，她今天没穿警服，鹅黄色的毛衣搭配着尼龙短裙，显出姣好的身材。看见阮景也在这里，她愣了一下，显出几分局促，“肖医生……”

肖崇言也很诧异，“许警官？你怎么来了？”

许莺瞄了阮景一眼，还有点尴尬，“我……我今天轮休，听说肖医生还在柳川，特意过来看看……有没有什么需要帮忙的。”

肖崇言也愣了一下，然后面色有些古怪，仍然微笑着，“谢谢许警官了，我还有事没办完，短时间内还会留在柳川的，有需要的地方一定联系公安局。”

“这就好……”许莺轻声说道。

又聊了一会儿，互相留了电话，许莺才满脸通红地走了。

阮景挑挑眉看他，“抢手货？”

肖崇言矜持地颔首。

阮景收回目光，嘴角弧度渐浅，脑袋里想的却是肖崇言口中的“有事情没办完”是否与自己有关。

隔天清晨，阮景很早就来了。

小王正在勤快地擦着前台的桌椅。窗台摆着一束百合，花叶新鲜，香气扑鼻。这里大概没人知道，她其实很喜欢百合，就因为它香。

肖崇言已经到办公室了，埋头在文件堆里也不知道在看什么。

阮景走进去环顾四周——老实说，她现在也弄不明白自己都需要做些什么。肖崇言也从来都没开口吩咐过她，就像是默认并且十分乐意有她这么一个人，频繁地出现在他的生活中。

阮景又走了出去，从小王手上接过他正准备端给肖崇言的咖啡，然后在小王的一脸懵懂中关上了办公室的门，将冒着热气的美式咖啡，完美地伪装成自己的劳动成果，“给。”

肖崇言伸出手，一杯咖啡底下垫着厚厚的纸巾，稳稳地落在他手心，一点也不会烫到这位心不在焉的肖医生。

有一瞬间，阮景神思飘开，恍惚觉得这一幕曾经发生过。

男人喝了一口咖啡，似乎是意料之外的热度烫到了他，肖崇言皱了皱眉，随手将剩下的咖啡搁在一边。他的眼神专注在面前的文件之中，由于神情的严肃，他整个人都仿佛绷紧般，透着一股子禁欲的气息。

阮景发现，她的视线在此时此刻无法从肖崇言的身上移开。尽管知道，他不仅仅是一个普通的心理医生；尽管知道，他是蓄意制造了那一起导致她失忆的车祸；尽管知道，他对她，别有用心，敌我未明。

但她仍然，无法将视线移开。

这大概可以称之为——越致命，越有吸引力。

阮景冷静地反思着，她并不是得了斯德哥尔摩综合征，或天生有受虐倾向，她能够欣赏着这样一个英俊而危险的男人，或许是因为，她并不畏惧。

不知道过了多久，肖崇言叹了一口气，伸手按了按自己的太阳穴，抬头的时候，正对上阮景那专注的目光。他鲜少地愣了一下。

两人就这样维持着一种诡异又透着暧昧的动作，直到几秒钟后，一个纤弱的身影敲了敲门。

“肖医生。”

肖崇言很快回神，深深地望了一眼阮景后，冲来人点头，“蒋小姐，你又来了。”

来人是蒋唯心，她又换了一套衣服，配饰也有别于之前，唯一不变的，是胸前那纯净得近乎耀眼的蓝宝石项链。

蒋唯心坐下，手指拢在一起，放在膝头摆弄着，半晌也没说话。

阮景见她太过紧张，倒了杯花茶给她，并没有问她此时此刻没出现在机场，反而一个人跑过来是为了什么，白宿又知不知道。

肖崇言观察了蒋唯心一会儿，才悠悠地开口，“蒋小姐避开未婚夫独自来找我，想必是有事情不宜让他知道，不如说出来，看看我能不能帮到蒋小姐。”

蒋唯心摸了摸胸前的项链，硕大的宝石在日光的照射下变幻着光彩，

“我不知道有谁可以说，他们都不相信我……就连我自己有时候也不相信自己了。”

肖崇言了然地点了点头，“这是很正常的事情，日复一日在众人的怀疑与时常反复的自我怀疑中，你很难对自己的状态有准确的判断。”

蒋唯心沉默着，与精致的外表截然相反的，是她眼中毫无神采，那是一种看不到未来的空洞。

肖崇言从办公桌后走出来，坐在了蒋唯心身旁的沙发上，双腿自然地分开，身体前倾，双手交握着置于膝头，这是一种十分随意，完全没有攻击性的坐姿。

“蒋小姐说过，有人想要害你，那么我能问问，哪怕是虚幻的，你心中有怀疑的对象吗？”

蒋唯心想到了什么，一刹那变了脸色，神经质地摇摇头。

“你知道。”肖崇言静静地看着她。

“我……我不知道……”蒋唯心泣不成声。

肖崇言站起来，走到窗边，拉上了橙色的纱帘。日光倾泻进来，就变成了暧昧的暖光。他又慢悠悠地点了香熏。不多时，一股甜腻的味道缓缓飘来，令人昏昏欲睡。

肖崇言的声音仿佛有魔力，“别担心，你记着，你是个病人，是一个精神上异常的人，你所说的一切都可以被称之为妄语——所以你不必为你说的话负责。”

阮景觉得，听一个心理医生说话，她的智商遭到了极大的考验，两个人的谈话云里雾里，像是在说一件具象的事情，又像是在说蒋唯心精神世界里的事情，阮景只好从两个人的表情中揣测着谈话的进展——肖崇言在引诱蒋唯心说“实话”，而蒋唯心显然已经被说动了。

忽然，门被“砰”地踹开，一个颀长的人影走进来。

白宿的脸上有明显的怒气。

见到白宿，蒋唯心一下子从沙发上站起来，面色惊慌。

白宿铁青着脸，直视肖崇言，“肖医生，我的未婚妻不能受刺激，希望你能尊重家属的意见，不要随意按照你自己的意愿治疗她。”

肖崇言挤了挤眉心，对当下的情况表示无奈，同时侧过头，不想同白宿争辩。

可是此时蒋唯心却突然有了动作。

“白宿，救救我！”蒋唯心冲过去，紧紧地搂着白宿的腰身，将头埋进他胸膛，哭泣着说：“救救我，他要杀我！”

蒋唯心抬了抬手，透过白宿的左臂，虚虚一指。

阮景深深地长叹一口气，蒋唯心是在指自己和肖崇言。

肖崇言说得不错，蒋唯心真的是病得不轻。

这样想着，阮景看向肖崇言，却发现他紧紧地抿着嘴唇，目光复杂，像是在思考着什么难题。

“肖崇言，你……”白宿说着，双眼暴躁地眯了起来。

在他想要冲上来之前，阮景面无表情向前一步，站在了肖崇言的身前，沉默地看着白宿，用眼神无声地阻止。

这也是阮景的印象里，她第一次站在白宿的对立面。

白宿看着她的眼神闪过一丝惊愕，拳头挥到阮景面前，硬生生地收了回去，不可置信地说：“小景！你干什么！”

阮景回避了这个问题，只是安抚性地点点头，“好了，你也知道她的情况不太好，现在说什么都是做不得数的，你快带她走吧。”

白宿想要说什么，但又忍住了，他显然心中有气，只是不知是对肖崇言，还是对阮景，头也不回地搂着哭哭嚷嚷的蒋唯心走了。

从始至终，肖崇言都站在原地没有动。他只是看着阮景，用一种阮景从未见过的复杂目光。

那种目光令她无端惊心，阮景不自觉地避开他的视线，“看来肖医生白长了一张英俊的脸，竟会被人误会成凶徒。”

肖崇言走了两步，将办公室的门重新关好，才回过身淡淡地回答，“你不就是这么误会的吗？否则怎么会来我这里打杂？”

阮景一愣，抬起头，肖崇言的黑眸深处涌动着她不明白的意味，仿佛有什么在积蓄着力量，妄图冲破束缚它的牢笼。

他知道？

他知道她对他全部的怀疑？

“你为什么……”那他还为什么纵容她待在这里，待在他身边？

“我为什么？”肖崇言盯着她的眼，一字一句地重复着，“我也很想知道，我为什么还要把你留在身边，我更想知道，刚才白宿想要冲过来的时候，你为什么要挡在我身前？”

阮景一时间也回答不上来，那就好像是一种生理反应，她想站在他面前，不让他受伤害，于是她就那么做了。她的目光像笼罩了一层雾气，“没有为什么。白宿刚才不太冷静，换成别人我也会阻止他的。”

肖崇言走近她。他的双眼深邃而幽深，却又映着她的身影。他呢喃地问，“阮景，你知道你看着我的时候，是什么样子吗？”

气氛变得奇怪起来，好像有什么被戳破，在空气中弥漫。

“用这种眼神看着我，我知道你想要什么。”

阮景想逃，可是脚下就像是被定住了，眼睁睁地看着他靠近，看着他的脸在她眼中越来越清晰，看着他的唇凑近了她。

温热的呼吸交错，阮景突然问，“你会骗我吗？”

肖崇言的目光掩在长长的眼睫毛之下，“你想问什么？”

“我们是什么关系……从前。”

肖崇言没说话。

“那我换个问题好了，那些人，到底和我有什么关系？”

“阮景，我现在不能告诉你。”肖崇言叹息着，目光从她的唇上划过。最终，轻吻落在了她的额头上。

好像空间交错，时间扭曲，依稀有一个人目光灼热，却包含悲哀。

“……我不能否认我爱你。我爱你，就像风和日丽的海滩，我坐在沙边观景，我脚下的海水突然大片大片地褪去，露出大片大片嶙峋的礁石，没有风，没有人语，我不知道海啸几时会来，我只知逃也无用。阮景，我爱你，可是我不想这样。”

是谁在说话？那人分明就在她面前，可是那段缺失的记忆蒙住了她的眼，任她怎么努力，都无法透过层层浓雾看清那人的脸。

她突然头痛欲裂。对面的男人在她无力瘫倒的一瞬间扶住了她。

“不要想，什么都不要想。”

屋里燃起了好闻的熏香，音乐舒缓，有着古怪却令人放松的节奏，有人轻柔地梳理着她的头发。

那天之后，两人之间的气氛隐隐有些古怪，仍旧粉饰着太平，却有什么真真切切地变了。

不知为何，肖崇言很执着于蒋唯心的病情，几次三番联系她，电话那端却始终没有接听。

白宿依旧留在柳川，隔三岔五给阮景打个电话闲聊，或是约她吃饭。只是，每当阮景说起蒋唯心的时候，白宿都一副不愿意多谈的样子，只说蒋唯心已经被送回了京都，现在正在接受之前蒋家聘用的心理医生的疏导。问得多了，白宿毫不掩饰他的暴躁。

“你为什么那么相信他？”

“我……”有那么一瞬间，她想过告诉白宿，自己和肖崇言是旧相识，可是这个事实对这件事情没有任何帮助，而且，在肖崇言口中“现在不能告诉你”的事情，或许也意味着，不适合告诉其他人。

这天正好是初冬的第一场小雪，道路泥泞得很。

常桉一进门就疯狂地抖落着身上的雪花，以防止它们融化在他的外套上。

肖崇言和阮景正在整理从京都运过来的卷宗。阮景皱着眉看常桉，目光里的探索之意令常桉忍不住打了个喷嚏。

常桉显然有心事，挤出了一个勉强的笑容，“这么看着我干什么？就好像我干了什么罪大恶极的事……话说，你的案子不是了了吗，怎么还没回家？”

说话的时候，常桉的目光避免直视阮景，反而几次三番向着肖崇言望过去。后者也不知是没留意到还是刻意忽略了，一个余光都没有回赠给他。

常桉和肖崇言的关系十分亲密，这种亲密绝不是一朝一夕就可以培养出来的。阮景猜想，常桉或许也是知道自己和肖崇言曾经是认识的，但没拆穿他语气里的不自然，起身拿了一块干毛巾递给他。

“想留下就留下咯……擦擦吧。”

常桉在屋子里用空调吹干了衣服，又喝光了一杯原本属于肖崇言的热水，显得有些坐立不安的样子。似乎是为了缓解这份不安，他冲着外面招招手，没话找话地招呼着，“你就是小王吧。”

你才是小王八……

小王的表情……

肖崇言扶额叹了一口气，终于抬头看向他，“好了常桉，你有什么事快说吧。”

常桉尴尬地笑了两声，目光若有似无地在阮景身上打了个转，欲说还休。

肖崇言面色严肃起来，刚要开口说话，阮景就打断了他，识趣儿地站了起来，“你们说着，我出去喝杯咖啡。”

“等等。”肖崇言一把拽住了她的手腕。两人视线交汇，肖崇言顿了一下，叹了一口气，“算了，你就在这儿，我们出去说。”

他偏头示意了一下常桉，然后又自顾自皱了一下眉，转头引着阮景到了文件柜前面，一本正经地说：“这里都是我这些年经手的一些心理疾病案例。你可以随意看看。有些病例，哪怕在刑事案件里，也不常见。”

养过宠物的人都知道，主人离开家之前，总是怕宠物在家里孤单，通常会买一些毛线团之类的玩具给宠物消遣。

阮景莫名地觉得，她现在就像那只被留下来的宠物，肖崇言在安抚她，就差拍拍她的头告诉她，乖一点，他很快就回来。

门关上，屋子里只有她一个人。

阮景漫无目的地看着他过往的档案记录。忽然间，一个浅蓝色的文件夹吸引了她的视线，文件夹有使用的痕迹，仿佛经常有人会将它拿出来翻看。

阮景踮起脚，将它从最上层取下来。

这是一份人为收集起来的藏品的资料，有关于一支簪子，资料来源广泛，有高清的照片，也有干脆从报纸期刊上裁下来的报道。

主图是一张翻拍的簪子照片，一只通体透彻的玉簪，镶嵌着三种不同颜色的宝石。三个宝石边缘有天然的凹槽，这使得它们可以严丝合缝地聚拢在一起。图片旁边还有这件藏品的介绍。这是在贵妃墓挖掘出的玉簪，属于唐代，历史和艺术价值极高，现在被收藏在京都国家博物馆，是馆藏珍品之一。

阮景盯着上面偌大的三颗宝石，怎么看都觉得有些眼熟，但随即又觉得是自己想多了，挤了挤眉心，她又将这个文件夹放了回去。

肖崇言和常桉再进来的时候，阮景发现常桉看她的神情有些奇怪，似乎是想说什么，但顾忌更多，最终咽了回去。

看着肖崇言严肃的面容，阮景压抑住了心里的那点好奇，疑惑地问道：“怎么了？”

常桉一反刚才的吞吞吐吐，利落地从怀里掏出一个本子，沉默地递了过去。

“这是什么？”

“蒋唯心的日记。”

阮景好奇地走过去，拿起来翻看，脸上的表情逐渐严肃。

这是一本笔记本，泡了水，一大半已经斑驳不堪，里面依稀可见娟秀的字体，从前几页的工工整整到后面的凌乱不堪，似乎笔记的主人越来越慌乱，以至于下笔的时候根本无暇顾及自己的字迹是否整齐了。

阮景的食指小心地翻开一页——

“我爱他，可是他的目光从来都没有在我的身上停留过，我便一直以为他不爱我，可是今天，当他拿着钻戒单膝跪在我面前的时候，我是多么感谢上苍，我终于可以跟他永远地在一起了，我好幸运。

“不知道是不是最近没有休息好，我时时刻刻都觉得有人在暗处看着我。他笑话我眼花，说我最近压力大，或者是太紧张了——我当然会紧张了，真不敢相信，我竟然要嫁给他了。”

意识到了什么，阮景抬起头，看到两个男人如出一辙的淡定的目光，她又低下头，翻了几页。往后的字迹愈加潦草，看得出来，笔记的主人已经颇为慌张了。

“我知道我不应该再多想了，可是我真的忍不住。今天在马路上，我看到那辆跟了我一天的黑色轿车直直地向我冲过来，我甚至能透过车灯看到那个司机冲着我笑！他是故意的！他想要撞死我！可是没有人相信我，大家都以为我疯了！

“我确定他爱我。他亲吻着我的眼睛、我的脖子、我胸前的项链，一直安慰我说一切都会过去的。我感到很对不起他。父母找来的心理医生也一直试图告诉我我很安全，没有人想要害我，但是我确定那不是幻觉，我该怎么办？

…………

“那些想要我死的人已经追到家里来了！王妈递给我那杯牛奶时，我看见她的手在抖。我问她为什么，我说我不要喝那杯牛奶，她的面色一下子就变了，她甚至想要将牛奶从我的喉咙里灌下去！我不知道这个世界还有哪里是安全的。”

…………

到了最后一篇的时候，字迹又恢复了不慌不忙，仿佛每一个字都倾注着书写者的心血，就像完成使命一样，她一个字一个字地写下了这段话——

“或许我真的不应该再活在这个世界上，但我真的不知道，我为什么要去死？他为什么想要我死呢？我猜不透，我也不在乎了，哪怕是注定要迎来的死亡，我要死在我最终想要待的地方。”

阮景注意到这篇日记的日期——不同于之前的都是一两个月前的日记，这一篇日记的落款日期就在一周前，也就是蒋唯心被送回京都的那段日子。

“这个笔记本……你们是从哪里找来的？”

常桉抱着肩膀，讽刺地说：“一个被辞退的蒋家的用人，我在她家的垃圾箱里翻出来的……你猜我还翻出来了什么？大剂量的特效安眠药！好家伙，要是有人将这些一口气吃下去，后果……”

阮景的眉梢跳了跳，一个念头逐渐浮了起来，“所以……”

肖崇言深深地吸了一口气，严肃异常，“蒋唯心没有病，是真的有人要杀她，或者说，她意识到了什么，所以她在装病。”

至此，一个简单的被害妄想症病例，突然演变成了一桩预谋杀人案。

阮景的第一个反应就是掏出手机，她想要给白宿打电话，让他联系蒋唯心，可是在拨号的一瞬间被肖崇言按住了，他淡淡地说：“没用。”

在阮景不解的目光中，常桉解释道："一发现蒋唯心可能有危险，京都的警方就立刻上门了。可是，蒋唯心不见了，她自己离开了蒋家，没人知道她现在在哪儿。现在京都那边的警方都在寻找她，也打电话给她的未婚夫了，让他一有消息就立刻通知警方。"

阮景走到桌边，喝了一口水，将喉咙里的干涩压下。

常桉一手拄着下巴，"对蒋唯心来说，蒋家是她最后的堡垒了，可是她现在自己走了出来，我担心，想要害她的人会闻风而动。"

阮景沉吟片刻，突然问道："京都那边的警察上门找她是什么时候？"

常桉回答说："早上，准确地说，是清晨，五点多，我也跟着去了，然后我就把情况立刻告诉了崇言，并且立刻赶过来了。"

其实，常桉这句话有很多漏洞，比如，警方的行动他为什么要向肖崇言说明，又比如，告诉肖崇言消息就可以了，常桉为什么还要只身前来，可是现在显然不是深究这些问题的时候。

"也就是说，其实我们还有时间，只要能联系上蒋唯心，我们就能帮她。"

可是，怎么才能找到蒋唯心？相隔着几百公里的距离，警方都找不到的人，他们上哪里去找呢。

肖崇言突然开口，"给她打电话。"

常桉摇头，"试过了，手机没有关机，但是她不肯接。"

"我是说，用另一种方法，让她接电话。"

常桉不赞同地摇摇头，"可是这样一来，我们会泄露你的 IP 地址。"

肖崇言静静地看着他，最终，常桉妥协了，匆匆走出去，不知道在联系什么人。

阮景转头看肖崇言，"常桉是什么意思？什么叫另一种方法，什么叫泄露 IP 地址？"

男人低着头，手里把玩着他的钢笔，有一下没一下地敲着桌子，看起来并不打算回答阮景的问话。

不过，阮景很快就知道了。

常桉搬进来一台笔记本电脑，似乎有人在远程操控着它，蓝莹莹的屏幕上面各种代码飞速地闪过，数字变幻，令人头晕眼花，直到某一瞬间，界面突然停止。常桉递了一个眼色给肖崇言，后者点点头，拨了蒋唯心的电话号码。

嘟——嘟——嘟——

焦急地等待中，电话终于接通，蒋唯心似乎没反应过来电话怎么突然自己接通了，过了好一会儿，才轻轻地“喂”了一声。

电话开着免提，阮景听见她那端有呼呼的风声。

肖崇言低头看着手机，就像是想透过它看到蒋唯心现在的情形，他语气严肃，“蒋小姐，我是肖崇言。”

“肖医生？你怎么……”

“我们找到了有人试图加害你的证据。蒋小姐，我给你一个建议——在警方找到真相之前，回京都去，躲在家里，用你敏锐的第六感继续犯着你的心理疾病，它能救你的命，就像之前无数次一样。”

对面很久没有声音传出来。

肖崇言的眉宇间染上了一抹郁色，“喂？蒋小姐，你听到了吗？你现在在哪里？”

风吹得更猛烈了，电话那端有电流的杂音传来。

蒋唯心突然短促地尖叫了一声。

“蒋小姐？”

“我……来……来不及……”她忽然又神经质地念叨起来，“有人要杀我，有人要杀我，我要往前跑，往前跑……”

电话突然间切断了。

肖崇言愣了一下，突然意识到什么，狠狠地将手机扔向了对面的墙上。

“啪”地一声，手机摔在地上，四分五裂。

他们不知道蒋唯心现在在哪里，甚至不知道她是不是还活着。

常桉紧皱着眉在屋子里走来走去，不时接打电话，从他的只字片语中，大概能推断得出，他是在跟京都那边的警方联系。

阮景一遍又一遍地拨打着蒋唯心的电话号码，可是那端始终死一般沉寂。

过了大概半个小时，阮景的手机突然响了，她连忙低头一看，竟然是老周。

电话一接通，还不待阮景询问，老周稍显沉重的声音便立刻响起，“阮景，肖崇言医生在你旁边吗？我打不通他的电话。”

阮景瞄了一眼地上尚未清理的手机残骸，轻咳一声，“在，你找他有什么事？”

“肖医生近期是不是有一个病人，名字叫蒋唯心？”

阮景的心突然重重地一跳，话音也冷了几度，“发生什么事了？”

“你听我说，半个小时前，我们接到了一起关于跳楼自杀案的报案，就在市中心的金茂大厦，我们赶到现场的时候，自杀者已经气绝身亡，刚刚我们核实了死者身份……就是这个蒋唯心。”

这时，咨询室外面突然响起了一阵骚乱，夹杂着小王莫名的声音，“你们找谁啊？”

老周声音带着几分为难，“而且，我们接到了报案，有一个年轻男人指出，蒋唯心之所以来柳川，就是为了找肖医生治病的……除此之外，她没有任何来柳川的理由，而此前，蒋唯心的病情经过京都那边的心理医生的治疗，已经基本控制了，所以……”

喧嚣声渐近，两个穿着警服的男人走了进来，对着几人出示了警官证。

阮景霍地抬头，对上肖崇言沉静的目光，她慢慢地说：“所以，肖崇言是嫌疑人。”

一个警察开口说道：“肖医生，由于接到报案，你需要跟我们走一趟，做一个基本的调查。”

常桉上前一步，正想要跟这两个人说些什么，肖崇言却突然抬了抬手，阻止了他，“没关系，这是应该的……正好，我也有些困惑。”

肖崇言十分配合地向外走去。

阮景沉默了一瞬，也快步跟上。

其中一个警察在公安局见过阮景，此刻也好声好气地说：“阮小姐，你不必跟过来。”

阮景摇摇头，“我是他的助手，蒋唯心这几次来咨询的时候，我都在旁边，说不定我也可以提供一些有用的线索。”说着，她的视线掠过依旧放在桌子上的笔记本，犹豫了一下——这当然是一个很好的物证，只是余光中，常桉冲她微微摇了摇头。

阮景便佯装无视地错开目光。

一阵颠簸之后，众人赶到公安局的时候已经是下午五点左右了，这一次，负责问讯的警察是于泽。

于泽不像那两个小警察那么好糊弄，看到阮景跟来，就知道她想掺和进来，二话没说就黑着脸把她扔在问讯室外面，给她吃了闭门羹，只警告似的留下一句，“你就等在这儿，不要乱跑，老周马上就过来了。”

第五章

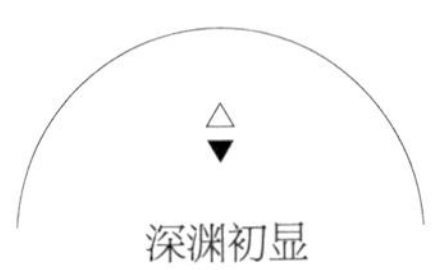

深渊初显

阮景盯着紧闭的门好一会儿，她实在不明白，于泽为什么那么讨厌自己。不过现在，她更担心的是肖崇言在里面怎么样了，她重重地叹了一口气，刚一转身，对面办公室的门就开了。

老周和一个年轻男人一前一后走了出来。

看到那个男人，阮景的手指忍不住拢了拢，觉得自己的喉咙有些痒。

她缓缓地说："报案说肖崇言有嫌疑的人，是你，白宿。"

"是我。"

或许是由于未婚妻的突然身亡，白宿的表情愈加阴沉。

阮景眉宇间尽是不赞同和不认可，"我知道你现在的心情，可是白宿，你怀疑肖崇言是没有道理的，肖崇言每次见蒋唯心，我都在旁边，他根本就没有……"

白宿没有出言打断她，只是他的表情隐忍到了极致，五官甚至都在微微颤抖着，这样的白宿令阮景觉得只要她再多说一个字，他整个人就会立刻崩溃。

阮景抿了抿嘴唇。

白宿冷笑了一声，话像是从牙缝里挤出来的一样，“说啊，继续说啊，你知道什么……”

阮景一愣，旁边的老周也是一反常态没有当和事佬，而是别过了头，阮景无端觉得有些不安，“……我应该知道什么？”

白宿靠近阮景，“在你心里，我是那种单凭好恶，便会随意诬陷一个人的人吗？你失忆的事情，不愿意让我参与，我不怪你，可是你这一失忆，是不是把连同对我的信任，都一并遗忘了？”

阮景不知道该说什么好。

问询室的门开了又关，进进出出的几个警察，皆是面色严肃。

白宿嘲讽地看了一眼问讯室的方向，又将目光落回到阮景身上，眸子里闪动着意味不明的暗光，“金茂大厦楼顶上，找到了唯心的手机。你知道吗？有人篡改了蒋唯心的网络界面，只要她一搜索和心理有关的东西，不管是什么，有个工作室都会蹦出来，地址、联系方式，面面俱到，生怕她自己找不过来，你知道那个工作室叫什么名字吗？叫‘看景’！怎么样，耳熟吗？”

阮景想反驳，比如，你开什么玩笑，不要把篡改网络当成一件简单的事情，肖崇言只是一个心理医生而已……可是话到嘴边，她偏偏又想起了蒋唯心临死前，肖崇言拨出去的那一个电话……为什么警方都联系不到的人，肖崇言就能联系到？他做不到的事情，不见得就找不到人替他做到，比如，他身边不就有一个京都来的警察吗？

像是感受到了阮景思维的混乱，白宿抬手，将她耳边的碎发整理好，在她耳旁轻轻地说：“你想一想啊小景，如果不是有人刻意为之，唯心怎么会那么巧地知道柳川还藏着一个厉害的心理医生？肖崇言诱惑她前来，现在，唯心她死了，你敢说，这里面跟肖崇言一点关系都没有？”

阮景神色复杂，“别说了。”

“我跟你说过的，你不该那么轻易相信他。”

“我让你别说了！”阮景突然后退了一大步，抬头看着他，“我承认蒋唯心的死有疑点，但是我有自己的判断力。你既然对警方说出了你的观点，你就该相信，警察会查清蒋唯心的死因，接下来的事情，你不要再根据主观臆测了。”说完，阮景深深地吸了一口气，转回头疾步走开。

白宿盯着她的背影，狠狠地攥起了拳头。

老周伸手拍了拍白宿的肩膀，“阮景有一句话说得很对，你要相信警方，我们会找出你未婚妻的死因的。”

白宿顺着老周的手回头，那眼神冷厉异常，唬得老周一瞬间忘了言语，下一秒，白宿像是意识到什么，垂下了头。

“不好意思周警官，我先走一步了，有消息劳烦您联系我。”

“好……好。”

老周在原地站定，看着白宿急匆匆离开的背影，眉头拧得快要打结了。

阮景的脑子现在乱得很，一会儿是白宿讥诮地看着她说“你不该那么轻易相信她”，一会儿是常桉在他们跟随警察离开时饱含深意的眼神……最终，林林总总褪去，只余肖崇言清隽的面容。

十分钟后，阮景敲开了老周办公室的门，她进来的时候看见老周面前还放着一摞未收起来的现场照片。

“我可以看看吗？”

老周点点头。

阮景一边看一边问，“法医怎么说？”

“死因的确是剧烈撞击，坠楼身亡，但是由于蒋唯心是避开监控上的顶楼，我们还没办法定义，到底是自杀还是他杀。”

这已经是在老周的能力范围内，所能够透露出来的最多信息了。

阮景点点头，将注意力放回照片上。蒋唯心摔在地上，尸体已经有部分损毁，隐隐有血迹从头部渗出，流了一地，只是她的眼睛仍旧睁得大大的，隔着照片，阮景都能感受到她的无法瞑目。

一个曾经站在她面前的人，此刻只能通过这样一种方式再见。

阮景叹了一口气，目光转移，看到某个地方，眸色突然沉了沉，“拍这张照片的时候，你们没有取走她身上的物品？”

老周顺着她的视线看向照片，摇了摇头，“这就是案发现场的照片，按照规定，取证之前不允许警察擅自移动死者遗体，更不要说是拿走什么东西了。”

说完，老周便看见阮景的表情更凝重了，这种老气横秋的表情出现在她脸上，竟然没有丝毫违和感。

“怎么了，哪里不对吗？”

阮景指了指照片上蒋唯心的尸体，“她的项链，她脖子上的项链不见了。”

老周脸上掩饰不住的疑惑表情，让阮景瞬间就明白了，他们在案发现场，没有见过那条项链。

那条蒋唯心一直戴在脖子上的，镶嵌着硕大蓝宝石的项链。

不知怎么的，阮景又想起了那个浅蓝色文件夹里的图片，同样有一个形状相似的蓝宝石。

肖崇言直到深夜才从问讯室里出来。

阮景跟在他身后，“怎么样？”

男人的面容有些疲乏，精神却依旧很好，闻言笑了笑，“不用担心。”

尾音未落，于泽也出来了，站在两人面前，一副公事公办的语气，“肖医生，近期还请你不要离开柳川，随时准备接受调查。”

肖崇言点点头，面上毫无波澜。

于泽犹豫了一下，又说：“今天是因为没有更多的证据能证明你与蒋唯心的死有直接关系，所以你的闭口不言我们并不会对你怎么样，但是如果在接下来的调查中，警方发现了更多不利于你的消息，我们可能会申请对你的逮捕调查……不管你到底在隐瞒什么，希望你不要让我们难办。”

肖崇言的表情依旧温和，“多谢，我知道了。”

于泽没再多说什么，皱着眉，心事重重地走了。

月色如洗，冬夜寒月最是凉人，冷空气一浸，阮景脑子里的思维逐渐清晰起来，这一天发生的事情，走马观灯似的在她的脑袋里轮番过了一遍。

肖崇言掏出车钥匙按了一下，停车场没有任何反应，这才意识到两人是被警车带过来的，他不禁摇了摇头，扶额苦笑了一下，“我忘了没开车来……这个时间不好打车，又连累你了。”

两个人沿着马路慢慢走着。

肖崇言偏头看了看阮景的侧脸，将身上的大衣脱下来，想要披在她身上，被阮景婉拒了。她眉眼间挂上淡淡的疏离，眼中的焦点不知道落在了哪里。

“蒋唯心的事情，到底是怎么一回事？”

肖崇言蹙着眉，执着地将外套展开，到底是披到了阮景的身上。

他眉宇舒展了些，双手插着兜儿，走在她身侧。

“我只能说，蒋唯心本身，跟另一桩案件有关。”

“什么案件？”

“一起跨国际走私案。”

阮景意外地瞟了一眼身侧的男人，这一眼被肖崇言抓了个正着，他突然伸出手扣住了她的手腕，迫使她停下脚步来。

夜风冷凝，他的眼眸却一反常态地炙热起来，“你喜欢我什么？”

毫无征兆的询问，并且直接跳过了“你喜欢我吗？”这个前提。

男人的神色笃定，目光深邃，盯着她仿佛要望进她的心底，翻来覆去地看透她。

阮景一时之间不知道该说什么。

“这份喜欢能维持到什么时候呢？假如，有一天你发现我不是现在的我……”

“我不知道。”没有等他问完，阮景便已经别过了头去，“我现在无法回答你任何问题，因为我甚至都不确定，此刻的我，是不是真正的我，此刻我对你的喜欢，是不是心底里的喜欢。”

隔着三年记忆的缺失，隔着两人过去扑朔迷离的关系，又岂敢轻言爱慕，就连“喜欢”这两个字都用得这样小心翼翼，唯恐跨越了界限。

他的目光中不自觉地流露出一种落寞。

有辆空的出租车经过，在两人身边按响了喇叭。

第二天，白宿约见了阮景。

或许是因着前一天谈话的不愉快，两个人之间的气氛难免有种淡淡的尴尬。

白宿搭着腿，手叩着杯子，隔一会儿就看她一眼，终于忍不住率先搭腔，“怎么，就因为我向警察提供了不利于肖崇言的证据，你连话都不愿意跟我说了吗？”

“我没有这个意思。”

“可是你还是相信他，不是吗？”提到这一点，白宿很容易就失控。

阮景于是抿抿嘴，低下头不准备争辩。

“这个肖崇言，身份很可疑。我不放心你继续待在他的身边。小景，跟我回京都吧。”白宿旧事重提，对带她离开很有执念。

“我托朋友在滨江调查了他，发现滨江没有任何关于这个人的档案卷宗，我就让人潜进了档案室……”

阮景听到这里方觉察不对，她紧紧地拧着眉，压低了声音，“你疯了，你这么做是违法的。”

白宿的表情一瞬间有些微妙，“违法？你是在担心我，还是在担心我查出了什么？不过，还真让我查出了一点有意思的东西……肖崇言不是没有个人档案，只是个人档案被销毁了，警方销毁得不彻底，让我在一篇心理学学术论文中找到了他的名字……顺藤摸瓜，我发现，他在同一家期刊上，还刊登过几篇别的领域的文章，比如——古董，你说，一个心理学家为什么会对古董感兴趣呢？并且，他研究过的古董，过一段时间，都会碰巧出现在海外的拍卖会上，一次是偶然，二次是偶然，三次四次呢？我们可不可以大胆地揣测一下，他有可能是一个走私犯？”白宿慢条斯理地说着。

阮景突然心生不妙，“你这番话，还跟谁说过？”

白宿喝了一口咖啡没有说话。

阮景“霍”地一下站起来，抓起包就往外走去。

白宿没有拦她，只是慢悠悠地说：“小景，你以后会知道，我是为了你好。”

阮景拦了一辆出租车，报了地名，催促司机快点，自己则掏出手机，想也不想地拨了一连串号码。等待的间隙，她的心“怦怦”地跳着。

没过几秒钟，电话就接通了，肖崇言带着磁性的低音透过电流响在她的耳边，“阮景。”

电话里除了他的声音，还有警笛的嗡鸣。

阮景意识到自己晚了一步，不知道该说什么好，“我能做什么吗？你……”

“不要担心我。我不会有事的。这几天你先不要来咨询室了。”肖崇言的声音依旧沉稳，只是没说几句话，他就简洁地跟阮景说了再见。

撂下电话，阮景看着自己的手心，冰凉，还渗着冷汗。

出租车停在商业楼下。或许是因为方才警察来过，楼下看热闹的人群还没来得及完全散开。阮景一路疾行，到了咨询室门口，她的手刚搭在门上，门就开了。

可是办公室里没有人，阮景忍不住在心里想着，是否是小王走的时候忘记锁门了。

阮景环顾办公室四周，视线落在办公室角落的保险箱上面。

肖崇言说她不必再来，可是她还是来了。她想要确认一件事情。

保险箱的密码是四位数，看起来有些年头了，应当不是来到柳川之后新买的。

阮景蹲在密码箱前面，下意识地咬着手指甲，密码是什么？

她记得肖崇言说过，他的生日——不正确。

手机的后四位号码——不正确。

身份证后四位号码——还是不正确。

心念一动，她伸出手指，依次在密码锁上按下——0、6、1、3。

“咔吧”一声，保险箱的门弹开了。

密码是她的生日。

顾不得多想，阮景从里面拿出了那条红色的项链。借着偏西的日光，她仔细地端详着，红色的宝石并非周身圆润，它有着天然的凹陷，每一处弧度，每一面反光，都同阮景之前在肖崇言文件夹里看到的那张图片一样。

她基本可以确定，这条项链上的宝石，属于贵妃簪上的，甚至蒋唯心身上的那条也是。但那是应该藏于国家博物馆的珍宝，如何会流通到市面上？

肖崇言，她，吴媛，许小川，蒋唯心……有一条线，隐隐约约开始将一切串联。

忽然间，窗帘后面传来了一阵异样的响动。

阮景反应飞快，当即起身飞速向门外移动，可是还没等她跑出两步，一个女人举着枪，从门外走进来，黑洞洞的枪口指着她的脑袋，“阮小姐，放下那条项链，把手举起来。”

阮景回头看到，从阳台后面闪出了一个壮实的男人，一前一后，显然是有备而来，或者说，他们一早就料定自己会来，会打开密码箱，取出这条项链——就好像有人在她的身边监视着她。

那两个人都戴着面具，虽然简陋，却也有效地遮盖住了真实的长相，可阮景学的就是刑侦，抛去了面容，怎么看都觉得面前的女人有几分熟悉。

她缓缓地将双手举过头顶。身后的大汉两步走过来，拽走了阮景手上的项链。

阮景瞥了他一眼，又将视线放回女人身上，试探着问道：“我们是不是见过。”

那个女人没说话，握枪的手指紧了紧，往前上了一步。

阮景敏感地察觉到，女人动了杀机，只是不知顾忌什么，仍在犹豫。

一阵电流的嘶嘶声传出来，阮景略微低了低头，看到女人的腰间有一个类似通信器的东西，有人正通过它指挥着这两个人的行动。

“拿到东西，就快走，别做多余的事情。”

经过古怪的变声，听不出原本的音色，甚至听不出男女，只是这种冷漠的语调，令阮景不由得想起了刘谨桥收到的那封邮件。

女人听到命令，立刻收了枪。

“阮小姐，我们后会有期。”

说完，她冲着阮景身后的大汉点了点头。

大汉会意，抬起手冲着阮景的脖子狠狠地一挥，阮景顿时头晕目眩，控制不住地倒在了地上。

昏倒之前的最后一个念头是，她好像认出来，那个女人是谁了。

阮景的意识再度恢复清醒的时候，天色已经暗了，屋内没有开灯，她躺在一张柔软的沙发上，不远处有一个男人背对着她，不知道在台灯下看什么。

有一瞬间，阮景以为那是肖崇言。

可是很快，那个男人站了起来，同样修长的身影，却无端地令阮景心中涌上一阵失落。

“白宿？”

见她醒了，白宿迅速几步走过来，扶住她的肩膀，将她按回沙发上，“你先别动，你后脑受到重击晕厥了。我找医生来看过了，她说你醒来如果还感觉头晕的话，就要送你去医院。你现在感觉怎么样？”

“我没事。”可能是光线晦暗的问题，阮景总觉得眼前的男人有些陌生。

在白宿的手想要探上她额头的瞬间，阮景不自觉偏了下头。

白宿手上落空，也愣了一下，旋即缩回手，垂下了眼皮。

这副样子又令阮景愧疚，她失去了梁颜，不想也失去他。

“对了，我怎么会在这儿？”

白宿的声音沾了几分委屈，“你走得那么快，我担心你，觉得你可能会去找肖崇言，就过去了，结果我一进门，就看见你躺在地上不省人事，到底怎么了？是不是有人袭击你，需要报警吗？”

阮景叹了一口气，摇摇头，“不用了，谢谢你。”

白宿将头埋在她腰间，双手虚虚地环住她，声音闷闷的，“小景，你真的吓坏我了。”

他的语气悠长，令阮景忍不住失了神，思绪不受控制地飘到了对她来说十分清晰，但的确已然久远的地方。

那还是大学时期，他们三个人在一起的时候，白宿是最混不吝的那一个。阮景胆子也大，两个人经常一拍即合，闯祸闯得不亦乐乎。那时候，梁颜永远都是那个跟在她后面，在惊险过后，拉住她的手，说“小景，你真是吓坏我了”的那个人。

梁颜从来不会觉得她麻烦，也不会因为她将这份麻烦带到了她身边而生气。

过了这么久，当年冲她倾诉心底不安的女孩儿已经再不会来到她面前了，而那个嚣张跋扈的男孩儿，却学会了用这一招勾起她的愧疚。

缓缓地，阮景终于抬起一只手，摸了摸他的头发，语调酸涩，“对不起白宿，对不起，我下次不会这样了……但你也要答应我，不要冲动行事，肖崇言他……不是你想的那种人。”

白宿没说话，阮景却感受到环住她腰间的手紧了紧。

阮景不习惯跟人有这般亲密的距离，哪怕这个人是白宿，正尴尬着想要怎么推开他，肚子就“咕咕”地响了起来。

这倒是一个好借口。

阮景伸出手指点了点他的肩膀，“咳咳，那个……”

白宿抬起头来，“你饿了？怪我，我都忘了你很长时间没吃东西了，你稍等一下，我冰箱里还有面，我煮给你吃。”

“哎……”阮景没拦住他，只能看着白宿的背影，他在厨房里忙活了一阵，端着个大碗就出来了，一边快走嘴里还咕哝着“烫烫烫”，急匆匆将碗往桌子上一搁，跳着脚就疯狂地揉着自己的耳垂。

阮景忍不住笑了。

一碗素面，加了青菜，还卧了一枚荷包蛋，热气腾腾的，看起来十分有食欲。

阮景接过白宿递过来的筷子，吃了一口，味道不错，一抬头，就看见白宿眼巴巴地看着她。

“阿姨肯定开心极了，我还记得阿姨以前老是吐槽你生活不能自理，想不到啊，公子哥儿都会自己做饭了。”

阮景的话音刚落，白宿的表情有一瞬间变得不太自然，只是由于灯光昏黄，阮景并没有看清。

过了几秒钟，她才听见白宿对她说：“那你就多吃一点……以后，我也会给你做的。”

气氛难得的和谐。

在白宿的注视下，阮景一口一口吃光了那碗面。

吃完面，阮景的精神恢复了许多，便自告奋勇地帮忙收拾厨房。

白宿还担心着她的身体，阮景笑着左右歪了歪脑子，示意自己真的没事，“大学时候，我都参与抓捕的。你记不记得，有一次我们抓捕一个小偷，把他堵到了墙角，那小偷从墙角摸了一块砖，也不知道怎么想的，在场那么多警察，就挑了我一个女生，一板砖呼到我脑袋上了。”

忆及往事，白宿也面露笑意，“当然记得，你去医院包了一圈，回来将我和梁颜吓坏了，你自己倒是显得一点事儿都没有，依旧活蹦乱跳的。”

厨房的水哗哗地流着，白宿靠在门边上抱着肩，两人有一搭没一搭地聊着，忽然间，白宿“哦”了一声。

“对了，你刚才昏睡的时候，有一个女警察打你的电话找过你。”

“谁啊？”

“她说她叫许莺，希望你醒来之后，能够打给她。”

阮景若有所思地点了点头。

一切收拾妥当之后，阮景擦了擦手，去客厅找她的包，“时间不早了，我该回去了。”

白宿皱着眉说:“你今天就留在我这里吧，这是新公寓，床品都是新的。我很快就给你收拾好。”

“不用了。”

见她态度坚持，白宿只好作罢，也跟着往身上套外套，“那你总得让我送你吧。”

等阮景回到公寓的时候差不多已经是午夜了，她开了灯，透过窗子看到白宿过了一会儿才离开。

阮景往不远处的另一个小区看去——那是肖崇言住的地方，此刻万家灯火，却独没有属于他的那一盏。

第二天一早，阮景就联系上了许莺。两个人约在了公安局附近的一条街上见面。

许莺换了常服，腰带勾勒出纤细有致的身段，毫无疑问，许莺是个美人。

“许警官，你找我有什么事。”

许莺捋了捋头发，站得笔直，“肖医生让我帮忙给你带一句话。”

果然是跟肖崇言有关，阮景垂下眼睛问，“他现在还好吗？”

许莺耸耸肩，“算不上不好，他只是自由受限，也不被允许跟外界联系，每天于泽他们都会翻来覆去地问他一些问题，除此以外……饮食和睡眠上，倒没有苛待他的地方，只是，这样也算不上好吧……”不知想到了什么，说着说着，许莺渐渐红了眼眶，“他那样一个人，大概从没有想过还有被羁押的时候……他自己心里肯定特别难受吧。可是我昨天见到他的时候，他却什么也没有表现出来，只是说他还好，然后就问起你……”最后三个字说得格外委屈，许莺忍不住啜泣起来。

阮景基本没有安慰姑娘的经验，看见警花在自己面前潸然泪下，她顿时头大，连忙掏出一张手纸塞到她手里，“你别哭啊，你先把话说清楚，肖崇言让你跟我说什么？”

许莺抹了抹眼泪，瞪了她一眼，断断续续地说：“他说……他说如果东西丢了的话，就丢了，让你不要再管，他会……会解决的，我真不明白，都这个时候了，他还关心你丢没丢东西。”

东西丢了？

阮景反应过来，难道是昨天……肖崇言早知道会有人去盗取项链？不过也算不上是盗取，毕竟是她自以为聪明地解开了密码，双手将项链奉上。

想到这里，阮景忍不住地气闷——或许肖崇言就连她会打开那个保险柜都想到了。

所以肖崇言究竟知不知道，吴媛也好，昨天持枪的女人也罢，几次三番想要盗走项链的，究竟是什么人？

一抬头，阮景猛地发现许莺正直勾勾地盯着她，眼中流露出一种很复杂的情绪，半是羡慕，半是嫉妒，还有那么一丝说不清道不明的怨念。看得阮景一脸疑问。

阮景清了清嗓子，冲许莺点了点头，“谢谢你特意来告诉我，如果方便的话，还请你帮我转告肖崇言，就说我知道了。”

许莺点头，隔了几秒钟又问，“你还有什么话要说吗？”

阮景摇摇头，示意没有。

许莺突然拉下脸，上下打量了她一遍，语气冷淡，“真不知道你哪里好，肖医生现在还想着你，你却不关心他的状况。”

“……”

“我差点忘了，向警方报案说他有教唆杀人和走私嫌疑的，还是你的朋友，你早知道了吧。”说完这句话，不待阮景回答，许莺就走了。

阮景看着许莺的背影消失在街角，才重重地叹了一口气。

真是充满正义感的指责啊，她不关心他的状况吗？

她或许只是不敢关心，不能关心，因为知道了肖崇言的情况也没有任何意义，她不是他的什么人，也不需要让他来当她依附的大树，所以当风雨侵袭而至时，她可以选择去抵挡，去冲破……

阮景头一回主动找了白宿。

白宿虽然惊诧，却也欣喜，让她先坐，自己去厨房给她倒茶。

昨天天色昏暗，阮景也没来得及看屋内的陈设，现在看来，白宿虽然是临时留在柳川，但是对于一个富家公子来说，这并不妨碍他将临时住所布置得精致舒适。

阮景起身走到一个玻璃展柜之前，隔着干净的玻璃，仔细地端详着里面的一尊铜马。

白宿端着烤瓷杯走出来，看见她研究的背影，笑着问，“你在看什么？”

阮景回头，指了指玻璃柜里面的铜马，“这个不是真品吧。”

白宿低头笑了笑，没说话。

阮景见状，忍不住感叹道：“果然是财大气粗啊……不过，我记得你之前对这些也不感兴趣吧。”

“生意需要。”白宿摸摸鼻尖一副很不好意思的模样，“你今天找我来有事？”

阮景坐回到沙发上，“是……我想让你帮我一个忙。”

“什么？”

“我想见一见蒋唯心的父母。”

意识到阮景不是在开玩笑，白宿皱起眉头，“这有点难，你要见他们干什么？”

阮景低着头，手摩擦着杯子的边缘，含糊不清地说：“我有事情想问问他们……”

白宿略微有些不耐烦，他忍不住拽了拽领口，眉宇间一片阴郁，“是不是有关肖崇言的事情？你想替他查？这些事警察会做的，你就不要掺和了。”

阮景有一瞬间的失语，“白宿，你对肖崇言的成见太深了。”深得她有些莫名其妙。

白宿做了一个“停止”的手势，“每次提到他我们总会争执，我不想跟你吵，人我会帮你联系，但是见不见就不是我能决定的了。”他的神色十分暴躁。

阮景也只好作罢，又嘱咐了一遍，“如果有可能，尽早给我答复吧。”

但是这几天显然不是阮景的幸运日。

隔天，白宿就打来电话，说蒋唯心的父母拒绝跟她见面。

紧接着，她又从老周那儿得知，由于肖崇言涉及走私案件的严重性质，并且疑点越来越多，局里已经向京都专项负责走私案件的刑侦组申请了协同调查。

如果把那两件事情拆开来看，蒋唯心的案子是在柳川发生，按理说应该由柳川市公安局方面主导，柳川市公安局许多警员都见识过肖崇言的能耐，抛开公正的判断不谈，从个人主观情感上来看，都是倾向于肖崇言是无辜的。可是，一来，一直没有新的证据产生，二来，最大嫌疑人肖崇言十分不配合，既不肯说明为什么引诱蒋唯心来柳川找他，也不肯就走私的嫌疑加以解释，案子就这么拖拖拉拉地过了一个礼拜。

蒋家在京都有点势力，听说女儿是受了一个不知道哪里冒出来的心理医生的蛊惑因而跳楼自杀，蒋唯心的母亲亲自来了柳川，闹腾着非要让柳川市公安局严肃处理肖崇言，还他们一个公道。

压力从四面八方涌来，老周嘴角的火泡一个接一个地冒出来——

“到现在了，连自杀还是他杀都不能确定吗？京都那边的警方不是说，掌握了一个下药的用人吗？那个人调查的怎么样了？”

“上午最新传过来的消息……没有进展，说是那个女人一口咬定自己什么都不知道，只是因为收了钱，她从来都没见过给她药的人……”

老周唠叨着，“没有进展没有进展，总是没有进展，你们还能干点什么！”

阮景旁观者清。

有确凿的证据证明有人想要蒋唯心的命，不假，可同时，蒋唯心也是一个被确诊有被害妄想症的病人，根本就无法排除她在慌乱之下，自己跌下大楼的可能性——无头公案，年年都有。

不过也算是山重水复，柳暗花明，又一个周一，阮景在柳川市公安局门口堵到了蒋唯心的母亲。

阮景看见蒋唯心母亲的时候，她正哭着被两个警察送了出来，能看出来警察面对这种情况也颇为束手无策并报以同情，任由中年女人双手乱挥，也没有强硬地制止她，阮景还看见其中一个警察脸上有一道可疑的抓痕。

这情景有些出乎阮景的预料，她原本以为一个敢于大闹公安局的女人会是一个气势凌人的豪门贵妇，可是真正见了面，阮景只看见一个衣着华贵却满面憔悴的中年女人，一如任何一个失去了儿女的、普普通通、略显狼狈的中年女人。她瘫坐在地上，完全不顾形象，两侧的行人不知道她发生了什么事情，基本上都是绕开，偶尔几个放慢了脚步瞧了几眼，似乎是在揣测她的身份，不过最终也都离开了。

阮景走过去，蹲在中年女人面前，从兜里掏出一张纸巾递过去，“您好，我是阮景，之前跟您约见过的，我们能谈谈吗？”

中年女人打量着她，面色带了一丝困惑。

她的表情告诉阮景，她对这个名字没有丝毫印象。阮景忍不住分神去想，白宿究竟是怎么跟她说的。

两个人就近找了一家西餐厅，暖风与热茶有效地缓解了蒋唯心母亲的情绪。

透过杯子上的冉冉雾气，阮景斟酌着开口，“关于您女儿的死，我很遗憾，我有几个问题想咨询您，或许会对您女儿的案情有所帮助。”

“你是谁？”

结合蒋唯心母亲在公安局的表现，想在短时间内强行扭转蒋唯心的母亲对肖崇言的恨意是不太可能的，她一提肖崇言，难保这位女士不会翻脸，阮景在脑海里飞速构思了一遍，极其自然地开口，“朋友，我是白宿跟蒋唯心的朋友。”

阮景在心底默想，最起码有一半是真的，应该也算不上说谎吧……又说了几句话，凭借白宿透露过的有关婚礼的适宜和自己的联想，阮景轻易地就取得了蒋唯心母亲的信任。

“你想知道什么？”

“蒋唯心在京都治疗的时候，应该有固定的心理医生吧。”

…………

两个人聊了很久。

“阿姨，我理解您的心情，也知道您特别希望能为女儿的死讨一个说法。但是，我还是想跟您说，我们调查事情的真相，并不只是为了给死去的人一个交代，更多的时候，是因为活着的人还要继续生活下去，愤怒和宣泄不是生活下去的唯二手段，平静之后的告慰和希望才是……我想，蒋唯心如果还活着，也不希望看到您为了她的死，过得这么狼狈。”

日光昏黄，给周围的一切都镀上了一层金边。

阮景看着面前的妇人眼眶又开始泛红，心里也不禁五味杂陈。

她自小父母离异，家庭观念淡薄，父母远走他乡，成年之后就极少联络，就连她这次车祸失忆之后，想要试探着看看父母是否知道一些前情而联系他们时，父母也只是如常问候了她，并无异样。

该说的话都说完，阮景也只剩下叹气的份儿了，怒火可以被疏导，但悲伤不可以。

幸而，这一次谈话，她发现了一些奇怪的地方，或许能帮得上肖崇言。

只是，还没等阮景找上老周，常桉大清早一个电话就成功地把阮景从被窝里炸了出来。

“阮景，快点，现在来局里。”

常桉的声音很急促，阮景抓着手机的手紧了紧，沙哑地问，“发生什么事情了？”她一边问一边下床，抓起外套就往身上披，顺便看了一眼床头的闹钟，才六点多一点。

“哎呀别问这么多了，快来。”

清晨的街道更为冷清，阮景十来分钟后才打到一辆出租车。车里的暖风激得她打了个哆嗦，她这才猛然意识到自己穿错了衣服，匆忙之间只套了一件秋天的薄外衣。车上，她逐字逐句地回忆着常桉的语气，他虽然语带催促，却并不慌乱，阮景狂跳的心这才稍微平复了一些。

在心底里推演了几遍蒋唯心临死前可能遭遇到的几种情况，出租车已经在公安局的大门前停了下来。

常桉在大门口冲着她笑。

“阮景，这里，快过来。”

阮景拢着衣服走过去。

常桉上下打量了她一眼，目光落在她单薄的外套上，吓了一跳，赶紧将她往大厅里面拽，嘴里不住地念叨，“完了完了，都怪我事先没说清楚，想着给你一个惊喜，你是不是想多了，怎么慌得穿了这个就出来？完了，肖崇言看见你这样，肯定要给我甩脸子了。”

阮景一时之间没弄明白他的话是什么意思。

直到二楼的某扇门开了，乱糟糟的脚步声和众人的交谈声齐齐响起，打破了清晨的静谧。

说话的人很多，有男有女，可是阮景立刻就从中辨认出了一个独特的音色，她猛地抬头向上看去——

正顺着台阶，一阶一阶走下来的那个人，不是肖崇言是谁？

他正跟他身旁一个五十岁左右的中年男人说着话，意识到了什么，他止住了未说完的话，向她的方向望过来。

肖崇言的脸颊上长了淡淡的青色胡茬，令他整个人看上去有些憔悴，但这并不妨碍他的双眼在看到她时，骤地亮起，以及目光下移到她的衣服上时，又突然凌厉。

和他以往的温和不同，这一瞥竟然让阮景下意识地瑟缩，但这个“下意识”又令阮景忍不住呆愣。

众目睽睽之下，肖崇言三步并作两步走到她面前，脱下自己的外套，不容置疑地披到她身上。

周围的一切声音瞬间消失无踪，只余他的“抱歉，两周没洗过了，你凑合穿。”

阮景的手指碰到暖和的面料，似乎血液都因为暖意而加快了流速。

肖崇言似乎很满意阮景这副乖巧又安静的模样，仅剩的那一点凌厉目光悉数转移到了旁边常桉身上。

常桉一个激灵，连忙告饶，“大哥我错了。你别看我了。这刚从公安局里走出来的人，气势就是不一样哈，我都快给跪了……”

周围几个人都被他逗得笑了起来。

早餐是老周亲自出马，拐了三个街道才买回来的小笼包和豆腐脑，殷勤地摆在之前跟肖崇言说话的那个中年男人面前，本来就不大的眼睛眯成了一条缝，“局长，您多吃点儿，不够再让于泽他们去买。”

局长，自然是柳川市公安局的局长。

局长亲自放人，自然不仅仅是事情调查清楚，嫌疑人洗脱嫌疑，而是因为，京都那边的警察带过来了一份国家一级保密档案。

烤漆红封，放进保险箱送过来的，除了柳川市公安局的局长，没有人知道档案里面写了什么，只知道，天还没亮，局长就带着墨迹未干的批示，亲自带了肖崇言出来。

最大的功臣是常桉。

两周前，肖崇言前脚被警察带走，常桉后脚就消失了。

阮景当时的脑袋也是乱的，一直也没顾上考虑常桉的动向，此刻才知道，常桉是回了京都，带回了一份文件——一份能证明肖崇言不可能是教唆杀人的嫌疑人，也不可能是走私犯的文件。

阮景只能模模糊糊地想到，大概跟肖崇言的身份有关，他不仅是一个心理医生，而且还是一个受到京都公安局绝对信任、身份绝对保密、又背负着某个特殊任务的心理医生。

局长很快就吃完了早餐，走之前顺便将肖崇言和常桉一起叫走，说要商量什么事情。

他们一走，周围的气氛马上就活跃了起来。

吃着早餐，阮景还能听到旁边警察三三两两的窃窃私语。

说是窃窃私语，那声音隔着三米远的老周都能听清楚。

老周一瞪眼，“得了啊你们，不该操心的事情，别操心，专心查案子才是正经事。”

有人立刻反驳，“哈哈老周，你以为你刚才抓心挠肝地想问不敢问的表情我们没看见呢。”

“你看见个屁！”

一片哄笑中，阮景提了两周的心此刻终于缓缓地落了下来，可是心底里对肖崇言这个人的好奇，也随之达到了顶峰。

两个小时候，肖崇言和常桉从局长办公室出来了，叫上阮景，准备一起回去。

此时正值上班时间，早上的这段热闹，一传十十传百，搞得所有人看肖崇言都是一个表情：高深莫测。总觉得他是深藏不露的神探，原因也很简单，他们这辈子还是头一次见到身份档案被标着“一级保密”又锁在保险箱里运输的人呢！警察嘛，总是对神秘的事情报以超高的热情。

许莺的消息灵通，上班的时候特意带了一个保温杯，里面是柚子汁，她将保温杯递给肖崇言。

目睹这一幕的同事都跟着起哄。

许莺的脸就在这一片不大不小的起哄声里红了起来，可是仍旧表现得落落大方，“肖医生，都说染了晦气要用柚子水洗一洗，可是条件不允许，你就把这个喝了吧，当我的一片心意。”

肖崇言微笑着道了谢，却没有立刻伸手去接，反而看向了阮景。

阮景面无表情地在心里嘀咕着“你爱接不接看我干什么”手却很诚实地伸了出来，“给我吧许警官，他手上拿了东西不方便。”

肖崇言的臂弯里搭着阮景出门时披的那件薄外套。

许莺看了一眼无动于衷的肖崇言，强笑着将保温杯给了阮景，匆匆地说了句“再见”就走了。

停车场前，肖崇言停下了脚步，“常桉。”

“啥事儿？”

“你开了车吧。”

常桉没有危机意识地点了点头，然后就看见肖崇言毫不客气地伸出手，冲着他勾了勾手指。

“不是吧你？！”

肖崇言挑挑眉。

常桉认命地将钥匙抛给他，不满地道：“卸磨杀驴也没有你这么快的。”

阮景还没反应过来，常桉已经转身潇洒地走了。

“他上哪儿去？不跟我们一起走吗？”

肖崇言没回答，只是开了车锁，“冷，快上车吧，我送你回去。”

肖崇言一上车就打开了暖风，阮景坐在副驾驶上东看看西看看，就要将手里的保温杯插到车门旁边的一个凹槽上。

肖崇言瞅了一眼，“你现在喝了吧。”

阮景斜眼睨他，“这是人家给你的一片心意，我喝算怎么回事儿。”

“刚才冻得直发抖的不是你？”

“……”

“喝了吧，我不爱吃甜的。”

听了这话，阮景想也不想地反驳，“得了吧，你要是不爱吃甜食，这世界就没有爱吃甜食的人了。”

说完这话，两个人都是一愣。

在两个人有限的一起用餐的日子里，肖崇言从来都没有表露过饮食方面的偏好，可是话就这样自然而然地说出来了，就好像她十分了解一样。

这是一种陌生的熟悉感。

肖崇言抿抿嘴，启动了汽车。

两人一路无话。

入夜，外头北风呼啸，甚少行人，阴暗处的地面上已经结了一层薄薄的冰碴，寒冬彻彻底底地来了。

某栋高楼的一间房里，有个瘦高的身影站在窗前，黑夜完全模糊了他的面容，他手里拿着一个电话模样的通讯器，只是说出的话，经过处理，传到对方耳中时，已经完全失去了原本的音色。

“肖崇言出来了……京都那边的人给出了肖崇言的档案。柳川市公安局局长亲自将他接出来的。”

“……”

“所以你们之前的怀疑是正确的，肖崇言……的确是警方的人。”

“……”

“柳川不能待了，我有一个别的计划，但是临走前，我还需要你替我办一件事。”

“……”

“给她捎一个礼物……对，给阮景。”

“……”

临近元旦，街上逐渐兴起了刺骨寒风也阻挡不了节日的气息。

许许多多的小窗子上，都贴上了崭新的剪纸画。在谁也没有注意到的角落里，黑暗退去，又即将在另一个地方滋生。

现下摆在柳川市公安局优秀的刑警们面前的，是一道难题。

蒋唯心案，唯一的嫌疑人，昨天刚刚洗清了嫌疑。

他们甚至有些怀疑自己的刑侦能力，案发现场没有任何疑点，可是因为有谋杀案的可能性，谁也不敢轻易盖棺定论。

这大概是一种第六感。

由于肖崇言是蒋唯心生前最后一个联系上她的人，加上他为蒋唯心做了几次心理咨询，所以老周又一次前来请求协助。

因着前段日子对肖崇言的“诬陷”，柳川市公安局上下都陷入了一种对肖崇言深深的“愧疚”当中。这当中，尤以老周跟于泽为甚。今天一见到肖崇言，他俩便是搬凳子的搬凳子，倒茶水的倒茶水，那殷勤的模样，看得阮景突然觉得酸溜溜的，起了攀比之心，要知道，于泽对她可是没什么好脸色的。

肖崇言倒是心安理得地接受了，抛开了嫌疑人这个身份，讲起话来更加自如，能说的就说，不能说的就摆出一副理所当然不能说的模样。

不过，肖崇言确实也做了很大贡献，比如，交出了那本蒋唯心生前的日记。

阮景问他为什么原先不拿出来，现在却拿出来了。

肖崇言只是意味深长地说："原先不拿出来是不想我的身份被有心人盯上，可是现在……从我安然无恙走出公安局的一刻，想必那些人已经得到了消息，我就没有必要再隐藏了。"

阮景没想明白这话，只是会议开始了，她只能暂且压下这快要压抑不住的疑惑。

…………

一个叫小叶的年轻警察替大家梳理了一遍案情之后，众人开始七嘴八舌地讨论了起来。

有人说，应该以蒋唯心失事的大厦为圆心，确定侦查半径，查遍每一个监控摄像头。

有人说，应该派几个警察去京都实地调查，深挖蒋家那个用人的社会背景。

甚至还有人想在肖崇言身上再挖出点什么……

"无用之功。"一个女声响起，淡定、从容、老道。

众人停止了议论，齐刷刷地看过来。

于泽没控制住表情，脸部抽动了几下，"你说什么？"

阮景眨眨眼睛，"我说，我或许知道，蒋唯心自杀的原因了。"

于泽的表情不是很好，当下便推了椅子，双手抱肩审视地看着她，"你不是又要说你那个情景推演法了吧，这可是一个证据不足的案子，不能随意假设。"

"我不是，我没有，我不会，"阮景慢条斯理地连连反驳道："我之前联系过蒋母。她说，蒋唯心在京都看过不少心理医生，但是有一个是一直有联系的。"

她说话的时候，肖崇言只作聆听状，听到她去找过蒋唯心的母亲时，眼中涌动着异样的光彩。阮景瞟他一眼就知道他在想什么——无非就是自得于自己为了他而煞费苦心。

阮景忍不住瞪了肖崇言一眼，然后回归到自己的思绪中。

"我有一个想法……我们不妨想一下，蒋唯心是一个什么样的人，她被不止一个医生诊断为患有被害妄想症，一种精神类的疾病，可是从她的日记结合警方找到的事实线索来看，她的疑心是有道理的。所以我们就姑且认定，蒋唯心原本是没病的，只是长期生活在一个众人皆以为她有病的环境里，她自然而然地就真的有病了，我这么说有道理吧，肖医生？”

肖崇言点了点头，算是从专业角度认可了阮景的话。

“一个精神病人的治疗，需要药物，也离不开心理医生的辅导——那么一个非精神病的人要得精神病，除了需要周围疑神疑鬼的生活环境，是不是也需要一些，专业的诱导呢？”

听到这里，有人顺着阮景的话问了出来，“你的意思是，有人借着给蒋唯心治病故意诱导蒋唯心？”

阮景笃定地点了点头。

“在我跟蒋唯心母亲交谈的时候，她前前后后提及了不下五个心理医生，有知名大学的教授，有三甲医院的主任，还有海归派的心理学者等等，每一个人她都能说出这个医生的光鲜履历，和在后续治疗过程中令他们一家不满意的缺点……唯独一个京都本地，开心理咨询室的女医生，蒋唯心的母亲几乎没有什么印象。可是在我看来，唯独这个女心理医生有很多疑点，最大的疑点就是……太平庸了，平庸到我们挑不出任何可疑之处，可偏偏就是这样一个方方面面都不突出的人，击败了许多国内外知名的心理专家，长期留在蒋唯心身边，这不是最奇怪的事情了吗？药能救人，亦能杀人。”

阮景说完，抿了抿嘴唇，立刻就有一杯温度适宜的水递到她手边——自然是观察入微的肖医生的杰作。

阮景坐了下来，好整以暇地等待着众人思索后的结论。

肖崇言就坐在她旁边，目光静静地落在她身上。

如果她此时偏头看他，大概能从肖崇言的眼神中读到一些复杂的情绪，与有荣焉、怀念、克制，甚至狂热，诸如此类。

阮景的话等于是提供了一个新的思路。

“的确，之前的调查有一些误区——我们太集中于调查那个用人的社会关系，没想过从蒋唯心的心理疾病本身这件事入手，她的医生，也的确是最容易掌控她的心理状况的人。”

凶手将蒋唯心推下去，还是蒋唯心自己跳下去，这并不是一个二选一的答案。

还有一种可能性，就是蒋唯心在非自愿的情况下，自杀身亡。

虽然听起来不免荒谬，可是也并非不可能。

阮景闭上眼睛，开始回想事发的那天。

跟白宿通话时的蒋唯心分明是有意识且条理清晰的，以蒋唯心会说“来不及。”

再回忆得细致一些，当时的电话里，还有细微的电流的声音，阮景曾经以为是通话信号的问题，但是现在想来，那种“嘶嘶”的杂音她最近还在一个地方听见过——肖崇言的心理咨询室，在她同那对男主对峙的时候，就曾经在持枪女人腰间的联络器上听到过这种声音。

那两人和加害蒋唯心的应该是同一伙人，知道或者早预料到她会来柳川。

或许是有人刺激了蒋唯心，她的思维在通话的后半程已经不是那么清晰，她不停地说着“有人要杀我”和“我要往前跑”。

可是她当时在楼顶的天台，别说往前跑了，走一步便会踏空。

那些人取走了她的项链，也取走了她的生命——只是阮景还没有弄清，他们到底是用什么方法，蛊惑了蒋唯心赴这一场死亡之约。

这是阮景在心里演练了很多遍之后，自认为最贴近现实的一个版本，只是像于泽说的，缺乏证据的情景推演，只是空想。更何况，她隐隐约约觉得，如果说蒋唯心的死是一块拼图，那么这个拼图仍旧缺了一角，只是那一角到底是什么，她却无论如何都说不清楚，也只能带着这个疑虑，走一步，算一步。

老周重重地咳嗽一声，拍了拍手示意大家看过来，“阮景说得对，给蒋唯心治疗的心理医生的确有重大嫌疑。我们应该派人去京都看看。这样吧，于泽，你先联系一下京都方面，尽量寻求配合，然后再带两个人……下午就出发吧。”

话音刚落，肖崇言就插了一句，“我跟你们一起去。”

“我也去。”阮景立刻接上。

肖崇言却意料之外地出言反对，“我们去京都，如果有事情会联系你的，你不是警察，还是留在柳川吧。”

“你也不是警察，你为什么可以去？”

“我是心理医生，嫌疑人也是心理医生，可是毋庸置疑，我比她厉害，所以我帮得上忙。”

“……”

第六章

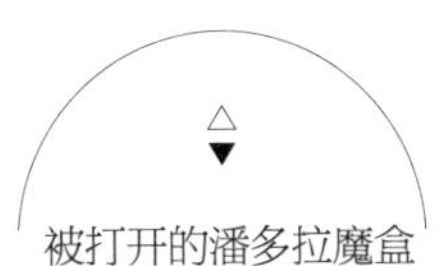

被打开的潘多拉魔盒

临走之前，肖崇言走到阮景身边，淡淡地说："等我回来，你想知道的，我会告诉你。"

阮景垂在身侧的手瞬间紧紧攥起，到了那个时候，她不知道将要面对什么。

阮景下午就回了公寓。她看了一会儿电视，洗了两件衣服，将屋子里所有的地板都拖了一遍，好像在不停地找着事情做，让自己忙起来，全身心地投入到家政的世界里，以至于手机铃声突兀地响起的时候，阮景被吓了一个激灵，她这才惊觉，天色已经暗了。

肖崇言发来了视频通话的邀请，阮景接起，电话里头立刻就出现了肖崇言那张紧锁着眉头的面容。他在室内，身后是几个穿着警服忙忙碌碌正在搜查的警员。

"你们找到那个心理医生了？"

"没有，我们顺着她当初留在蒋家的地址，找到这里时，已经人去楼空了。"

肖崇言拿着手机的手调整了一下角度，让自己的脸在屏幕里显得更加棱角分明，还顺手拨弄了一下头发。

两个人隔着屏幕对视着。

阮景咬了咬手指头，轻咳一声，诚实地说道："我看你的脸没用，你打开后置摄像头，让我看一下周围的环境。"

肖崇言顿了一下，下一秒，镜头翻转，他的俊脸消失在她的视线里。

"你看吧。"他的声音闷闷的，阮景听起来竟然觉得有些好笑。

"往前走几步，让我看看左边的那面墙。"

肖崇言变成了一个忠实的执行者，阮景说要去哪里，他就去哪里。

可是渐渐的，阮景笑不出来了，这间心理咨询室的布置，让她有一种难以言喻的熟悉感。

肖崇言路过一个文件柜。

阮景沉声问，"柜里的文件是什么？"

肖崇言取出文件打开，把上面的内容对着摄像头，自己则在一旁解说："不是什么有用的东西，是一些空白的心理询问问卷，我猜是用来掩人耳目的。"

半天没有再听到阮景的回话，肖崇言忍不住问，"阮景，你怎么了？"

阮景低头看着这熟悉的问卷，面无表情。

"我知道这个心理医生是谁了。"

摄像头转了回来，紧接着，肖崇言拿着手机往外走了一段路程，周围逐渐安静了下来，他才皱眉冲她问，"怎么了？你见过她？"

阮景点点头，叹了一口气，"你记得我刚醒来的时候，遇见的那个假医生吗？"

"是她？"

"我一直觉得那个房间的布置很眼熟，后来又看了那一份调查问卷，如果不是全国的心理问卷都一样的话，那就应该是她——我刚醒来试探我的、抢走你项链的、蒋唯心的心理医生，都是她，她会催眠。"

催眠。

这就很好解释了她是如何控制蒋唯心的，就连阮景也曾险些着了她的道。

肖崇言也跟着沉默了一会儿，"我知道了，我很快就回去……这件事，等我回去再跟你详聊。”

好半天，肖崇言没有听到阮景的回话，手机摄像头忽然抖动了一下，肖崇言心里沉了一下，“你那边怎么了？”

阮景的声音传出来，依旧平稳，“没事，我知道了，撂了。”

电话被切断，肖崇言拧起了眉头，将手机往大衣兜里一揣，急急地往回走。

常桉正巧出来，跟他撞了一个正着，“你看见于泽那小子了没有，他不是跟我们一起来了吗？怎么人不见了？”

“不知道。”

见他面色凛然，常桉忍不住问，“发生什么事了？”

“我要回去，立刻。”

常桉大惊，“不是说顺便转道滨江接个人吗？你不跟我去了？”

肖崇言直接摇头拒绝，“我担心阮景那边出了状况，你自己去吧，我们回柳川再见。”

肖崇言决定的事情，一般人动摇不了。常桉只好眼睁睁地看着他消失的背影。他和肖崇言是很多年的朋友了。现在的肖崇言，更多的时候都是将自己包裹上一层儒雅的外表，用文质彬彬和温和待人掩饰他眸中的暗光，但是常桉曾经亲眼见过他疯狂的模样，举个不恰当的例子，那模样能让很多变态杀人犯都望而生畏。

所幸，能令他如此不淡定的，从始至终，都只有一个阮景而已。

而那个令肖崇言不淡定的阮景，此刻的的确确正处于一场危机当中。

她公寓房间那扇号称价值几万的、只能用入住人的指纹才能打开的大门，被人轻易地从外面打开，一个颇为面熟的女人闲庭信步一般走进来，好整以暇地冲她微笑着。

阮景不动声色地撂了电话之后，却思考着待会儿去投诉防盗门生产厂家的可能性有多大。

不用她招待，女人自顾自地在客厅的沙发上坐下，偏了偏头，“阮景，我们又见面了。”

阮景不置可否，“医院、心理咨询室，以及现在，第三次了，这次你没有蒙面。”

那个女人轻笑了一下，“准确地说，是第四次……不过你失忆了不记得也是情有可原。”

阮景不喜欢这种含糊的说法，神色间浮现出几分不耐烦，“三次也好，四次也罢，你现在不请自来肯定不是为了跟我争论这个，说吧，有何贵干？”

那个女人笑了笑，神色中难掩自得，“不要这么不友好，我这次来并没有恶意。”

阮景也讽刺地笑了，眼神冰凉一片，“你以为，经过上次被你用枪指着脑袋之后，我还会无所防备，将我自己的人身安全交付到你们手上，生死全看你对我有没有恶意？不瞒你说，我家里布满了感应器，只要我出了事，不出三分钟，柳川就会戒严，保证你长了翅膀也飞不出去——不是因为我的命值钱，而是因为警察太想抓到你们了。”

那个女人也不惊慌，只是眼角笑意稍淡，“那就直说吧，这一次我来，真的没有恶意，最起码，在让你恢复记忆的这件事情上，我们的目标是一致的。”

“别告诉我，你是特意来帮我回忆往事的。”

“差不多吧。”女人站起来，在阮景警惕的神色中掏出一个信封放在茶几上，缓缓地推了过去，“这些东西，可能会对你有帮助。”

阮景没有动。

那个女人站起来，环顾四周，轻嗤了一声，“你倒是镇定得很……你这屋子里要是真的有传感器，怎么我待到现在都没有人来抓我？”不待阮景回答，她的笑容愈加扩大，“不过幸好你只是说说而已，要知道，我也从来不敢小瞧你，为了我自己的安全，我呢，也做了点准备。”就像是在自己家里一样，女人踱步到窗前，往楼下望去。

如果这时候阮景也跟着看下去，就会发现，小区内无故多了几辆黑色的轿车，车玻璃都是不透明的，根本无从揣测车内的情形。

“好了，我走了，东西给你了，你要怎么理解就是你自己的事情了。”语调带着恶意的调侃，仿佛在为自己不能亲眼见到那一幕又有些遗憾。

屋内再次剩下阮景一个人，白色的信封有种厚重感，鼓鼓囊囊的，静静地躺在茶几上，像是一个潘多拉魔盒，诱惑着人打开它，但是却不能保证，盒子里面的是“毁灭”，还是“希望”。

阮景移开目光，木着脸走到窗前。

视线可及之处，那个女人走下楼，上了一辆黑色轿车。几乎同时，小区里面的黑色轿车同时发动，缓缓地驶了出去。

阮景抬手拨通了电话，“她走了。”

电话对面是于泽不耐烦地回应，“看见了，我已经在跟了……这些人太小心了，一出小区就散开了，去了不同的方向。”

“你自己小心。”

“这还用你说……她加速了，我先撂电话了！”

嘟——嘟——嘟——

电话那端顿时一阵忙音。

阮景在窗边呆呆地站了一会儿，挂断了一个来自肖崇言的电话，走回客厅，仔仔细细地记下了防盗门的型号，然后又上网查了服务商的客服，认认真真地将刚才的情况说了一遍，“你们现在立刻让人过来给我换门，要老式需要用钥匙打开的那种铁门，不开玩笑，要是出了刑事案件，你们哭也没有用。”

客服小妹妹吓得差点当场报警。

察觉到情况有异，肖崇言第一时间就赶回了柳川，就算他一路将车开得飞快，到阮景家的时候，天色也已经暗了下来。

阮景家的大门是开着的——肖崇言跨进来之后皱皱眉，又退回了室外，不是开着门，而是根本没有门——被拆卸走了。

窗户洞开，寒风大大咧咧地从窗外窜进来，卷起桌面上的纸张发出瑟瑟的声音，阮景站在客厅，衣着单薄，苍白着脸。

“这是怎么回事？”

听到声音，阮景抬头看他，垂下的手握着一沓照片，“肖崇言，你还打算瞒我到什么时候？”

肖崇言面色一变，冲上来夺走她手中的照片，一张一张地翻过去，面色难看，“这就是那个女人给你的照片？”

远距离的偷拍照片，像素不甚清晰，但是该看出来的，一点都不差。

阮景由着他的动作，冷漠地问，“你早知道是不是，你早知道梁颜是我的朋友。”

肖崇言低下头，面露隐忍。

“你也知道，我一直想找她。”

“……”

“你也知道，她已经死了。”

阮景的笑容无力，已经过了那个歇斯底里的情绪顶峰，当下只余疲惫，真相就像一颗洋葱，肖崇言明知道洋葱中间的答案，但偏偏不告诉她，只让她一个人，一边拨开层层真相，一边泪流满面。

“我一直以为梁颜的死是意外事故，可是现在有人告诉我，梁颜的死，与我有关……”

“阮景，不是这样的。”肖崇言话说到一半，看到阮景通红的眼眶，顿时哑声。

阮景看着他，像是在问，不是这样，是怎么样？

照片上，隐约是一处并不繁华的公路，不远处的红蓝色灯光昭示着那里有警车。

一个穿着连衣裙的女孩子倒在另一个女孩儿怀里，已经没了呼吸。周围血迹殷殷，穿连衣裙的女孩儿面色微微扭曲，昭示着临死前所受到的痛苦。那赫然是梁颜的脸，而抱着她的人，是阮景。

梁颜，死在了她的怀里。

照片后面还写着一句话：你的脑部CT没有问题，失忆并非车祸导致，如果你想知道她是怎么死的……就会想起来。

“肖崇言，我早知道这一切是谎言，可是我还是想听你亲口说，你不知道这对我来说意味着什么？！”

“我知道……只是你冷静下来，我才能跟你说。”

阮景微微低头，这才看见自己的手竟然在抖。

肖崇言深深地吸了一口气，上前一步，握住了她的手，将自己手心的热度传递到她身上。

“我知道……我知道你的矛盾、你的悲痛，阮景，我对你……”

“来来来，小两口吵架先等一等，你俩让开一点。”忽然之间，外头电梯间的门开了，几个工人扛着一扇门过来，一个安装师傅一边吆喝着，一边示意将门往里抬。

看见肖崇言西装革履衣冠楚楚的模样，安装师傅将他挤到一边，“来，你再退退，别给你蹭脏了。”

周围瞬间热闹起来，几个人风风火火、叮叮咣咣地装着门。

肖崇言的话说也不是，不说也不是，难得地黑了脸，松开阮景，默不作声地退到一边。

阮景将自己关进了卧室里面，只余肖崇言在客厅，沉默地坐在沙发上。

大约一个多小时，安装工作收尾了。

年纪颇大的安装师傅看着肖崇言发呆的模样，主动上前搭话，“行了，我听说这姑娘家里下午进小偷了，这年头小偷也太高科技了……估计她也吓坏了，这个时候两口子什么事儿不能好好说，吵啥架啊还……”

肖崇言将人送到门口，闻言苦笑着说：“我们……不是……”

安装师傅恨铁不成钢地在他笔挺的西装上拍了一掌，留下一个明显的巴掌印儿，“不是？那就更要供着了，那么漂亮的女朋友，你总端着，人跑了怎么办？”

肖崇言的声音很轻，“不会的……跑了，我也会追回来的……也不是第一次了。”

安装师傅闻言诧异地看了肖崇言一眼，不赞同地摇摇头，“啧啧，你们年轻人，就是瞎搞。”

…………

“你刚才跟他们说了什么？”门刚一关上，阮景就打开卧室门走了出来，暖黄色的柔光灯将面无表情渲染得浅淡，令她面色看起来好了不少。

“安装师傅说，让我不要端着，不要骗你，否则你会离开。”

阮景冷笑一声，“这倒是实话。”她坐在沙发上，仰着脸盯着他看，用意明确——他今天势必要说个明白。

肖崇言别开脸，透过玻璃窗看着天际的上弦月，“等一等吧，马上就有一个人来了。”

两个人相对无语地坐着，连杯热茶都没有。

肖崇言突然想起今天在路上，常桉对他说的话——“崇言，你现在必须要告诉她了……事情跟我们想的不一样，如果阮景继续一无所知的话，她只会更危险。”

他做了这么多事，只是为了能让她平安——如果能够奢望一下，那么他希望，她能属于他。

过了几分钟，也可能是大半个钟头吧，房门被敲响，肖崇言起身走过去，就像是知道来人是谁一样，问也不问地就打开了门，两个男人一前一后走了进来。

前面的人是常桉，而后面那一个——阮景只看了一眼，就立刻从沙发上站起来，惊讶地叫出了声，“吴队长？”

来人正是滨江市公安局的支队长，自从阮景展露出刑侦方面的天分，他就格外地欣赏她，在阮景的记忆中，许多个案件都是在吴队长的带领下完成的。

“没想到……在这里能见到您。”阮景一时间有些不知道说什么好。

吴庸已经年近五十，由于常年操劳，两鬓的头发已经斑白，比阮景记忆里老了不是一星半点。他看到阮景也十分有感触，摆了摆手，“还叫什么吴队长啊……我前不久就退休了。”

“这……您身体还好，怎么就……”随着吴庸走近，阮景这才看清楚，他的左脚裤腿隐隐有些空荡，走路的姿势同一般人不大一样，只是由于他方才表现得十分寻常，阮景一时间竟没有发现，“您的腿……”

吴庸低头，拍了拍自己的左腿，心态倒是还好，“假肢，还能凑合用，只不过抓不了犯人了。”

“怎么会这样？”

跟肖崇言与常桉不同，吴庸得到了贵宾级别的待遇。

阮景忙着到厨房烧水冲茶，又将室温调高，最后还从衣柜里翻找出一块毯子，吴庸乐呵呵地看着她像个小蜜蜂似的转悠，闲着还打趣她，“听说你失忆了，忘了三年内的事情，现在看来，也不是没有好处嘛。要知道，你这两年成长了不少，都敢跟我大呼小叫了，我还真有点怀念新人时期的你，行了别忙了，坐下来吧。”

阮景这才作罢，听话地坐了下来。

这一幕让肖崇言心里很不是滋味……吴庸饶有趣味地瞥了他一眼。

“之前肖崇言就联系过我，跟我说了你的情况，托我过来，把事情跟你解释清楚……我还有点受宠若惊呢！要知道，你以前可是只听肖崇言的话。”

阮景努力板着脸，但耳朵却竖起来，对最后这句话嗤之以鼻。

这是一个不长，却也一句话说不清楚的故事。

夜色漫漫，月已至中天，可是没有一个人有困意。

对阮景来说，醒来后的这些天度日如年，就在今晚，她终于可以弄清楚那些，一直困扰着她的事情。

“事情还要从一年前的一桩盗窃销赃案说起。”吴庸喝了一口茶，不疾不徐地开了个头，“我们在一次日常抽检行动的时候，捣毁了一个黑市，在其中发现了一件古董花瓶。经过专家鉴定，属于清朝的文物。我们还没弄清楚这件花瓶的来历，京都那边的走私警察就找过来了，负责人告诉我们，这是一件赃物，我们抓到的那个犯人，是逃过了京都那边的眼线，来滨江销赃的，结果正撞到了我们的枪口上。京都那边的警察认识肖崇言，也听说过你……哦，就是常桉，由于人是在滨江地界抓到的，京都警察怀疑他们还有同伙在滨江，所以两地成立了联合调查小组，由京都主导，协作调查这桩案子。”

吴庸深深地陷入了回忆中，握着茶杯的手不自觉地抓紧。他一开始以为这只是一桩普通的盗窃销赃案，可是某一天，京都那边突然带过来几份保密协议让他们签署，吴庸这才知道自己被卷进了一桩从十几年前就传得沸沸扬扬的国际走私案。

阮景脑海里浮现出在肖崇言办公室里见到的那份关于“贵妃簪”的资料，那时候她险些怀疑男人的身份，她不由自主地看了一眼肖崇言，男人垂着头，眼睫毛遮住了眼睛，动也不动，完全看不出心底在想什么。

“我们经历了好多程序，这才有人将走私案这么多年的具体情报拿出来给我们看，越看，我就越心惊，但是你俩却都很兴奋——尤其是你，阮景，你那个时候太想侦破一桩大案来证明自己了。”吴庸笑着摇摇头，旋即他想到什么，又收敛了神色，“这不是一起普通的走私案，它之所以能被称之为‘国际’，就是因为它的规模和性质，近十来年，不断有国宝级的文物出现在海外的拍卖会上，无论海关怎么严防死守，国内的走私警察怎么掘地三尺，也只抓住了几个小喽啰。他们背后还有一个庞大的走私组织，如果我们不能一网打尽，追回这批珍宝，那么对于国家来说，会是一个巨大的损失。”

听到这里，阮景终于忍不住疑惑地插嘴，“这批？那个组织是从哪里得到的这些文物？”

常桉语气沉重，代为回答了这个问题，“阮景，京都国家博物馆里，远远不止现在展出的这些珍宝——十三年前，曾经有一次大规模的全城断电故障，就是那一次，在短短两个小时之内，博物馆一共丢失了 187 件珍品——包括那支贵妃簪。”

信息量太大，阮景反应了一会儿，才试探着问道，“之前所有的文物都是在国外的拍卖会上被发现的，可是，有一件，改头换面流入了国内，你们认为，这是突破口。”

常桉纠正，“不是‘你们’，是‘我们认为’，多亏了崇言，一年前我们发现了出现在市面的贵妃簪，这是我们唯一的线索……不知道为什么，走私团伙也在极力寻找这个簪子各部分的下落，所以我们觉得，它的意义不止于是一件简单的首饰。”

吴庸也点头，“其实在你失忆之前，我们已经掌握了一些线索，只可惜，我们内部出现了内鬼，线索断了，功亏一篑。我们揪出了那个人——当然，这也要多谢你和肖医生。说来也巧，没过几天，我们就接到了一个匿名的举报电话，说是一伙走私犯携带了文物，要经过柳川往边境去。时间太紧，我们来不及核实，行动那天，我们犯了一个致命错误——低估了这些走私犯的凶残程度，他们携有武器，最后一次行动，我们也牺牲了几名同志，还连累了一个无辜群众——就是梁颜。我们也不知道，你的朋友怎么就那么巧，出现在缉捕现场。”吴庸脸上浮现出几许惭愧之意，“包括让你变成今天这副样子，也有我的责任。”

阮景沉默了许久，没有说话。

“你跟着一辆逃窜的车离队了，我们跟丢了你，完全不知道后来你发生了什么。在行动的两天后，我们彻底失去了你的踪迹，后来肖医生告诉我们，你出了车祸，失忆了。”

寥寥几句话，掩盖了当时情节的跌宕起伏。

阮景默默地思考了一阵，对其中的关键点很不能接受，“我不认为我是一个不思考，只顾着追逃犯的人。”

吴庸面上浮现出几分尴尬，“你平时不是，但是那一段时间，咳咳，你正好在跟肖崇言吵架，情绪不太稳定。”

…………

这倒像是她会做的事。

阮景又看了一眼肖崇言。

这一次，肖崇言没有回避，而是沉着脸看着她，那种表情怎么说呢，就像是夫妻俩有一方出轨，之后和好了，无论什么时候这个账被翻出来，都要对另一半教育一遍。

什么破比喻。

阮景捋了捋头发，“啪”地站了起来，“我不明白，这有什么可瞒着我的，从我车祸醒过来开始，肖崇言就在跟我装不熟。”

“这个是我们商议过后的决定。”吴庸叹气，“原本在之前的调查中，肖崇言只是在暗处没有暴露出来，我们不知道你去追嫌疑人后到底发生了什么，你失踪了几个月，后来肖崇言找到了你，你失忆之后，我们怕会有走私团伙对你打击报复，有他在你身边，对你，对他，都是一种保护。”

这是没办法的事情，唯一可能知道嫌疑人下落的人，失忆了，死循环一样的无解。

阮景又忍不住要啃指尖了——她从前明明没有这些小毛病，最近就好像有另一个自己在体内缓缓复苏一样。

肖崇言也站了起来，整理了一下西服外套上的褶皱，“那个女人给你送来的照片后面写着，你的脑部CT没问题，确实，但是那并不代表你不会因车祸失忆，虽然不懂心理学，但是你肯定对选择性失忆这个病症并不陌生。我认为，是由于梁颜的死对你的打击太大了，醒来后，你才遗忘了这些事。”

从刚才起，他说话的语气和神态都很讨厌，阮景深吸了一口气，决定不告诉他……他肩膀上那个白色粉尘的大手印有多么明显了。

随着吴庸的到来，一切好像都解释得通了。阮景缠着他，说了很多这三年之间发生的事情，随着一件一件细微的小事从吴庸口中道出，她三年的记忆似乎在慢慢变得完整起来，如果不是因为后半夜吴庸面上实在掩饰不住的困意，她大概会拉着他一直说到天光渐明。

“吴队长，不是……吴大哥，你什么时候回滨江？”

“明天就回去了，你呢？”

阮景犹豫了一下，没说话。

吴庸见状，也知道她心里在挣扎，于是建议道：“你跟了这个走私案一年多了，也倾注了很多心血，曾经的你很想破获它，为了证明自己，也是为了你心中的正义感，但是这些都是你过去的想法，你现在想要怎么做，我都尊重，并且支持，我只是担心……这个走私案一天不破，你身边的危机一天就不能解除，因为按照现在的情况看来，你失忆前，或许真的掌握到了很重要的情报，才让那些人频频找上来，所以……”

阮景苦笑，“查案，我很喜欢，无论是曾经的我，现在的我；失忆前的我，失忆后的我，对于真相的渴望都一样强烈，我只是……我只是没有真实感罢了。”

解决了一个大谜团，还有无数个小谜团。

吴庸也愁眉苦脸起来。

看见他的黑眼圈，阮景颇为过意不去，“走吧吴大哥，我让常桉送你去酒店休息。”

吴庸笑了，“你使唤常桉的语气还是没变。”

客厅里，常桉早就没形象地摊睡在沙发上，肖崇言倒是坐得笔直，手里像模像样地拿着本书，只是那偶尔飘到她卧室的眼神，微微泄漏了肖医生对床的渴望。

与肖崇言四目相对，阮景微微怔了怔。

所幸肖崇言将书合上，伸手戳了戳常桉，“醒醒，走了。”

阮景送他们到了门口，期期艾艾地跟几个人道了别。

肖崇言留在最后，借着楼道昏黄的灯光，他低头看她。

“你……”他开口，声音低沉，由于熬夜与冷空气的摧残，带了点鼻音，其实听起来很性感。

阮景背在身后的手攥了攥，面部表情都僵住了。

肖崇言的眼中划过一丝不明显的笑意，“你明天不要忘了来上班。”

啊？喔，上班。

刚才那一瞬间，她在期待他说什么？

阮景不敢回想，她怕她一回想，通红的面色就会露出端倪，被面前的男人看穿心思。

但是阮景第二天没有上班。

因为于泽受伤了。

他紧咬着那辆黑色轿车追出了省道，在一处下道口，整个车被事先埋在那儿的炸药炸飞，瞬间就起了火。幸亏于泽反应迅速，在汽车爆炸前几秒果断地跳了车，但还是被波及，全身多处烧伤，还有几处被汽车零件刮出了深入骨头的口子。

阮景赶到医院的时候，老周正站在于泽的病床前训斥，“大意！太大意了！你知道对方什么情况，你就敢自己开车追过去！嫌命长了是吧。”

于泽忍不住掏掏耳朵，“这几句话，你从昨天讲到今天，翻来覆去还没完了是吧。”

阮景在门外，摸了摸鼻尖——独自大无畏地追捕逃犯……这眼熟的剧本。

有那么一瞬间，阮景在于泽身上照见了自己身上的某些特质。

阮景敲了敲门，示意自己进来了，将带来的水果放到桌子上，她看着浑身快裹成木乃伊的于泽，真心实意地道歉，“对不起啊，如果不是我让你跟踪她，你也不会折腾到医院里来。”

于泽难得正眼瞅她一眼，“这事儿跟你没关系，接到人民群众的举报，我们总是要调查的，只是我没想到对方那么明目张胆地制造爆炸，简直太嚣张了。”

老周在旁边不阴不阳地说："我看嚣张的是你吧，阮景告诉你可能会有人找上门让你布置一下，是让你布置一下人手，不是让你布置一下你的心肝脾肺，做个孤胆英雄！不行……这事儿我非得跟局里说道说道，让局长给你个处分长长记性。"

眼见老周是真的动了气，于泽立马就乖顺了，忍不住想坐起来，但立刻就牵动了伤口，又"哎哟"一声跌回床上，他顾不得伤势，忙不迭地求饶，"周哥，你千万别啊，我身上还有处分没消呢，要是再加一个，蒋唯心的案子谁查啊。"

他话音刚落，老周咳嗽了一下，不太自然地说："查什么案，你就专心养伤吧。"

这下，于泽和阮景齐齐地看向老周。

阮景皱眉问，"蒋唯心的案子怎么了？"

老周咕哝了一句，"真是催债鬼啊，一个个都这么精明。"然后他摊了摊手，无奈地说："说是因为这个案子背景复杂，京都警局接手了蒋唯心的案子，档案这个时候应该都调走了吧。"

"调走了？我查了这么久……嘶……"一激动，于泽又扯到伤口了，他呲牙咧嘴地说："我查了这么久，他们说拿走就给拿走了？"

知道内情的阮景沉默下来。

杀害蒋唯心的嫌疑人那个假的心理医生，她无疑是那个国际走私团伙的一员，想要找到凶手，就绕不开这桩大案。

阮景看于泽的眼神露出了几分同情之色，这个案子，于泽注定是碰不着了。

于泽兀自生了一会儿闷气，突然抬头对着老周说："给我拿纸笔来，我要打一个报告。"

老周横眉倒竖，"你要干什么，我警告你啊，这是领导的决定，你要是不想再挨一个处分，就乖乖先养好伤。"

生怕剧烈呼吸会牵动伤势，于泽缓缓地、慢悠悠地深吸了一口气，"我不要干什么……我追那辆车的时候，用枪打中了它的左后侧胎，那一带半天没个车过，又下了雪，现在去肯定能找到一个与众不同的车辙印儿，顺着车辙，我想，我们能知道这些人离开了柳川之后，要去哪里。"

看着于泽虽然困难，但却仍旧竭力工工整整地描述情况的样子，阮景觉得，自己有必要重新认识他了。

同样的消息或许更早已传到了肖崇言的耳朵里。

大中午，天气毫无预兆地下起了雪。阮景顶着包跑进大厦，走到看景心理咨询室的时候，眼睫毛上已经因为落雪，险些睁不开眼。

小王正在前台玩着手机里的小游戏，见到阮景，高兴地抬头看她。

阮景一边擦着衣服上的雪，一边随口问，“小王，今天又很闲啊？”

话音一落，小王面上的笑容就消失殆尽了，转而哭丧着脸抱怨，“咱们咨询室本来就没有病人来，前段时间警察又来了一回，当着好多人的面把肖医生带走了，咨询室也封了几天，都不知道外面怎么传呢，今天我坐电梯上来的时候，还有人跟我打探，问我们犯了什么事儿……”

“犯了！什么事儿！”小王很愤慨地重复了一遍。

阮景安慰了小王几句，进了肖崇言的办公室。

肖崇言正在电脑前面，听见她进来，不温不火地说了一句，“隔着门就听见你们在外面说笑。”

阮景假装没听出来他语气里潜藏的嫉妒，反而夸赞小王，“小王心态很稳啊，毕竟前几天的事情闹得这么大，还牵扯上了命案，但是我看他还是一副波澜不惊的样子。”

肖崇言意味深长地说：“小王是见识过大风大浪的人，以后你就知道了。”

以后，以后，又来这一套。

肖崇言转向她，双手交叠，一派悠闲，“于泽的情况怎么样？”

“看起来伤得很重，不过皮外伤居多，刚做完手术就有精力跟老周对呛，估计要不了几天就可以下床活动了。”

肖崇言点点头，“那就好。”

阮景颇为意外地看了他一眼，“太阳从西边出来了？你竟然在背后这么关心一个男人？”

“内部消息……过两天于泽就要被调到京都去了，到时候如果他身体还没恢复，容易拖我们后腿，于泽不是很想亲自查案吗？这下皆大欢喜了。”

比起于泽即将调任这个消息，阮景的重点完完全全落在了后半句话上，她疑惑地睁大了眼睛，“我们？”

“对。”肖崇言站起来，从衣服架子上拿起外套往身上披，“那辆车的去向刚刚查出来了，如果那个女人不是要潜逃出国的话，八成是去了京都。常桉已经先一步回去了，等我收拾完柳川这边的杂事，我们就一起去京都。”

和肖崇言一起去京都？

见她没有立刻答应，肖崇言忍不住挑挑眉，“怎么了？”

阮景立刻掩饰地摇头，“没事。”

怎么会没事，她有事，出大事了，她要和肖崇言一起去京都，在一个不熟悉的城市……朝夕相处？

愣怔中，阮景的脑袋突然被肖崇言的手指轻叩了一下，男人目露纵容，“走了，去吃午饭。”

朝夕相处，就像这样，好像也不错。

阮景打定了主意要和肖崇言一起去京都，现在就要开始做准备，其中最重要的，就是跟白宿坦白。

但是没想到，两个人一见面，阮景还没来得及说她的打算，白宿就先低下了头，“小景，对不起，说要一直在柳川陪着你的，我要食言了。”

阮景端详着白宿的脸庞，恍惚间觉得，他这段日子瘦了一些，他偏头的时候，下颌骨的弧线更突出了一些，使得整个人显得愈加凌厉。她收回了想要说的话，关心地问，“怎么了？”

“我要回京都了。”要回家了，可是白宿并不十分高兴，眉宇之间甚至带了一点淡淡的厌弃。

“出来这么久，你是该回去看看了。”阮景劝慰道，她下一句话原本想说，正好大家可以一起去京都，但是白宿却突然死死地握住了她的手。

阮景吃惊地张了张嘴。

白宿抓着她，目露恳切，“小景，跟我一起走吧，有一件事，我需要帮忙……非你不可。”

白宿的力气很大，抓得她生疼，阮景忍不住抽了抽手，“你先放开我，有什么事我们慢慢说，能帮上的忙，我肯定帮的。”

白宿听她喊疼，立刻就撒了手，只是面色更加苍白了。良久，他苦笑道：“你从来都没问问我，你失去记忆的这段时间，我过得好不好。”

这句话说得很令人心疼，阮景几乎立刻就被愧疚感淹没了，因为白宿说的是实话，她自从醒来就深深地陷入失忆的不安中。而两个人相逢之后，更是把白宿当成了连接现在的自己和过去的自己的一根浮木，拼命地抓着，哪怕在蒋唯心出事后，她也是关心案子多过于关心白宿的感受。

越想，阮景就越觉得自己不是一个合格的朋友。

“我很抱歉，我……”

“小景，我父母死了，半年前。”

阮景的眼睛缓缓睁大，嘴张开，却不知道该说什么。实际上，她现在的脑袋是懵的，不是很能理解白宿的话。

看着她震惊的模样，白宿垂下了头。

“小景，之前告诉你梁颜死了的时候，你很伤心，我就忍着没告诉你，其实没差几天，我的父母也遭遇了意外。

“那段日子其实挺难熬的，我找不到你，到处都找不到你，一个人挺着，一晚上一晚上的睡不着觉。

“偌大的一个公司，全部沉甸甸地压在我身上，和蒋唯心订婚，也有和蒋家联手的因素在里面，可是现在唯心死了……阮景，我快要撑不下去了，你帮帮我。”

他的眼睛濡湿，揪得她的心一疼，印象中，白宿从来没有过这样手足无措的表情。他一向张扬而又有主见，是天之骄子。

可是现在，他向她低下头，对她承认——其实他并不强。

半年，又是半年。

阮景现在十分厌恶“半年”这两个字。

半年前，梁颜死了；半年前，白宿的父母死了；半年前，她来到了柳川。柳川欢迎她的，是一场车祸附赠了失去了三年时光的记忆。

“白宿，我真的很抱歉，我总是跟你抱怨，却没有想过你心里该有多难受，你为什么……不早一点告诉我，你应该早一点告诉我的，我……”

“小景。”白宿抬头看她，目光灼灼，仿佛正在燃烧着的，是他最后的期冀，“你愿意帮我吗？”

阮景点头，又点头。她想，此刻无论白宿说出什么，她都愿意帮他，也必须倾尽全力帮他。

“我能做什么？”

“小景，盛合不能在我手上没落下去。”

盛合，白宿家里的公司，国内顶尖的国际贸易公司，在国际上都名声斐然，更难能可贵的是，盛合在国内的企业形象极佳，热衷公益，每年很大一部分企业利润都用来扶贫助学，在社会上的口碑极佳。

而这样的盛合，在成立之初，不过是个十几人的小公司，短短三十年发展成这样，堪称商业奇迹。

白宿逐渐恢复成了往日那个风度翩翩的白宿，“盛合虽然很大，但是却一直摆脱不了初期家族企业的雏形，除了我手上的股份之外，大部分股权都在我父亲和母亲的亲戚那边，尤其是我的堂叔，可以说在董事会上十分有发言权。原本在我父亲去世后，按照遗嘱内容，他名下的股权全部由我继承。可是就在四个月前，我准备变更股权的前一天，那份遗嘱失踪了，紧接着，我堂叔就站出来，拿出一份录音，是我父亲许久之前在饭局上开的玩笑，他说‘等我死后，就把我的股份给我弟弟’，就这么一句酒后玩笑，被我堂叔拿出来，逼我卸任董事长。”

阮景没想到是关于财产继承的问题，“你为什么不报警呢。”

白宿的面色变得很古怪，过了好一会儿，他才斟酌着回答，“我……不能报警，这里面的原因有点复杂，等到了京都，我再详细跟你说。”

阮景点头应承了，此刻终于有机会告诉白宿她这次来的目的，“我本来过几天也准备去京都的。”

“为什么？你不想待在柳川了，那你应该回滨江啊！”

阮景不方便多言，便只是含糊地带过，“嗯……是工作上的事。”

白宿的神色暗了暗，没有追问，只是在分开之前叮嘱阮景，一旦她决定好乘坐哪一趟航班，就提前告诉他，他们一起回去。

阮景自然是满口答应。

离开京都的前一天，阮景意外地接到了一个人的来电，是许久不联系的许小川。

“阮景，你让我查的事情有消息了，我觉得我还是过来和你当面说比较好，你在哪里？我去找你吧。”

看着几乎要被搬空的办公室，阮景也没多想，就报上了看景心理咨询室的地址。

一听这个名头，许小川顿时就犹犹豫豫地打听着，以为阮景出了什么事儿。等到了咨询室，看到阮景安稳地坐在椅子上，精神状态看起来很正常的样子，他悬了很久的心才放了下来，可还没来得及松一口气，许小川有看见了坐在她旁边无所事事的某个男人。

“咦？”看到肖崇言，许小川愣了一下，他的记忆还停顿在肖崇言欺骗阮景的事情上，并为此耿耿于怀。

许小川小心翼翼地觑了一眼阮景，嘴边的话不知道还该不该讲。

阮景好笑之余又去看肖崇言的表情，果然，男人的表情虽然没有明显的变化，却还是动了动眉梢，如果把他比喻成某种犬科动物的话，此时肖崇言的耳朵一定已经竖起来了。

阮景笑了笑，“没事，我们……我们之间的关系其实还不错，有什么事，你说吧。”

“之前答应你的，我们的那笔交易……你让我查出来那条项链的来源，我刚刚得到了一些消息。”许小川的话音一落，就看见阮景和肖崇言的目光不约而同落在了他身上。

许小川摸了摸鼻子，小心翼翼地避开了肖崇言的注视，或许是见过他的两副面孔，他总觉得这个男人会在某一刻掀开这层儒雅的伪装。

像是了解许小川在想什么，肖崇言刻意冲他露出一个意味深长的微笑，许小川差点被自己的口水呛到。

“好了。”阮景警告地看了一眼肖崇言，后者叹了一口气又恢复到之前无所事事的状态。

“这条项链原本是我父亲买回来给我母亲的，可是我母亲又不喜欢红色，就送给了我，我本来想送给吴媛……但又被肖医生买走了。”

这句话太过没有营养，肖崇言又看了许小川一眼。

“咳咳，我回家问了我的父母关于这条项链原本的卖家的信息，起先我以为很轻松就能查到，因为毕竟拍卖会上的拍品，都必须来历清白，一件拍品对应一个卖家。”

阮景点点头，虽然她没出入过拍卖会这种场所，但是基本的规则还是听说过的，反观肖崇言，仍旧是一副“你怎么还在说没有营养的废话”的样子。

“我父亲说，当时钱货两讫的时候，并不是直接跟卖方拿的货，甚至他不知道这条项链的原主人是谁，于是我又找到了当时组织这个拍卖会的机构。原本他们是不允许透漏卖家买家信息的，我费了好大的工夫才问出了这条项链是从哪里来的——卖家根本不是个人，而是个人委托一个供应商代卖的，我千辛万苦打听到这个供应商，结果他们的工作人员说，那个卖家也不是直接跟他们联系，而是通过一个承办商签订的合同。”

绕来绕去，许小川依旧能思维清晰地复述出来已经很不容易了。

“所以，你打听清楚那个承办商是谁了吗？”

许小川自矜地点头，“是京都的一家国际贸易公司——盛合。”

十分耳熟的名字，阮景发誓自己一定在什么地方听过。

盛合……

盛合！

下一瞬间，阮景脑中突然有什么炸开。

白宿家里的企业，不就叫盛合吗？

或许是见她沉默了太久，加之面色不对劲儿，许小川不免小心翼翼起来，“你怎么了，我说错什么了吗？”

阮景还没说话。

肖崇言理了理衣服站起来，“好的，情况我们已经知道了，谢谢您了许先生，下次有机会一起吃饭。”

赶客意味浓重，许小川敢怒不敢言，只好委委屈屈地起身，跟阮景草草道了别。

临走前，他收敛了神色，显出几分郑重，“这是尽我最大限度能查到的事情了，答应你的交换条件就算我已经做到了吧……祝你们好运。”

说完，许小川便头也不回地离开了，不知道是不是阮景的错觉，他的脚步仿佛比来时轻快了一些——在许小川生命中，与吴媛有关的那一段，至此彻彻底底地过去了。

想必在以后的漫漫长日，他可能会偶尔想起，但最终都会付诸一笑。

长久地注视着许小川离开的方向，脑海里想着“盛合”两个字，阮景的心里顿时五味杂陈，千头万绪不知道该从哪里捋起。

回过头，却看见肖崇言正看着她，面上依旧是那副波澜不惊的表情，无论是听见许小川说找到了线索，还是听到“盛合”这个名字，他都没有丝毫意外。

缓缓地，一个念头忽然冒了出来，“你又是早就知道了？”

肖崇言默认。

阮景“噌”地一下站起来，大步流星往门外走去。

肖崇言连忙跟了上来，“你去哪儿，我送你。”

阮景没吭声，绕过他继续闷头走着。

“阮景。”

肖崇言在后面唤她，口吻几多无奈，见实在叫不住她，干脆疾走两步伸手拉住了她，一个转身，将她堵在了墙壁与自己的胸膛之间。

“讲道理，你还没听我说完，就气得跑了？”

阮景侧着头不看他，下巴倔强地扬着，下一秒，就被肖崇言的两根手指扭正了回来。

“看着我。”

褪去了儒雅的外衣，这一刻的肖崇言强势且不容拒绝。

“这件事情我不是刻意不告诉你。”

阮景与他对视，被他目光里的暗光蜇了一下，气势忍不住弱了下来，只有小嘴儿依旧倔强，“你只是有意隐瞒了。”

她听见肖崇言叹了一口气，俯下身子，视线与她平齐。

“我是从另一条线查到盛合的，蒋唯心的项链也是这么拍下来的，几乎是同一个套路，兜兜转转绕到了盛合的身上，但是这不能代表什么。”肖崇言在很理智地跟她分析，“国际贸易公司原本接触的业务范围就十分繁杂，更不要说是盛合那么大的企业了，国内八成以上的拍卖行都跟盛合有合作，你单听‘盛合’两个字就一下子上头了，太不淡定了。”

肖崇言也算是巧妙地转移了阮景的愤怒点，将她生气的缘由从“隐瞒”无缝衔接，过渡到对白宿的“担心”。

但是阮景没听出来，被一名优秀的心理医生绕进去之后，只觉得自己气得没道理，邪火上来得快，消得也快。她的视线逐渐游移到男人的喉结上，他的喉结随着他说话，上下滚动了一下。或许是他早上没有刮胡子，下巴上长出了淡淡的胡茬，有一种充斥着荷尔蒙的性感。

“我跟你说话你听到了吗？”察觉到她的走神，肖崇言无奈地问她。

“听到了。”阮景的声音平静。

肖崇言放下心来，刚要挺直腰板儿，忽然脖子上一沉，挂上了一个什么东西——阮景眼疾手快地用双手环住他的脖子。

随着惯性，两个人的距离又一次近在咫尺，这一次，阮景甚至感觉到他的呼吸乱了分寸。

肖崇言的声音有点迟疑，“你……你干什么。”

阮景控制住自己的睫毛不要乱颤，死死地盯着肖崇言，“如果我说，我……”

就在这个时候——

“天啊，这是最后一个箱子了吧，累死我了……”

大门毫无预兆地开了——大冬天，小王满头是汗地出现在门口，手上有气无力地勾着一个空箱子，一脸茫然地看着面前卿卿我我的两个人。

肖崇言又咽了一口口水，言简意赅。

“下去。”

小王立刻就转身准备离开。

“我是说你。”

肖崇言费力地垂头，严肃地看着仍挂在他脖子上的人。

一直到两天后，三人赶赴机场，阮景跟肖崇言之间的气氛依旧古怪。

检票的时候，小王站在中间，看看左边，再看看右边，深觉自己就像是被架在火上烤的无辜小鹌鹑，甚至恨不得穿越回去给自己一个大嘴巴。

叫你多事！什么时候进去不好非要那时候进去！

他要是晚进去一会儿，说不定两个人就成了……肖医生那么好面子的人，被一个女人掌握了主动权，又被他看到了，肯定很丢脸吧。

小王又忧心忡忡地担忧起自己来之不易的工作还能否保住。

阮景的座位和肖崇言是挨着的。

飞机型号不大，阮景还好，座位靠着外侧的过道，多少充裕一些，肖崇言就不得不蜷着大长腿，委屈地坐在里面。他神色不佳，隔着阮景看向另一侧的小王，“我记得，我划给你的钱足够支付商务舱了。”

小王哆嗦了一下，“我……我看错了日期，结果退改签太贵了……”

这下连阮景都忍不住睨了他一眼，心里默默地想着肖崇言招聘员工的标准，大概是眼缘吧……

起飞前，笑容甜美的空姐提醒大家记得关闭手机。

阮景手指按在电源键的时候，突然想起自己忘了一件事情——白宿叮嘱过她，走之前把日期和航班号发给他，但现在已经来不及了，只能等稍后再负荆请罪了。

阮景不动声色地瞅了一眼肖崇言，后者已经戴上了不知道从哪里掏出来的眼罩，完全没有要与她沟通的意思。

飞机冲向天际，逐渐飞行平稳。

机舱前方的帘子拉开，空中小姐从里面款步走出，径直走到了阮景的身边，“您好小姐，头等舱在前面，请您跟我来。”

阮景看小王的眼神有些微妙，“你给我升了头等舱？”

听见动静，肖崇言推了推眼罩，露出一条缝隙暗中观察。

眼看肖崇言的面色足以同某款游戏中的寒冰射手相媲美，小王求生欲极强地将头摇成了拨浪鼓——开玩笑，阮景的殷勤他哪里敢去献。

阮景低头看了看登机牌，而后抬起头，疑惑地说：“是不是弄错了，我的座位在这里没错。”

空中小姐甜美的笑容不变，“没有弄错，头等舱的一位先生说您是他的朋友，帮您升了舱。”

除了白宿，她认为她自己在柳川应该没有别的朋友了——能给她升舱的那种。

阮景站了起来，扭头看向肖崇言，“你在这里等我，我去看看怎么回事，你别着急。”

说完，她又隐隐觉得哪里不对，肖崇言那张冰块脸上已经沾上了灰，真真黑得透彻。

小王面上严肃，心里却暗笑，也就是阮景能把这话说得像殷殷叮咛。

一道帘子，将头等舱和经济舱划分成两个完全不同的空间。

空中小姐引着阮景走到机头部位，欠身对一身黑色西装的男人说道：“先生，您的朋友来了。”

男人偏头。

“白宿？”

白宿笑了笑，“真巧啊。”

阮景歉意地点头，“实在抱歉，事情一多我就忘了，我还想着落地后开了手机再跟你道歉的。”

白宿十分大度，嘴角勾起的弧度直让旁边的空中小姐频频看过来，“坐下吧，快中午了，你想吃什么，我让她们准备。”

阮景摇了摇头，“我就是过来看看是什么情况，我的座位在后面，和……朋友一起。”

话音一落，阮景便顿了片刻，白宿眼中有她看不懂的情绪，“肖崇言？”

阮景点头，欲言又止。

白宿跟肖崇言仿佛是宿敌，一提起他，白宿就像换了一个人一样。

正当阮景不知道说什么好时，白宿眼底的冷光又悉数收起，“好吧，那我也不勉强你了，不过，到了京都之后，你可要让我给你……你们，安排住的地方。”

阮景点点头，“当然了，你的地盘不麻烦你麻烦谁？”

阮景回到自己的座位上。

很意外，肖崇言竟然没睡着，而是拿了一份商旅杂志漫不经心地翻看着见她回来了，便收起杂志，抬起手腕看了一眼，语调凉薄，“二十分钟？解释一个座位要这么久？”

阮景默默翻了一个白眼儿，“你睡着了就不会觉得久了。”

两人一时无话。

飞机掠过云层，窗外金光耀眼，很多人都把窗板拉了下来，机舱内反而有种黄昏过后的昏暗。

隔着过道，小王仰面朝天呼呼大睡。

阮景没有睡，也没有翻看杂志，她放松地倚靠在座椅上，目光静静地落在右前方一个人的椅背上，更像是在神游。

肖崇言轻轻地咳了咳，“你……”

阮景会错了意，以为他要出去，于是侧开身子。

肖崇言没动。

阮景皱了皱眉，黑白分明的眼睛看着他，像是在说：别找碴啊，我都给你让开路了，你怎么还不出去。

肖崇言突然叹了一口气，压低了声线，靠近她的耳边，“阮景，这桩走私案不好查，可能会有危险，到了京都，一切小心。”

他的神色很认真，但在阮景看来，他在认真地说着废话。

所以阮景认为，他是在向自己释放着求和的信息。

于是她很给面子地点了点头。

肖崇言定定地看着她的侧脸，“到了京都之后，我不知道事情会发展到什么程度。如果……如果一切顺利，你想要的……你想要的都会有。”

阮景皱着眉头，看着男人双眸倒映着自己的影子。

肖崇言低垂下目光，“……因为你想要的东西，你不知道我有多渴望。”

阮景理所当然地没有听懂。

可是转过头，看见他眸光深沉，她又觉得，他理应在说一件更加严肃的事情。

除了点头，下意识地说了一个“好”字外，她不知道还应该如何回应。

京都其实离柳川不远，如果不是小王晕车晕得厉害，肖崇言倒更想开车过去，一个半小时的飞行后，飞机平稳地降落在京都国际机场。

头等舱的客人先下，等肖崇言他们从机场走出来的时候，就看见白宿已经站在接机口等他们了，身后还有一个穿着职业套装的年轻女人，一看就是秘书之类的角色。

“小景，我先把你们送到酒店。”

白宿向阮景走过来，想要接过她手里的行李箱，可是斜斜里伸出一只手半道截住了——肖崇言面容平和，手上的力气却不小，他接过箱子后顺手丢给了旁边的小王，上前一步状似无意地隔开了阮景和白宿。

“多谢白先生，我已经通知朋友来接了，不必劳烦。”话音刚落，常桉的电话就打进来了，肖崇言歉意一笑，侧身接起，常桉咆哮式的呐喊冲破了话筒。

阮景凑过去一听，常桉的声音带着气喘吁吁的气音，仿佛在奔跑，“我现在有事儿，不能去接你们了，你们自己找地方住吧。”

隔着话筒都能听出他的慌张。

挂断电话，肖崇言面色格外难看。

阮景颇为担心，“常桉他不会有事吧？”

肖崇言神色恹恹的，“没事，他经常这样被人追，习惯了。”

两个人交谈了几句，阮景别过头一看，白宿还等在一侧，女秘书在身后站着，面露不快，白宿却是一副修养极好的样子，看不出半点不耐烦，见她望过来还安抚地笑了一下，示意她不必着急。

这跟阮景记忆中那个一点就炸的白宿完全不一样了，现在的他变得更成熟，更加让人看不透。她不知道这种变化是好还是坏，但总归有什么在两个人中间形成了一道屏障，看不见摸不着，却真真切切地横在那儿。

“怎么样，现在可以让我送你们了吧。”白宿的话看似是冲着大家说的，可是目光唯独落在阮景身上。

不会看眼色的小王表现得兴高采烈。

肖崇言看了一眼阮景略微为难的表情，不知道想到什么，眸色微深，抿了抿唇，跟在了小王后面。

阮景默默地松了一口气。

第七章

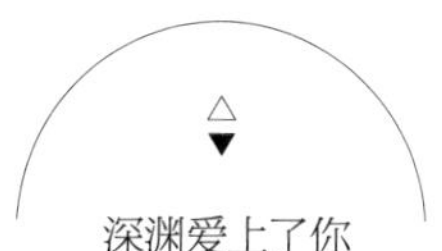

深渊爱上了你

流线型的商务车即便再宽敞舒适，也没办法一车将所有人都装进去。

小王自觉地上了后面一辆车。

剩下几个人在原地僵持了一会儿，在白宿的一个眼神示意下，女秘书面露不快地也跟着上了后面一辆车。

司机替这位年轻的集团掌权人打开了副驾驶的车门。

白宿理了理西服衣襟，扭头看着肖崇言，意味深长地说："肖医生的心理素质可真够好的。"

肖崇言也反手拉开后面座位的门，示意阮景先上车，这才转回头，不咸不淡地回答道："各种病人见得多了，也就没什么事儿值得我大惊小怪了。"

白宿坐在副驾驶位，回头冲阮景露出笑意，"我带你们去市中心的豪林酒店，那里条件很好，住得也舒服。"

肖崇言略微摇晃了一下手中的手机，面色冷淡，"这就不劳烦白总了，刚才我已经在这个酒店订好了我们三个人的房间。"

白宿的眉眼瞬间阴沉了下来。

正值高峰期，车开了四十多分钟才到了酒店门口。

车刚一停稳，白宿的声音便响起，“肖医生，慢走。”转而看向阮景的时候，他瞬间换上了另外一种表情，带着点儿小心，还有告饶之意，“小景……你答应过我要帮忙的。”

阮景下车的脚步一顿，皱皱眉头，“现在？”

她有些犹豫，抬头就迎上了肖崇言意味不明的目光，后者不知道偏头想了什么，嘴角竟然还挂上一丝浅笑，“你要是有事就先去吧，我在酒店等你。”

阮景的脸一红……什么叫在酒店等她。

不过，得到了肖崇言的同意，阮景无意识地松了一口气，下一刻又因为这个“无意识”，自己也不由得愣住了。

汽车重新开动，隔着车窗，两个男人的视线交汇，又默默地分开。

白宿的家离酒店并不远，周围环境却明显安静了许多。

阮景下了车，仰头看着，还是记忆中那栋华贵的别墅，甚至由于新近粉刷了外观，而显得更加簇新亮丽。

“走，进去吧。”

白宿带着阮景，刚一走上门口的台阶，就有用人前来开门，阮景想，大概是归功于门口的监视器。

用人拿来了两双拖鞋。

怕阮景站不住，白宿贴心地扶住她。

阮景走进客厅，回想着记忆中热闹的场景，对比当下的安静，虽然称不上凄凉但总觉得孤单。

有一股沁人心肺的冷意席卷了她，阮景直觉有人在盯着她，下意识向后转了个身，就看到一个穿着白色睡衣的女人呆呆地看着她，两人目光对视后，女人立刻移开了视线，像游魂似的，迅速消失在客厅的另一侧。

“那是白晴。”白宿在她身后淡淡地说道。

阮景惊讶地张了张嘴。

她曾经是见过白晴的，大二的时候，白宿邀请她和梁颜来京都玩，当时她听到用人们叫她“大小姐”，还暗自奇怪了一会儿，因为在学校里从来都没有听到白宿提起过自己还有个姐姐。

后来才知道，白晴的身份尴尬。

白宿的父母年少成婚，感情和睦，却一直没有孩子，在最初的几年内，他们试过了很多方法，可是始终未能如愿。在一次代表盛合集团去慰问孤儿院的时候，他们见到了年仅五岁的白晴，白母一眼就喜欢上了这个文静的小姑娘，于是顺理成章地，白晴以养女的身份进入了豪门。

或许真的是白晴为这个家族带来了好运，在她到来的第二年，白母就怀上了白宿。

可是事情的走向却不尽如人意，有了亲生儿子的白母，不由自主地忽视了白晴，甚至在白晴渐渐长大后，逐渐对她显露出尖酸刻薄的一面——这在阮景前来做客的时候，已经初见端倪。

看现在白晴的精神状态，这几年她显然过得不是很好。

阮景蹙着眉头想要说什么，白宿扶着她的肩膀推了推，“好了，不要管她了，我带你去书房。”

阮景只好点点头，将白晴的近况记在心里，想着哪天见了她或许可以开解一二。

书房在二楼，门打开，白宿当先走了进去。

不知是不是因为里面窗帘拉着的原因，整个屋子显得格外阴沉，阮景站在门口看着，只觉得里头黑洞洞的。

“进来啊，你站在门口干什么。”白宿回头奇怪地看着她。

阮景意识到自己愣神了太久，于是歉意地笑了笑，跟着白宿走进了书房。

“啪”地一声，门关上了，屋里屋外隔绝成两个全然不同的世界，阮景突然有一种犹如置身牢笼的错觉。

像是看出了她的不舒服，白宿走向窗边，拉开窗帘，“很久没回来了，有灰，我开窗通个风。”

“平常没有人会来打扫吗？”阮景想起了刚进大门时看到的那几个安静的用人。

“这里是不允许别人进来的……当然了，你是例外。”

阮景低头浅笑，努力挥去刚才那股笼罩在心上的阴霾，看着白宿皱着眉挥着周围的灰尘，嘴角弯出一个浅笑。

“好了，别瞎忙了，过来坐吧，你不是有话跟我讲吗？”

开了窗，虽是春寒料峭，但风却干净清新得很。

“这件事情还要从我父母葬礼之后说起。”白宿沉下脸，将事情一点一点告诉了阮景，“我的父亲曾经立下过遗嘱，如果他过世了，会将他名下所有的财产和公司的股份都转让给我。我一直将他的那份遗嘱锁在家中的保险柜中，直到我准备去变更股权的前一天，发现那份遗嘱不见了……我怀疑是我二叔捣的鬼。”

阮景点点头，又问，“你为什么会怀疑是你的二叔偷了那份遗嘱？”

白宿语调清淡，“一来，我二叔那天来过家里，二来，遗嘱失踪不久，他就站出来，拿着录音宣布他是我父亲生前委任的下一任总裁。”

“……节哀顺变。”

虽然这句话晚来了这么久，但阮景看着面色不佳的白宿，实在找不到其他的话来安慰他。

白宿定定地看了她一眼，喟叹出声，“我父母在世的时候，二叔也常来家里，那个时候大家相处得十分和睦，谁能想到，如今变成了这个样子……我曾经相信，只要我不变，我喜欢的人也不会变，但是现在我发现，事情不是那样的。”

阮景察觉到他不只是在说他二叔，也在说别的东西，可是他的话，就像他此刻的表情一般，影影绰绰地看不分明。

“小景，那份遗嘱对我来说很重要，你会替我找到它，是吗？”

白宿的眼中犹有暗光。

阮景不由自主地点了点头，“我会尽我所能。”

晚上八点多的时候阮景才回到酒店，小王告诉她，肖崇言去了局里找常桉。

肖崇言来京都后变得很忙碌，两人再次正式见面已是两天后了。

在他们到达京都的第三天，于泽也调来了。

看见于泽臭着一张脸办理了入职手续，阮景就忍不住幸灾乐祸，只不过在肖崇言似有似无的注视下，还是不由得收敛了一些。

可是等到于泽回过神来，狠狠地瞪了她一眼之后，阮景还是没忍住，双手抱肩针锋相对，“于警官，咱们现在是同事了，还这么排斥我，不好吧。”

于泽面色更加难看了，有了他那张浩然正气的脸加持，叫不知情的人看了还以为阮景多么罪大恶极。

常桉穿着制服，一脸严肃地走过来，打断了两人并不愉快的谈话，“大家准备一下，五分钟之后开会。”

京都警局的各项配备比地方上要完善，会议室装修得十分现代化，常桉让人将现有的资料一桌发了一份。

“关于走私案件，除了桌子上的这些档案之外，没有什么新的线索了，不过我想，我们可以从蒋唯心的死因入手，这也是我们为什么将于警官调过来的原因之一，他一直在查蒋唯心的死因，对于她的案件，要比任何人都了解。”

常桉话音一落，众位同事都鼓起掌来表示欢迎，于泽站起身利落地行了一个礼。

常桉顿了一下，看了阮景一眼，又说：“这是我们之前的同事，肖崇言与阮景。”

常桉轻描淡写地介绍完了，众人鼓着掌向她投来熟络的目光，其中一个叫陈明的，更是巴掌都拍红了。

阮景微微低下头避开了这些眼神。

常桉事先已经跟大伙儿通了气，众人都顾忌着阮景的情绪，并没有对她的失忆表现出过多的关注，大家都很友爱，只是面对曾经的队友，阮景有的却只是深深的陌生感。

像是知道她失落的情绪，肖崇言突然握住了她的手。

他的手心温热，带着他身上特有的好闻的气息，奇迹般地抚平了她心头的不安。

会议进展得并不顺利，线索有限，无论翻来覆去看多少遍，都不会有新的发现。

只能试着重新梳理蒋唯心的案子。

有人问，“阮景，你主意多，有什么想法吗？”

阮景也不推脱，走上前，看着贴满零碎线索的白板，视线在一侧蒋唯心的照片上定格片刻，“我们可以从常理着手，试着设想一下，蒋唯心的死能带来什么。”

阮景拿起一支马克笔在白板上写下了蒋唯心的名字。

“一，蒋唯心的尸体上少了平常戴的那条蓝宝石项链，我们到现在都没有找到，基本可以断定是被走私团伙的人拿走了。

“二，蒋唯心的蓝宝石项链跟徐小川手上的那一条宝石项链一样，都是经由盛合集团这个渠道卖出去的，而蒋唯心本身跟这个集团也有着千丝万缕的关系。

“三，蒋唯心的心理医生具有重大作案嫌疑，心理医生也是现在我们认定的走私组织内部的成员，这是我们现在都可以推测出的。”

一边说，她又用笔在蒋唯心的名字旁边画了一个等于号。

“那么，我们是不是能得出一个大致的结论，杀害蒋唯心，就是走私团伙幕后老板的授意。但这里实际上有一个问题，心理医生想要杀蒋唯心夺取项链，她有很多的机会，没有必要绕这么一个大圈。蒋唯心的项链是她父亲为了庆祝女儿订婚拍下来的，我在想，是不是有一个契机，令杀人凶手必须要在某个时间点，杀人夺宝……除了夺取项链，凶手是不是还有别的目的。”

常桉一下一下地按着手中的原子笔帽，喃喃道：“蒋唯心如果不死，回到京都，下个月就要嫁入白家了……会不会是……凶手不想让蒋白两家联姻。”

有人接话道：“对，如果蒋唯心不死，她马上就会是盛合集团的总裁夫人了。”

阮景点了点头，却不肯轻易下定结论，“有这种可能，但你也说是，‘如果’。”

常桉若有所思，“这样想来，或许我们的嫌疑人名单上，应该多出几个人……”

按照这样的思路讲起来，谁不想让蒋白两家联姻，谁就有这个作案动机，剑走偏锋，说不定真的能找出走私团伙的关键线索。

“当然了，我这些都仅仅是揣测，大家有什么意见也可以畅所欲言。”阮景说着，恍若无意地看向于泽。

准确接收到她挑衅的目光，于泽的脸色黑如锅底。

肖崇言始终都没说话，只是安静地坐在阮景身边，看着她讲起案子来的时候，眸子都迸发着跃跃欲试的神采，而众人对这个搭配显然很熟悉了，没有任何人觉得不合情理。

从会议室走出来，肖崇言偏头看向怼了于泽一次而心情变得很好的某个人，“你总逗他干什么？”

阮景低低地笑起来，“原来你看出来了，我就是觉得好玩儿……看着于泽被她认为是弱者的女人压了一头，却不得不憋屈地按照她的建议去行动，多有意思啊。”

肖崇言顿了一下，“他是个好警察。”

“我知道啊，但不妨碍我逗他玩儿。”

“但是我会嫉妒。”

肖崇言极为顺畅地接上了这句话。

气氛在一瞬间变得奇怪起来，肖崇言仿佛意识到自己的失言，目光闪了闪，不大自然地偏过头，率先走在了前面。

看着肖崇言的背影，阮景忍不住叹息，也不知道这个男人在别扭什么，明明有的时候看着她的眼睛已经快冒出火了，可是下一秒却依旧能伪装得像个不动凡心的高僧。

一边重新熟悉着昔日的同事，一边不分昼夜地翻阅走私案所有的卷宗，就这么一晃两天的时间过去，初步的排查结果出来了。

常桉语带沉吟，“提起蒋白两家的联姻，绕不开的就是盛合集团内部经营权的事情。”

说起来，白宿和蒋唯心的订婚，是白宿的父亲白宙努力的结果，随着弟弟白先文股权的不断增加，为了能让儿子顺利继承公司，他替儿子选择了一门强有力的婚事——蒋唯心的父亲，是盛合集团的第三大股东，强强联合，足以为白宿保驾护航。

“所以你们想一想，最不希望白宿娶到蒋唯心的是谁？”

几乎不需要多加思考，队友陈明脱口而出，“白先文。”

得益于盛合集团的名声，白先文这个名字众人都有所耳闻，但是让几个天天混在刑事案件里的大老粗去了解财经板块的常客……

在众人的沉默中，阮景开了口，“我的一个朋友，大概能帮得上忙。”

肖崇言看了看阮景，又别开了目光，眉头紧锁，不知道在想些什么。

阮景给白宿打了电话，问他现在在哪里，还未等阮景说清楚来意和同行的人，白宿已经报上了地址，他那边很繁忙的样子，只简单地说了一句“有什么事情你过来再说”，就撂了电话。

半个小时后，肖崇言开车，载着几个人到了盛合楼下。

阮景跟前台小姐报上了名字，不过两分钟，楼上走下来一个女人，阮景认出，这是刚到京都那天，在机场见到的那位女秘书。

女秘书看了一圈，目光落在阮景身上，嘴角勾出了个没什么诚意的笑容，请他们一行人上了电梯，一路直上到了顶层。

电梯门打开，女秘书一边走一边说：“白总正在开会，我带你们去办公室等他，你们不要乱走……”

正说着，走廊尽头一间大会议室的门突然开了，里面嘈杂的声音一瞬间就传了出来，几个西装革履的人簇拥着一个中年男人走了出来。

常桉小声说：“前面那个男人就是白先文。”

女秘书面色变了变，往旁边让了一步。

那行人头也不偏地走了过去，不知道下属说了什么，白先文哈哈大笑起来，眉宇间尽是得志的猖狂。

会议室里的人很快就走得差不多了，最后几个人出来，当先的却是白宿，他面色沉沉看着之前的人离开的方向，身边的属下低声劝慰着什么。

阮景听不见他们在说什么，却能感受到白宿压抑着的怒气。

女秘书开口，“白总……”

白宿一偏头，就看见了站在一边的阮景，目光还未来得及缓和，就看见肖崇言慢悠悠地从阮景身后踱步出来。

白宿憋了一口气，“……你们过来吧，小晚，去上些茶点。”

白宿将众人领到了办公室，看见常桉和于泽大摇大摆地往沙发上一坐，面色顿时有些难看。

“是我带他们来的。”阮景走上前，安抚性地拍了拍白宿的手臂，“我们想找你了解一下你二叔的事情。”

白宿透过阮景，看向她身后的几个人，收回视线，面色晦暗下来“小景，所以你之前告诉我，你来京都是为了工作也是骗我的。”

阮景心虚地摸了摸鼻子，“也不全是，我来这确实是为了‘工作’。”

秘书小晚敲了敲门，带了几杯红茶进来，放在每一个人面前，到白宿身边的时候，还特意轻声说了一句，“白总，你中午就没吃饭，我交代人去买了些午餐，一会儿送上来。”

白宿点了点头，“麻烦你了。”

小晚冲他笑了笑，眼波流转中闪过一抹媚意，转身离开了。

办公室内恢复了沉寂，阮景探究地开口，“白宿……”

白宿喝了一口茶水，冷笑道：“你们刚才应该看见我二叔了吧……一副趾高气扬的样子，就好像盛合已经在他的股掌之中了。”

这是白家的家务事，阮景不知道该如何开口，只是宽慰道：“好了，别气了。”

“我不是气，我只是无奈，再这么僵持下去，对于盛合来说，是一次毁灭性的打击。”

于泽眼见两个人唠上了家常，面上挂上了几分不耐烦，趁着安静的空隙，单刀直入地问，“既然说到白先文，我们想了解一下，他对待白蒋两家联姻的态度是怎样的？”

白宿表情不是很好，但仍然回答了，“能怎么样？想也知道，他当然是不愿意了。”

“他有没有试图阻止你和蒋唯心的婚姻？或者作出一些别的举动，阻止你升任董事长？”

白宿面色严肃起来，“你们问这个干什么，二叔他……犯了什么事儿吗？”

常桉轻咳一声，有些事情是不方便透露的，他只能委婉地编个理由，“你也知道，关于盛合集团的税务问题，一向都是大众关注的，我们接到内部举报，说是白先文存在偷税的问题，所以特意成立了专项组，我们就是来调查这个情况的。”

接下来的五分钟，阮景见证了常桉一本正经的胡说八道，不过效果显著，白宿眼中的疑惑之色已经渐渐褪去，换上了一副矜贵的傲慢。

“税务问题……盛合不可能存在税务问题，而且，哪怕是存在违规操作，二叔他也不可能决定，整个集团的决策权，现在还是在我手上……但是过一段时间就不一定了。”

常桉顺着他的话问下去，“哦，怎么说，是出现什么问题了吗？”

似乎常桉的话令他感觉到愉悦，白宿低低地笑了起来，“之前担心外面会有谣言，所以我原本只是想低调地处理这件事，但既然你们问了，就不妨再履行一下警察的职责——白先文拿走了我父亲给我的遗嘱，你们帮我把这个遗嘱找到吧。”

于泽皱了皱眉头，硬邦邦地说：“请先回答我们的问题。”

白宿挑挑眉，眼神眯了眯。

常桉急忙打圆场，“得了得了，我们没工夫管你这事儿，但是既然要查你的二叔，遗嘱什么的，我们会顺便帮你留意的……你说说，到底怎么了。”

事情并不复杂，白宿将对阮景说过的话，省略了个人情感，简单地叙述了一遍。

常桉连连点头，听完之后合上了本子，“行，那就先到这里吧，有什么消息我们会联系你的。”

“让小景联系我就行……那我就不送了，你们慢走。”

白宿赶人的意味很明显。

众人从善如流地站起来往外走。

“小景。”白宿忽然在众人身后扬声喊她。

阮景驻足回头看他。

白宿露出一个笑容，“今晚一起吃饭吧。”

这话一出，众人的面色都有几分古怪，尤其是常桉，下意识地就望向了肖崇言。

肖崇言抬起头，看向白宿。

两个男人的目光在空中交错。

阮景没留意身边人的反应，只是衡量了一下自己的时间表，咬了咬嘴唇，“今天还是算了吧，回去我们大概还要开会，等有时间我给你打电话。”

白宿点点头，虽然依旧挂着笑，但眼底的失落清晰可见，搞得阮景也跟着不好意思起来，于是又补了一句，“我一定给你打电话。”

电梯来了，几个人相继走了进去。

肖崇言落在最后，忽然停住了脚步，“你们先走，我有东西落在白宿办公室里面了，我去拿一下，很快就下去。”

阮景刚想问是什么，电梯门已经缓缓合上。

肖崇言表情上的温和在电梯门关闭的一瞬间消失得无影无踪，他微微垂头，整理了一下着装，然后转回身向着原路返回。

办公室的门被推开。

白宿看到他并不意外，像是早就知道肖崇言会来，偏头看着他的时候，还带了两分冰凉的笑意。

偌大的办公室，两个男人相视而立，皆从对方的眼神中看到了什么。

肖崇言悠悠地开口，声音清越，“白宿，你知道的，不问自取视为偷……不管是我的东西，还是我的人。”

“你的人？”白宿重复着坐了下来，神色幽深没有一丝一毫暖意，整个人散发着一股恶意的嚣张，“弄清楚你在哪儿，在这个地方，没有你的人，只有我的。”

肖崇言缓缓地笑了起来，他伸出手转了转手腕上的袖扣，“或许是我一直在阮景身边，让你感到了一种错觉，好像原来我就是这样好说话的性子。”他顿了顿，“你弄错了一件事情，我的就是我的，不管是曾经还是现在……也与在哪里无关。”

阮景刚下楼没多久，就看见肖崇言跟了上来，她随口问了一句，“什么东西落下了？”

肖崇言走在她身边，顿了顿，回答道：“一个……很重要的……”

说半句，留半句，阮景奇怪地瞥他一眼。

“什么？”

“……没什么。”

对于白先文的调查取证比想象中还要顺利，顺利得令阮景心头罩上一股奇怪的感觉，但细细分辨，又好像是她多虑了。

白先文是十三年前进的盛合，接管了一部分国际贸易业务，他野心勃勃，平日里笼络了一批人为他马首是瞻，盛合正经的太子爷有时候也要避其锋芒。在当初白宿父亲提出白蒋两家联姻之时，白先文表露出了激烈的反对，眼见阻止无望，他甚至做出在订婚宴上放火的事情来，也是亏得白宙出面压了下来，这件事情才没有闹大。

这简直就是流氓行径。

可能是白宙对于自己弟弟的包庇，导致白先文做事情越来越肆无忌惮。他简直就是一个没什么本事，依靠自家大哥上位，却又妄想“改朝换代”的人。

这么一个人，有没有可能做出买凶杀人的事情来呢？没人说得清，但能确定的是，他确实有这个动机，也极有可能冲动性犯罪。

证据，他们需要证据。

阮景喃喃自语，“十三年前……”

常桉见她表情疑惑，不由得开口问道：“怎么了？”

阮景摇摇头，“可能是我对这个数字太敏感了，国博失窃案，就是十三年前发生的。常桉……”

“怎么？”

“如果方便，你可不可以派人去白先文的老家查一查，他当年是以什么契机来了京都，到他哥哥公司的。”

常桉察觉到她的怀疑，忍不住讶然，“你是说……”

“我只是怀疑，但是没有证据，不敢乱说。”

“你们说完了吗？该去吃晚饭了。”肖崇言走过来，淡淡地介入了两人之间的谈话。

到队里这么多天，肖崇言几乎沦为了阮景的私人保姆，端茶递水披衣服，毫无用武之地。

常桉顿了一下，在他平静地注视下，识趣儿地说："你俩去吃吧，我局里还有事。"说完，一溜烟儿地跑了。

阮景看着他的背影啧啧称奇，"常桉难怪能当队长，这腿脚，参加奥运会都够格了。"

肖崇言轻嗤一声，"这都是练出来的。"

"什么意思？"

肖崇言轻笑，"过阵子你就知道了，我们先去吃饭。"

"去哪里吃？"

"回去，我来做。"

听到肖崇言的话，阮景忍不住瞪大了眼睛，"你要做饭？"

肖崇言睨她一眼，"你不是觉得我在警队没发挥什么作用？那我总得照顾好你这个中坚力量。"

没想到肖崇言猜到了自己的心思，阮景惊讶地挑挑眉，抬步跟上，眼见肖崇言替她拉开价值不菲的车门，阮景走近，瞄到后座上放着装满菜和肉的购物袋，高冷与居家在这个男人的身上奇异地融合在一起，她又缓缓地笑了。

肖崇言实实在在是一个压抑着自己矜贵本性的贵公子了。

肖崇言指的"回去"，是回他们共同的住所——在他们来到京都的第二周，为了避免警员进出酒店的尴尬，局里大手一挥，给肖崇言、阮景，及小王一并安排了住处，一栋小洋楼的复套，局里补贴一半房租，。

阮景这时候才发现……自己挺穷的。

虽然拿到了自己从前的银行卡，但是那上面惨淡的几位数字，令她好看的眉眼生不出一点欣然来。

肖崇言刚好走过，轻飘飘地落下一句，"房租我已经付过了"，说完，想了想，从钱包里掏出一张卡向阮景递了过去，"这个你拿着用，我说过，对你负责。"

前来帮忙搬家的于泽路过，瞥了一眼肖崇言手里握着的黑卡，又顺着他的手看到他手腕上那只相对来说并不昂贵的腕表，轻声说："肖医生也是身价不菲，手表看起来却不相配，是不是有什么特殊意义？”

阮景一直没接肖崇言递过来的卡，他的手也就这样一直举着，丝毫感觉不到累，还有闲心思回答于泽的问话，“的确有特殊的意义，这是一个很重要的人送的。”

于泽缓缓地“哦”了一声，转头同情地看了看阮景，不知道在想什么，发出了一声悠长的叹息，然后竟然就这么走了。

阮景突然气不打一处来，挥着手将肖崇言的手按下去，“他看我那眼什么意思？”

肖崇言没有说话，阮景愤愤地看了一眼于泽离开的背影，调转枪口冲向肖崇言，“手表难看死了，赶紧换了。”

肖崇言当然不可能换掉，他一直戴着它，只是当下由于要洗菜，他才万分珍爱地将手表摘下来放到旁边的台子上，下面还垫了一张纸巾。

阮景缓缓地垂下了眸子。

她总觉得，两个人之间隔着一层什么，他看着她，又好像不是在看着她。

聪明的人做什么都比旁人上手快些，不过一个多小时，肖崇言端上了三菜一汤。他慢条斯理地擦了擦手，启开一瓶红酒替阮景倒上了小半杯，“尝尝吧。”

阮景犹豫了一下，“不用等小王回来吗？”

“不用，他有别的事情。”

色香味俱佳，阮景夹了一筷子排骨，甜滋滋的味道一瞬间侵袭了她的味蕾。

肖崇言却并不动筷，坐在对面一边看着她，一边轻抿了一口红酒，“好吃吗？”

阮景全部尝了一遍，给出了最中肯的回答，“按理说都算不得正宗，你是不是错把糖当成盐了？但是巧了，我就爱吃甜口的。”

“……那就好。”肖崇言轻笑了一下，喝尽了杯中的酒。

餐过半巡，几杯红酒下肚，阮景也忍不住红了脸，筷子戳着白米饭，说话带了些直来直去的意味，“说真的，你……其实不必对我这么好，我们从前是队友，哪怕我忘记了一些事情，但是该做的我都会做的……你也不欠我什么，我不会冲着你要这个要那个的。”

阮景口干，又喝了一口红酒。

肖崇言静静地看着她，目光露出她不懂的神采，“阮景，你要记得……不是你要的，是我偏要给你的。”

她听见了，又像是没听见，低着头扒拉完最后一口饭，然后一推椅子站起来，脸上挂着慵懒的笑意，“好人做到底，肖医生，碗也归你了。”

她笑起来像一朵盛开的花儿，在酒精的催化下，还免费附赠了一个wink，只是背影，却怎么看怎么有几分落荒而逃的意味。

几天平静的日子过下来，阮景几乎以为，她的生活原本就是应该这么安逸的，跟同事梳理梳理案情，偶尔听听别的组的会议，利用自己独特的观点，给点奇思妙想，回到“家”里，又常常有一桌合自己口味的饭菜……

除了偶尔深夜的梦里，她会梦见梁颜……梁颜分明想跟她说些什么，可是一张口，鲜血便不停地从她口中溢出来。

阮景想着，等这边的走私案告破，她就回一趟滨州，梁颜的墓在那里，她想去看一看，自己的工作连累梁颜丧了命，她合该愧疚一辈子。

她还会梦见一个男人，梦见两个人之间那种激烈的情感，只是往往梦醒时分，关于这个人的梦境记忆如同潮水涌上沙滩，将仅有的一丝浅浅的痕迹，都冲刷得一干二净，只留下怅然若失。

反复几夜，阮景很快就有了黑眼圈，看得肖崇言越来越紧锁眉头。

阮景打心眼里认为，是因为自己太闲了，大脑开始不受控制地东想西想。

幸好这样的日子很快就结束了。

周一，阮景正在网上浏览着有关京都国家博物馆的馆藏资料，突然，门被撞开了。

“重大发现。”陈明一阵风一样地冲了进来，手里抱着一台电脑，“你们快过来看”。

很快，他周围围上了一圈人。

“你们看这个，最新的拍品信息。”

笔记本电脑屏幕上是一家拍卖网站的主页，挂在这家海外拍卖网上首页的藏品，赫然是那一只贵妃簪。那一支本该四分五裂的贵妃簪子，已经合而为一，标注着天价，即将于两个月后被公开竞拍。

他们一直期待的那条蛇，嚣张地露出了它的尾巴。

短暂的兴奋过后，陈明颇为迷茫，“这上面的两颗宝石我们确实见过，确实都被走私团伙的人抢走了……但是，怎么……”

怎么这么快就被人修复了，并且还流失到了国外，无论如何也想不通。

“不管怎么说，这个背后的卖家一定有很大的嫌疑。”常桉一锤定音，“查！我动用再多资源也要查出幕后卖家！”

跨国追查谈何容易，阮景皱了皱眉刚要说话，背上被陈明拍了一巴掌，陈明悄声说：“也就是我们常队了，家里的关系还能拿出来帮衬工作。”

什么意思？阮景没听懂，但也知道此刻不是细问的时机。

有了重磅线索，阮景的精神也就随之亢奋起来，陈明见了，还笑话她跟从前一模一样。

从前……

牵扯到这个话题，阮景不欲多言，只能草草地敷衍几句。

几乎是同时，肖崇言居然也忙了起来。

常桉说，肖崇言正忙着治疗一位坠楼事件的目击者。目击者由于无法接受直面惨案而记忆受损，肖崇言一直在想办法令他恢复记忆。

阮景想起了在柳川曾见过的那份病例，对此并没有什么疑惑，只是，一下子少了一同吃饭的人，一个人孤零零地回到公寓里，她觉得有些不适应。

就在她面对食材丰富的冰箱，思考着是吃番茄炒蛋饭，还是吃番茄炒蛋面的时候，白宿打来了电话。

阮景恍然，自从上次在盛合见面后，她答应过会给白宿打电话的……可是怎么就忘了呢。

略带歉意，阮景接了电话。

白宿的声音听起来有些疲惫，但仍旧含着笑意，“吃晚饭了吗？”

阮景犹豫了一下，还是如实回答，“还没有，正在考虑要吃什么。”

白宿于是笑了起来，“那正好，我也还没吃饭，你在酒店吗？我去接你一起吧。”

阮景这才想起来，换了住的地方，还没有告诉白宿。

阮景于是报上了现在的住址。

白宿没一会儿就到了。

阮景下楼的时候，看见他靠车站着，正吸着烟，神色看上去并不如电话里表达出来的那般轻松。

阮景走过去，皱了皱眉问道：“怎么了？”

白宿抬起头，目光直勾勾地盯着她，黑色的眸子酝酿着十分深沉的情绪，莫名令人觉得可怕，“你和他住在一起？”

没有点名道姓，阮景也立即反应过来，这个“他”指的是肖崇言。

“是队里的安排，就像住宿舍似的，一人一间，而且还有……”

她想说，住在一起的还有旁人，可是白宿突然回身过去，拉开了副驾驶的车门，打断了她的话，“好了，走吧。”

一路上白宿都没有说话，阮景只觉得气氛古怪，令她浑身难受，这样的白宿令人深感压力，从前大学时期如沐春风般相处的日子似乎一去不复返了。

察觉到了阮景的沉默，白宿看了她一眼，眸色更深。

车在一处古香古色的建筑前停了下来，身着旗袍的侍应生笑靥如花地将两个人迎了进去，一路领着上了二楼的包间。

看着布置奢华的房间，阮景忍不住说：“随意吃两口就好了，怎么弄得这么大张旗鼓的。”

白宿面色已经和缓许多，他一边翻着菜单，一边说：“好不容易能跟你一起吃顿饭，当然要重视起来，争取你这次吃好了，今后还会常常想起我来。”

阮景半开着玩笑，“偶尔一顿还可以，经常吃？我怕给你吃穷了。”

“顿顿都可以。”白宿轻巧地说完，还抬起头看她，目光中释放出的深意，令阮景下意识地避开，主动岔开了话题。

“我看你最近又瘦了许多，黑眼圈也这么重，是不是工作上很忙啊。”

“我一直都是这样，你呢，来京都还习惯吗？最近的工作……顺利吗？”

“有了一些线索吧。”调查属于机密，阮景只是含糊地说。

白宿便没再追问。

饭菜上来，无一不精美，另有穿着浅色旗袍的女子跪坐着表演茶道，只是才烧上水，白宿就挥挥手叫她不用麻烦。他自己倒了两杯茶，一杯推给了阮景，“你在京都的工作完成后，有什么打算？”

有什么打算……阮景一愣，几乎立刻就想到了肖崇言那双冰凉如雪，却偶尔泛起水光潋滟的双眼，一时竟不知道该怎么回答。

“……还没有想好，这边的案情，挺复杂的，一时半刻也结束不了。”

这话也不知是在说给谁听。

白宿又劝她，“那也还是提前想一想的好……你就没有想过，万一你的记忆一直恢复不了，肯定会影响你以后的生活，阮景，让我照顾你吧。”

白宿是真正意义上的“高富帅”。倘若他有心，几乎没有女人能抵挡得住他的攻势，但这可不包括阮景在内。

她没将这话放在心上，只是简单地回答道。

“……再说吧。”

这般油盐不进的样子，令白宿狠狠地皱起眉头来，包厢内温度适宜，他却蓦地涌上一阵燥热，一手狂躁地解开了领带丢到一边，将领口扯得松了松，露出锁骨以下的地方。

阮景胡乱夹着菜，仿佛突然之间心上就压上来一块沉甸甸的石头，令她不知道该如何搬开这种窒息感。

忽然电话响了，阮景愣愣地接起来，里头立刻传来了肖崇言的声音，温和中带着一丝不易察觉的不悦，“这个时候你不在家，去哪儿了？”

阮景放下手中的筷子，“你回去了？”

“对，我以为你在家里饿肚子，特意买了很多食材。”

包厢很静，静到白宿可以听得清电话那端男人的话。

家里。

食材。

多暧昧的字眼，他几乎立刻就能勾勒出两个人日常朝夕相处的模样。

“我在外面……正在吃饭。”

“那就留一点肚子吧，毕竟……我买的都是你爱吃的，你让我一个人怎么吃得完？”

阮景忍不住问，“小王呢？”

“不在。”

男人似乎不大耐烦，阮景不知怎么地，心蓦然软了下来。

“好吧……那我一会儿就回去。”

“我胃疼，可能是饿的。”

“……很快。”

撂了电话，阮景不好意思地捋了捋耳边的头发，刚要开口，白宿已经笑了起来，“要是有事，你就先回去吧，饭我们什么时候吃都可以。”

挣扎片刻，阮景终于抵不过内心那一处微弱渴望的叫嚣，站了起来，“对不起白宿，下回我请你。”

“我们之间还用说什么对不起，好了，快走吧。”

阮景匆匆地走了。

白宿深深地看着她离开的背影，眼底搅动着诡谲的暗黑色。

没过一会儿，经理模样的人探头探脑地敲门进来，“白总，您……吃好了？”

白宿看了他一眼，面无表情地从兜里掏出钱包，“结账吧。”

那人连忙点头哈腰，“白总真是客气了，这百味斋都是您的，怎么还能收您的钱呢。”

白宿听了这话，却不知道想到了什么，眼神微微涣散了一刻，口中轻喃，“都是我的……”

突然，他发了狠，将桌子上明明鲜美却还无人享受的美食，一把扫落地上。

阮景打了车回到公寓，路上还念着公寓里大概没有药，还特意去药店买了胃药。

一打开门，一股鸡汤的鲜味扑鼻而来，她走进厨房，男人围着一个明显尺寸不合适的粉色围裙，一手端着木勺正准备尝味道，看见她回来了，冲她点头示意她过来。

“尝一尝咸淡。”

男人在暖光的映衬下，像个温润如玉的君子，有那么一瞬间，阮景心里产生一种，此情此景发生过无数次的幻觉。

她没有尝，而是垂下眼睛，“你的胃不疼了？”

肖崇言关了火，慢条斯理地将围裙脱下来挂好，转过身，在朦胧的灯火下看她，“你回来了，就不疼了。”

阮景的心突然重重地一锤，心动，但是很疼，夹杂在一起，她也不知道这是一种什么样的感觉了。

几天后，阮景刚到局里，陈明拿着一叠文件风风火火地冲着她跑来，嘴里嚷嚷着，“查到了查到了！查到贵妃簪的卖家了！”

他后面跟着常桉和于泽，两人倒是淡定得多。

常桉看了看大厅里来往穿梭的人群，“来会议室说吧。”

阮景吸了吸鼻子，总觉得哪里不太正常……过去几年间都调查不出来的事情，现在竟然这么顺利地就找到了？

会议室里，见阮景不说话，常桉还有些奇怪，“阮景，有什么问题吗？”

那个感觉来得太过玄妙，她也不敢轻易确认，于是摇了摇头，“没什么，你们到底查到什么了？幕后卖家是谁？”

“说起来过程还有点曲折，这还多亏了你。”

阮景指指自己的鼻尖儿，“我？我怎么了？”

常桉一拍大腿，“你之前不是建议我去查白先文十三年前来京都投奔自己大哥的始末吗？”

所以呢？

见阮景终于露出了一副懵懂的神色，旁边的于泽表情突然就明媚了许多，代为解答了她这个疑惑，“派往那边的同事，通过调查白家从前的邻里周边关系，找到了一条线——白家老家那边，原先有个外贸公司，白先文发达之前，就在这个外贸公司打工，后来这个外贸公司被盛合收购，化到了白先文管辖的部门。”

陈明插嘴，“估计是白先文过去受过气，发迹后，就想要在从前的老板面前显摆一下，有什么比从前的老板变成要看自己脸色吃饭的手下，还要解气的！”

于泽点头，“说对了，不过这不是最重要的。”他看了看常桉，常桉伸手点了点自己的太阳穴，一副深沉模样，“就是这么巧，这个外贸公司负责的一条国际线，就是拍卖网站的所在地。我觉得这太巧合不查一查说不过去。紧接着，我们查到，贵妃簪拍卖所得钱款汇入的那个账户，就是这家贸易公司的对公账户！”

偏巧，又是盛合。

因为白宿的缘故，提到盛合，阮景有一种天然的犹豫心态，“会不会是……”

“巧合”两个字还没有说出口，会议室门口就传来肖崇言清冷的声音，“阮景，你从来都知道，世界上没有巧合之事。”

常桉站了起来，“崇言你来了，病人那边怎么样？”

“有进展了。”

常桉于是露出了欣喜的神色。

没听明白两人在打什么眉眼官司，阮景兀自沉浸在关于盛合的揣测中，“所以是白先文……”

肖崇言的声音又冷了两度，“白先文肯定有问题，而且这个盛合，恐怕是烂到根儿了。”

会议散了之后，阮景跟肖崇言并肩走了出来，看着女人紧抿的嘴唇，肖崇言心口有一口郁气挥之不散。

“怎么，牵扯到了你朋友的公司，不高兴？”

语气凉凉，惹得阮景怪异地看了他一眼。

“我不是在想白宿，如果真的有什么问题，白宿肯定会配合我们追查的，我只是在想常桉。”

前半句成功地令肖崇言神色回暖，后半句话说完，又令他呼吸一窒，一喜一怒，情绪悉数握于她手。

他语调不悦地问，“你想他做什么？”

“我只是在想，常桉倒真是一个厉害的，警方不方便出手的调查，他倒是能通过自己的私人关系查到。”

肖崇言顿了顿，“你不是一直好奇，是什么人总在追常桉？”

“是啊。”

“其实，常桉的家底……跟白宿，不相上下吧。她母亲是一个大集团的总裁，但是他母亲……不希望他成为警察。”

阮景半开玩笑地问，“所以追他的人……是他妈妈派出来绑儿子回家的？”

肖崇言点了点头。

阮景惊讶得半天说不出话来，“可是为什么想要他回家继承家产？”

“他爸爸就是警察，因公牺牲。”

阮景不说话了，良久，叹了一口气，“干我们这行的，早就做好了因公牺牲的准备了，如果真的有那么一天，我……”

肖崇言硬邦邦地说：“你不会。”

阮景笑着说：“怎么不会，就单说我们现在追查的这个走私案，偌大的团伙，被逼急了，总会有那么一两个想要同归于尽的，保不齐被选上的那个人就是我。”

忽然间，手臂被拉住，她被迫停下脚步，一回头，就对上男人的双眼。

阮景只是随口一说，可是肖崇言的神情那么可怕，仿佛浓重的夜色席卷而来，要将她吞噬。

“我不会……让这件事情发生的。”

阮景看不懂他的表情，只是下意识地安抚，“知道了知道了，谢谢你。”

她想将手收回来，可是一拽，没拽动。

肖崇言执拗地看着她，像是在赌咒，“为了这个，我可以放弃我最珍视的，我绝不后悔。”

他的声音不大，但却重重地落在她的心上，很沉，带起一阵莫名的酸涩。

她完完全全地失语了。

忽然一个穿着警服的队友在他们身后喊道：“阮景，常队长找你呢，有资料想让你帮着看一下。”

肖崇言骤地放开她，后退了一步，恢复了往日的风度翩翩。

阮景结巴了一下，“来……就来了。”

她匆匆从他身边跑开，进了大门，终是忍不住回望。

天色将晚，日头并未完全沉入天边，而月华已然初上。

他还站在原地，仿佛是夜间的一抹浓雾，那样深沉地望着她，就像既盼着她一路顺畅地走远，又忍不住想要将她唤回。

阮景忍不住皱了皱眉头，总觉得里面有什么情感浓烈得要冲出来。她按住自己的胸口，收回了目光。

常桉交给阮景的是一份厚厚的，有关白先文在盛合十三年来的一些职位变动经历，还有警方调查到的所有相关信息。

阮景一连熬夜看了两天，总算理出来一些有用的信息。

譬如，十三年前，承接京都国家博物馆电力修缮的，正是白先文负责的子公司。博物馆失窃后，警方私下里调查，却找不出任何不对劲儿的地方。

但无论如何，总要会一会这个白先文。

可是怎么会？

白先文属于公众人物，关于他的许多消息真真假假，警方分辨起来会浪费许多时间。

这时候，反而是陈明给了大家灵感。

一天午餐时，调查组的几个队员们围坐在一起吃饭，一个团体中，往往没到的那个人会成为大家的议论对象，肖崇言不幸中标。

有人说：“我说小吴，你不会不知道吧，我们肖医生，可不只是肖医生。”

小吴接话，“他在研究文物方面，还是小有成就的，报纸上发表过好几篇论文。”

这件事阮景在柳川就曾经听说过，她啃了一口鸡腿，随口说道：“白先文若真的在走私，对文物方面一定感兴趣，他俩肯定能聊到一起去。”

餐桌上诡异地安静了一瞬间。

阮景发誓，自己说这句话的时候纯粹只是为了搭话。

但这个奇思妙想好像一下子就替她的同事们打开了一扇新世界的大门。

“我觉得可行哎，如果是生意上的伙伴，既能接近他，又不至于引起白先文的警觉。”

“我觉得也是，可以让肖医生替咱们探探路。”

“但是……肖医生清风霁月，你让他卑躬屈膝地讨好白先文？我觉得不可行。”

“可不可行要分是谁去说了……”

霎时间，所有的眼睛齐刷刷地定格在阮景身上。

阮景嘴里还咬着一口鸡肉，艰难地咽了下去，葱白的手指指了指自己，“我？”

常桉重重地点头。

常桉做主，给阮景放了半天假，并将肖崇言临时办公的地址告诉了阮景，然后迫不及待地挥了挥手，将她从局里赶了出来。

这帮人，为了破案，毫无下限……

阮景按图索骥找到了肖崇言的临时办公室，虽说是临时，但是设施一应俱全，前台还有一个据说是从滨江调过来的姑娘。

“阮景？好久不见了，你怎么来了？”她睁大了眼睛，除了诧异，还有一丝熟络。

又是一个认识她的？可是，这姑娘分明是肖崇言的员工，而不是警局的队员，怎么会见过她呢？

将疑惑压在心底，阮景淡笑着打了招呼，“肖医生呢？里面有病人吗？”

那姑娘惊异地打量着她，“你叫他肖医生？”

不对吗……

所幸那姑娘没纠结太久，“应该是有的，不过不要紧，你的话，肖医生肯定说‘直接进去就好了’。”

被她过于热情地推进去，阮景只好将嘴边的话压了下去，敲了敲容询室的门。

门没关，她轻轻一敲就自己开了，阮景试探着走了一步，发现里面只有肖崇言跟小王，并没有什么病人。

肖崇言立刻就发现了她，“你怎么来了。”他的声音很温和，一边说，一边站起来把她往里面迎。

小王的气色看起来有些苍白，他冲肖崇言点了点头，“那肖医生，我就先出去了。”

肖崇言颔首，眼看着小王带上了门，这才理了理衣服，坐到阮景身边。

“说吧，什么事？”

不知是不是故意，两个人之间的距离很近，近到阮景若是侧过头看他，恐怕要作出个斗鸡眼才看得清了。

阮景不由得上半身使劲儿往旁边偏了偏，清清嗓子，“他们叫我来问问你，有没有兴趣做一回卧底？”

“我的有没有，要看和谁。”

于是没聊几句，肖崇言轻易地拉了阮景下水。

再加上警队众人的献计献策，肖崇言很快就摇身一变，成了一名气质儒雅的考古学家，身怀宝贝，准备在京都寻找合适的卖家。

而阮景……不管她情不情愿，在常桉导演的执导下，不情不愿地当了一个跟在考古学家身边、关系不清不楚的女助理，据悉，这个“不清不楚”的人设，还是肖崇言亲自添上的。

准备期间，在肖崇言的咨询室，阮景又一次见到小王，这回他的气色比上次红润了许多，见到阮景又可以有说有笑了。

有一个预约好的病人上门，前台姑娘迎进去，又是招待又是倒水的，忙得不亦乐乎，可是小王只是看了一眼，就又收回了视线，坐得稳如泰山，很没有一个优秀员工的自觉。

说来奇怪，小王在肖崇言这里并没有什么明确的工作，在柳川的时候也是，一有情况就手忙脚乱，他似乎仅仅是为了跟着肖崇言而跟着肖崇言，若放在古代，这就是一个公子身边的小书僮。

晃神的工夫，小书僮已经找好了聊天话题。

“一晃时间过得真快啊，都快过年了，好想回家啊。”

“是啊。”

“阮小姐是不是也想回家了，我记得您家是滨江的。”

“是的。”

“那倒跟肖医生是一个地方的人……肖医生到了滨江，大概还能被叫一声肖老师，羡慕羡慕。”

半开玩笑的一句闲聊，终于引起了阮景的兴趣。

“他在滨江教过书？”

“是啊，我也是听小花说的，不过也不能算是教书，也就是当了一个学期的客座教授，学生不多。”说着，小王摸了摸脑袋，“好像是……滨江大学。”

“你知道他教的什么专业吗？”

“这我就不知道了。”

小花就是那个有着一张圆圆的笑脸的前台姑娘。

而滨江大学，就是她的母校。

肖崇言在滨江大学教过书？可是为什么，她一点也不知道呢？

她努力地回忆着吴庸去到柳川的时候，说过的话。

他分明说过，两个人是因着走私案相识的。

还没厘清头绪，肖崇言就送了病人出来，今天来咨询的患者看起来对他格外依赖，四十好几的大男人握住肖崇言的手就不松开，肖崇言送他到了门口，在中年男子的追问下，再三保证会治好他。

阮景看着他，工作中的男人，褪去了他身上与生俱来的矜贵的气质，变得像个凡人，可尽管如此，他依旧是最闪耀的那一个，以至于不论什么时候，只要他在，她在人群中最先看到的，永远都只是他。

这么一个出众的男人，放到哪里都会让人记忆犹新，如果她见过，绝对不会忘记。

忘记……所以他在她那丢失的三年记忆中吗？

为了尽快得到线索，不到两天，肖崇言跟阮景就被常桉打包送到了一个陌生的办公楼。

这里不是盛合集团的总部大楼，而是白先文控股的子公司的大楼，白先文喜欢在这里办公。

揣着常桉做好的假身份，肖崇言将车停在了停车场。

临下车前，阮景从后视镜里确认了一下自己的妆容。

肖崇言看起来面色颇为古怪，“有必要这么……下功夫吗？”

黑色包臀长裙，头发烫成了大波浪，画着浓浓的烟熏妆，一下子凭空老了十岁，若她不开口说话，看起来就像是一个风尘味十足的女人。

阮景白了他一眼，“在白氏的大厦顶层，我们迎面撞上过，你们当时在后面，可我在前排，我得防止白先文认出我。”

“犯不上。”肖崇言说着，突然倾过身，食指的指尖擦去了她晕染到唇侧的口红。

白先文眼睛都长到了天上，根本就不会留意那些他眼中，小虾米一样存在的人。

阮景被她的动作吓了一跳，手扣紧门把手，几乎要夺路而逃，肖崇言一把拽住她，皱着眉说道：“你现在是我的助理，还是跟我有着非正当关系的女助理，如果我连触碰你一下你都觉得无法忍受，你猜，依照白先文老奸巨猾的性子，会不会看出端倪来？”

“我不是……”阮景语塞了一瞬间，“我只是……你的动作太突然了。”

肖崇言没有戳穿他，鼻子里发出一声轻笑，缓缓地，他伸出修长的手指，擦到阮景的脸上，动作很慢，一点都不突然。

阮景反应过来，她绷直了身子，眼神下瞟，面无表情地说：“你闹够了没有。”

肖崇言见她真的有点气了，又有些舍不得，想着赶紧先办了正事，可是收回手的时候，鬼使神差地，又用指尖勾了一下她的下巴。

…………

两分钟后，车上走下来一男一女，女的浓妆艳抹，根本看不出原来的五官，男的倒是长得一派玉树临风，只是神情古怪，头发很乱，像是被谁挠的。

警方为肖崇言安排的身份可谓是天衣无缝，他明面上是陕西的一个考古学家，可是拜访的电话一打过去，白先文略一调查，就会发现，肖崇言私底下做了许多违法的事情，譬如，将发掘出的文物私藏，再偷运出去寻找卖家。

自认为捏住了他们的把柄，白先文自然就会对他们放松警惕。

报上了名字，秘书将两个人引到了一处宽敞的会议室里，会议室装修得极尽奢华，可以称得上是金碧辉煌，却又偏偏在角落里摆放了两个博古架，倒显得不伦不类。

“肖先生，您请坐。”

白先文对肖崇言还算客气，肖崇言坐下后，还特意关照了一下阮景，他状似无意地碰了一下她的手。

“小景，你也坐，一路跟着我累坏了吧。”

将两人的互动看在眼里，白先文眼神中闪过一丝了然。

热茶上来，肖崇言也不绕圈子，等到办公室里只有他们三个人的时候，他缓缓放下手中的茶盏。

“白董，听闻京都这边的古董生意，大半都是出自您公司的手笔，不知道，陕甘地区的买卖，您愿不愿意分一杯羹啊。”

白先文明知故问，“哦？是什么生意？”

白先文以为，自己知道两人的底细，只是装作不知道。

而肖崇言则是故意让白先文知道。

绕来绕去，单看谁的演技好。

肖崇言苦笑一声，“我偶然得到了一批古董，价值连城，只是苦于那边没有合适的卖家，一时之间出手不得，多方打听知道白董您恰好感兴趣，我们这才折腾过来。”

白先文似笑非笑，“不是没有合适的卖家，怕是这批古董不好出手吧。”

肖崇言似乎是吃了一惊，握了握拳，又放到唇畔清了清嗓子，“这……”

白先文面上浮现出一抹得意之色。

肖崇言又接着垂眸说道：“白董既然知道，还肯见我，想必是有合作意向的，白董见多识广，可一定要帮帮我啊。”

白先文神色傲慢地享受着肖崇言的奉承，“好说。”

“难道白董有什么道，可以走得通吗？”

这句话终于问了出来，阮景跟着止住了呼吸。

白先文缓缓放下茶杯，“肖先生是为了卖古董而来，还是……听说了什么事情。”

他看了肖崇言一眼，那一眼，犹如毒舌吐信，滑腻地缠住了肖崇言。

阮景后脖颈的寒毛都要立起来了。

“我手里的东西来路不可说，我自然要找一个信得过的合作伙伴，若是白董连这一点安全感都不肯给我，让我怎么相信我们能达成合作？”肖崇言仿佛很失望，他站了起来，理了理衣裳，“小景，我们回去吧。”

“肖教授就准备这么走了？”

白先文阴恻恻地说着，阮景抬头一看，办公室并未关紧的门外头，影影绰绰有几个男人的身影闪过，她不由得心下一凛。

肖崇言却依旧淡定，“白董这是准备黑吃黑了？”

一个“黑吃黑”说出来，令白先文想偏了，感到了危机，他缓缓地站了起来，“你俩到底是谁。”他的眉宇间已经染上了几抹狠厉之色。

阮景都替肖崇言捏了一把汗，他自己却恍若未查，表情甚至还带上了一丝傲慢。

他有什么依仗？

“听闻子公司的账目由白董一手把控。”肖崇言眼睛一垂，看起来有种胜券在握的漫不经心，“我正巧得知，账目有些古怪，就是不知道我要是把这个消息告诉了白氏集团现阶段的掌权人会有什么后果，您说，他还会相信您吗？”

事已至此，阮景突然想通了肖崇言打的什么算盘。

队里都知道，白先文与白宿之间，从来都不存在信任，反而因为遗嘱的丢失，使得继承人的矛盾浮出水面，倒有几分不死不休的意味。

但是肖崇言却让白先文感觉到，自己虽然是做足了功课来的，但是拎出了这个荒谬的把柄，又恰好证明了，他是真的没有能力。

没有能力却狂妄自大的卖家，手中有一大批来路不明的珍宝，利润一定可观，值不值得白先文合作？

白先文面上的表情瞬息万变。

肖崇言却是失去了耐心，抬脚就要往外走，一边走还一边说：“罢了，看白董这副为难的样子，我也没什么合作的兴趣了，虽然我的这批东西没法子拿到明面上卖，但价格再降个两成，我就不相信会砸在我手里。”

“等等！”在肖崇言的脚步即将迈出去的一瞬间，白先文终是叫住了他，“肖先生果真有诚意跟我谈生意？”

阮景心下一定，成了。

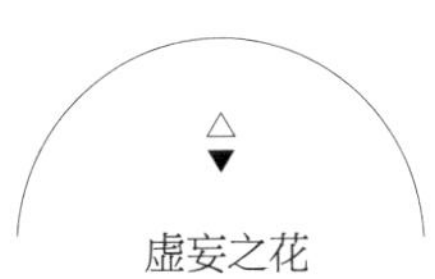

肖崇言的实力毋庸置疑，当他刻意柔缓了气质接近一个人时，绝对会令那个人感到如沐春风。

短短几天的时间，在常桉他们还忙着挖白先文和盛合历史的时候，肖崇言已经能和白先文称兄道弟了。

临下班做汇报的时候，众人看肖崇言的眼神中都闪烁着崇拜的光芒。

“……所以，白先文说，下周会带我们去见那条线上的负责人，如果白先文真的控制着走私的渠道，等见了人，我们就一定能看出些破绽来。”

正说着，突然间，肖崇言那个专门为了白先文准备的手机响了起来。

几人互相看了看，一片严阵以待中。

肖崇言接起了电话，白先文中气十足的声音从话筒里传了出来，“肖老弟，出来啊，我带你去见见世面。”他的声音兴奋中透着含糊，显然经过了酒精的催化。

肖崇言不动声色地应了一声，“……好啊，你在哪儿？”

“等一下我给你发地址……对了，别带着你那个小助理了。”

此话一出，阮景的眉头狠狠地皱了起来，有什么是肖崇言能看，但是她却不能看的？

白先文没说几句就急着撂下电话，怕他怀疑，肖崇言也不好在电话里问太多。

经过简单的商议，本着小心谨慎的原则，众人决定还是肖崇言只身前往，阮景化好了妆等在外面，如果里面有什么情况，再及时联系。

众人惴惴不安的心情，到了约定的地点时全都烟消云散了。

大门口，黑衣墨镜严阵以待的保镖，媚眼如丝的服务生，里面隐隐传来的男女的调笑，全都诉说着一个事实……

陈明惊呼出声，“我的个天啊，白先文这是……要带着咱们肖医生去……那啥啊……”

“咳咳。”常桉突兀地咳嗽了一声，同时挤眉弄眼地瞟着阮景。

阮景抿了抿唇没吭声，也没看肖崇言。

过了两秒钟，有人挪到了她的身边，男人微微地俯下身来，轻轻在她耳旁说：“那我……进去了？”

“……”

肖崇言潇洒自如地进了这个隐秘而繁华的娱乐场所。

陈明啧啧感叹，“看肖医生这架势……挺熟悉啊。”

常桉抚额叹息，“你就少说几句吧，你再说，阮景估计就会让你看不见今晚的月亮了。”

…………

她的表情，有这么可怕吗？想了想，阮景放缓了脸色，唇畔勾起一个和暖的笑来，“常桉啊……”

“啊？”

“这么个地方，料想也不会干净到哪去，你们既然看见了，过两天不查查？”

“……查，当然得查！”

这里是城市最阴暗，却又最浮华的角落，它的外表毫不起眼，里面却醉生梦死，惹人一掷千金。

对应着包房号，肖崇言很快找到了白先文。

白先文的状态很亢奋，搂着一个衣着暴露的女人，半趴地看着桌子不知道干什么，等到他一起身，露出桌子上那一小摊可疑的白色粉末。

肖崇言忍不住目光微黯，今天恐怕没那么容易脱身了。

白先文喝了许多酒，哪怕在昏暗的包厢里，也能看出面色潮红得吓人，看见肖崇言进来，他的眼睛闪烁着诡秘的光，“肖教授还站着做什么，快过来啊。”说着，白先文指了指桌上几个用意不明的小盒子，笑容变得有几分诡异，“这是我为了肖教授特意准备的，肖教授卖我个面子，试试？”

…………

被白先文下套了，白先文还是没有完全信任他们。

见肖崇言站着不动，白先文悠悠地说道：“怎么，肖教授不屑与我们为伍？”

肖崇言的余光扫到包厢门的位置，不知道什么时候，那里悄无声息地站了两个健壮的男人。

肖崇言踱步过去，面色看不出丝毫异样，“我只是在想，白董跟我何必这么客气。”

一个衣着暴露的女人将桌面上的那只精巧的小托盘，推到了肖崇言的面前，顺势依偎在他身边。

白先文以及几个往日跟在他身边的属下，此刻都摆出了一副“请君自便”的态度，想要看看肖崇言下一步的动作。

这东西，轻易沾不得，沾上了，后患无穷。

白先文站起来，双手撑着桌子，俯视着肖崇言，慢慢地说道：“肖教授，你不是想知道我有什么渠道处理你那批货吗？过了今天，咱们就是朋友，我自然会给你看……”

躁动的气氛犹如张牙舞爪的鬼怪，围拢在肖崇言身边，叫嚣着要将他吞噬。

看不出表情的男人，缓缓地，他伸出手，靠近了那个盒子——

突然间，门口传来一阵骚乱，一个女人跟门口的两个男人发生了激烈的争执。

白先文一个眼神，一直站在他身后的男人走了过去，一拉开门，外头的女人由于惯性，猝不及防地冲了进来。

她还来不及站稳，目光就迫不及待地寻梭在在场的人身上，一看到肖崇言，她立即冲了过去，一巴掌打在了男人的脸上，“你骗我！你说你只是来跟客户吃个饭！”

这突如其来的一巴掌，打懵了许多人，包括肖崇言。

“你……”

“你什么？是我哭着求你带我来京都的吗？不是，你是自己说走到哪儿都要带着我的，可是你现在在干什么！要是觉得我碍眼了，你就直说！”

一连串的连声质问，盖过了包房里热闹的音乐。

白先文认出了这是跟在肖崇言身边的女助理，他显然对两人之间的关系十分笃定，一丝惊讶都没有，打着圆场。

“那个……”

“哗……”

女助理疯起来显然六亲不认，拿着自己的包用力向肖教授身上摔去，力度没掌握好，桌面上的东西噼里啪啦地扫落在地。

白先文是游戏花丛惯了的，见到这副情形，觉得有点腻歪，面上就带出了几分不耐。

肖崇言察言观色，一把拽住女助理的手，冲白先文赔着不是，“白董……我……”

白先文摆摆手，彻底失去了兴趣，敷衍道：“我都明白，英雄难过美人关嘛。你们先走，有什么话好好说，咱们下次再约。”

于是，肖崇言带着阮景，全身而退。

拐角无人的地方，肖崇言突然笑了，垂头看着抿唇不语的阮景，“走到哪儿都要带着你？”

阮景瞪他一眼，“你最应该说的是谢谢我。”

“谢谢你，心系我的安危，及时赶到。”

阮景犹豫了一下，终是问道：“说真的，如果我要是没进去，你会碰那玩意吗？”

“不会。”

阮景不大相信地问，“真的？”

她觉得，他骨子里有不逊于她的冒险精神甚至更疯狂，只是不知为什么，这股子劲儿被他自己压抑了。

男人笑了笑，没说话，护着她一路往外走去。

阮景微微抬了头看他，男人的下颌弧线棱角分明，作为一个男人，睫毛又过于浓密了，两个小扇子密密实实地遮住了他的心事。

如果不是她见肖崇言迟迟未出，不顾常桉的劝阻，执意要进来，打断了肖崇言的动作，他会不会真的去触碰那个禁忌？她是没把握的，因为肖崇言这个人，他矜持、温和，却也桀骜、危险。

沉默着，他们走过了一条走廊，不远处就是电梯，会所里的音乐舒缓，晦暗的灯光很好地给过往的客人加了一层保护色。

一个包厢门开了，有人醉醺醺地走出来，忘记带上门。

“等等。”

“怎么了？”

想要听清楚阮景说了什么，他唯有贴近她的耳朵。

温热的气息喷洒在耳尖儿，阮景脖颈处细小的绒毛忍不住纷纷立起，幸而灯光昏暗暧昧，才不至于看到她红了的脸颊。

肖崇言此刻却端得清风明月，促狭地看了她一眼，佯装不知道发生了什么事。

阮景轻咳了一声，朝着门缝指了指里面，“那个人，好像是白晴。”

白晴迷离着双眼，在这绚烂的灯光下，她的面色奇异地显得灿若朝霞，只是结合着周围一堆做派豪放的男男女女，情景有些……糜烂。

肖崇言皱了皱眉头，“白晴是谁？”

阮景无奈，“出去再说吧。”

白晴是谁？

这个问题很好解答，阮景几句话的工夫就跟肖崇言说完了，除了听到她是白宿名义上的姐姐时，他皱了皱眉头，其余的时刻，他并没有对白晴表现出感兴趣的意思，只是听完之后敛眉沉思了半晌。

“照你这么说，白晴应当是一个内向的大家闺秀才对。”

是啊，理应是。

可是方才在会所里面见到的白晴，穿着暴露，妆容厚重，难为阮景还能认得出她来。

肖崇言淡淡地下了结论，“通常来说，一个人若前后反差太大，就能说明这个人在性格上有一定的伪装成分了。”

阮景叹了一口气，“我原来见她的时候，她不是这样的。”

“‘人’是最反复无常、无规律可循的，就像你失忆之前不会想过有一天你会失忆，只要你没有时时刻刻将目光聚到一个人的身上，哪怕只是转个身，再见的时候，就认不出来了。”

肖崇言面无表情，像是在说白晴，又像是在说别的什么人，神色有些迷茫。

冷不防一只细白的手突然在他眼前晃了晃。

肖崇言垂头看向阮景，用目光询问她在做什么。

阮景蹙眉看他，“我就是看看，你这随时随地走神儿的毛病还能不能治。”

肖崇言和阮景平安归来，众人都松了一口气，回去准备一系列的布置，争取等白先文再找肖崇言时准备万全，可没想到，这一等，就等出了岔子。

隔天，宿醉的白先文揉着脑袋进了办公室，一屁股瘫坐在宽大的皮椅上，秘书走了进来。

“白董，刚才有人给您的邮箱发了一封邮件。”

白先文不耐烦地摆手，“有邮件你就处理，要是什么都要跟我汇报，我请你来做什么？”

显然，白先文在平常工作中就是这个态度，秘书也不觉得多难堪，只是将平板电脑递到了他眼前，“那个人发来了两张照片，上面有最近经常来拜访您的那位先生，我也不知道是什么意思……”

白先文手上的动作一顿，“拿来我看看。”

照片明显是偷拍的，长焦镜头远远地窥伺着照片里的人物。

拍照的角度很巧妙，正好将肖崇言和周围的环境都纳入了画面当中，建筑物上几个明黄的大字庄重而又清晰。

柳川市公安局。

白先文先是一惊，而后勃然大怒，将电脑狠狠地往地上一摔，“竟然敢骗我！”

良久，白先文又阴狠地笑了起来。

白先文失约了。

在约定好带他俩见线人的当天，白先文的手机一直打不通，肖崇言跟阮景到了约定地点吹了两个小时的寒风，预先埋伏在周围的队员们也在车里憋了两个小时，他还是没有出现。

常桉拿起对讲机问，“人怎么还不来，是不是你们记错了时间？”

肖崇言按了按挂在耳朵上的小型接收器，神色冷淡，“大概是身份暴露了，撤吧，他不会来了。”

所有人的神情都十分沉重，对盛合的调查不顺利，若是让白先文有了警觉，这条线也断了，对他们来说，无疑是一个打击，走私案，他们查了太久，等了太久了，一天破不了案，就代表着那一批丢失的珍宝一天有流出国门的危险。

于泽走下来，“啪”地摔上车门，走向阮景，神情烦躁，“不是进展得很顺利嘛，怎么会突然暴露，这也太奇怪了。”

肖崇言思忖着望向阮景，“你怎么想？”

“你和我的身份，虽然经过了包装，但倘若有心人到柳川一查，根本经不起推敲……问题是，白先文不知道我们从柳川来，自然无从查起，所以……”

“有内奸。”肖崇言淡淡地补充道。

一个知道他们动态，又知道白先文动态的内奸。

“唉，先收队吧。”常桉打开对讲机下达了一遍指令，几个人朝着车的方向走去。

由于选择见面的地点靠近商业街，所以人来人往相对繁华，人流车流交汇在这个偌大的道口。

一个穿着兜头卫衣的男人低着头迎面而来，冷不防跟阮景的视线对上。

那男人错开目光，眼看就要擦肩而过。

阮景低呼，“是白先文的人！”

她曾在会所的包厢外头瞥见过他。

周围的人还没有反应过来，肖崇言立刻将外套一脱，朝着那个男人的头就罩了下去。

那男人反应很快，失去了视线，单凭一身蛮力，摔开了试图牵制他的几个刑警，红着眼奋力向肖崇言站立的地方冲过去，手还不住地往腰间掏着什么。

于泽眼光向那男人腰间一瞥，高喊，“大家小心，他身上带着枪。”

眼见引起了瞩目，那男人的神情有些慌乱，不再试图靠近肖崇言，而是掉头夺路而逃。

几个人在他身后紧追不舍。

阮景也奋力跟上，只是男女先天的体能优劣逐渐显露出来，又转了一个弯，和前面人的距离越拉越大。

肖崇言沉着脸跟着，只是身边不见了阮景的影子，他脚下忍不住缓了下来，回头看去……

变故突然发生——

一辆黑色轿车逆行而来，冲上了人行横道，冲倒了一块树立的标志牌也不见减速，直直地冲着阮景而来。

“阮景！”

阮景想要躲开，但脚下犹如灌了铅，迈不开腿，有谁的喊声变了调，听起来带着惊惶入骨的惨然。

刺眼的车灯很亮，晃得阮景睁不开眼睛，那一瞬间，阮景的脑海中有什么乍然一闪，和记忆深处的某一刻重叠。

有个男人问她，“你真的要这么做？”

她毫不犹豫地回答，“是，这是一个新的机会。”

男人掐灭了烟，那一点被湮没的猩红深深地刻进了她的眼底，男人苦笑，“让我伤你，我宁可你要我了的命。”

她没说话。

男人叹了一口气，上前拥住了她，“这是一种保护，你希望能有更多的时间来完成这件事……我却希望，它让你能够成为我们重新开始的契机，阮景，闭上眼睛。”

是谁的声音镌刻在心里被封存，此刻却突然从记忆深处涌了上来，她看不清那个男人的脸，却知道这个场景曾是真实发生过的。

魔盒被开启，里面逐渐飞出来的，是她的记忆。

周围的一帧一帧犹如被慢放，肖崇言狂奔着扑向她，在离车不过半米的距离时，两个人擦着地面翻滚到一旁。

他紧紧地抱住她，宛如全世界失而复得。

阮景却从没有这么冷静的时候，感受着死死勒在腰间的手，她喃喃地说：“肖崇言，你在发抖。”

男人没说话，放任自己的软弱在这一刻显露得淋漓尽致。

阮景的双手回抱住他，头埋进他的胸膛里，“你在顾忌什么我不管，肖崇言，我爱上你了，我知道，你也爱我，在一起吧，我们，在一起吧。”

或许生死之间，她才不会有那么多胡思乱想，才会看清楚，自己内心真正想要的是什么。

男人紊乱的呼吸在耳边逐渐平息，良久，她听见肖崇言一字一顿，仿佛用尽了全身力气。

“好，在一起。”

街上的骚乱已经平息下来。

于泽气喘吁吁地扭着那个男人，把他死死地按在地下。

“有人去追那辆车了吗？”

“已经去追了……但是我们没追上。”

“但是什么啊，去监控中心查，一定不能让他跑了！”

常桉也很烦躁，抓了抓脑袋，回过头厉声问，“说！你和你的同伙约好在哪里汇合？”

“同伙，什么同伙？”那大汉眼中划过一丝茫然。

“你还装！”于泽揪起他的衣领，拳头上青筋都爆出来了，也不知道他为什么发那么大脾气。

眼见周围的围观群众越来越多，阮景上前打着圆场，“好了，有什么话回警局再说。”

尽管被肖崇言及时扑倒，但阮景还是受了些伤。于泽看了她一眼，紧紧地抿起了唇。

回了警局，阮景去了医务室自行包扎伤口，肖崇言要陪她，被阮景拒绝了。

她不敢回想自己跟肖崇言都说了什么，现在就连看他一眼，也觉得脸颊火烧火燎。

原本众人已经做好了通宵调查的准备，可不过两个小时，陈明就带着一厚摞子嫌疑人的资料进来了。

于泽怀疑地问，“这么快？”

陈明挠了挠脑袋，“是啊，这个人的指纹在指纹库中，一对比结果就出来了，从生辰八字到生平经历，都有，哦对了……”陈明指着档案上的一处，“他前天刚被盛合集团辞退。”

于泽想了想，“确认一下是不是白先文所为。”

“不用确认了，签发人就是白先文，阮景说的没错，确实是白先文派他来的，开除他也是为了掩人耳目。”常桉走了过来，将记录册往桌子上一扔，人在椅子上懒散地坐了下来，“他什么都招了。”

白先文想要阮景的命？

肖崇言的脸色阴沉，常桉无意间扫到他的表情，冷不防被吓了一跳，“崇言？”

肖崇言站起来，舌尖抵了抵后槽牙，这样一个微小的动作，让他平时展现出来温和的一面荡然无存，令人觉得危险。

于泽清了清嗓子，将话题拉了回来，“按照那个男人交代的，白先文只是想给你俩一个教训，但他始终不承认他还有同伙。会不会是白先文派出了两个人，只是他们彼此不知道？”

陈明的话音刚落，就听见肖崇言嗤笑了一声，“你们现在推测这些，一点用处也没有，还不如早一点，布下陷阱，把跑掉的那个人抓到。”

常桉手指敲了敲桌子，“你是说，白先文还会再派人来？”

肖崇言笑了起来，只是那笑容流于表面，眼中的寒意宛如利箭几乎要将人射穿，“不管是谁派来的，那个人想杀阮景的意愿如此强烈，一击不成，如果再有机会，肯定不会放过，为什么不试试看呢，看看驾车撞阮景的人，到底是谁。”

常桉哆嗦了一下，“崇言……你别笑，你这么笑我害怕。阮景受了伤，我们也很生气，但是你的心态要稳住，你看看我们……”

肖崇言瞥了他一眼，面带讥笑，“不是自己的女人，你们当然稳得住。”

“就是啊，要我说你才应该是我们中间心态最好的……”常桉理下意识地接了半句话之后，突然觉得有什么地方不对，“什么？什么叫你的女人？”

肖崇言双手抱肩，淡淡地环视了一下四周。

霸气四溢。

常桉忍不住腹诽。

…………

阮景揉着手臂上的瘀青返回到办公室的时候，发现所有的人都在沉默，气氛非常凝重。

她以为是今天开车袭击自己的那个同伙，没有线索，于是走进去，朗声说道：“我刚才一直没有机会跟你们说，其实那辆车朝我开过来的时候，我看到她的脸了。”

“喔。”

“那个人说起来你们都知道，就是几次三番找上我的那个假医生，我们追着她来到京都，她终于露面了。”

“喔。”

“我觉得他俩并不是一伙儿的……”话说了一半，阮景这才发现众人状态的不对劲儿，他们看她的表情都有几分古怪，仿佛是在打量着什么稀有动物，尤其是常桉，明明兴奋得跃跃欲试仿佛要朝她扑过来，却又强撑着，表现出一副淡定的样子，“你们……怎么了？”

“他们没事。”肖崇言拨开几个人走过来，一手极为自然地揽在阮景的腰间，垂着头，鼻尖几乎要蹭到她的脸颊上，有一种刻意的暧昧，像是在炫耀着什么，“你今天也受了惊吓，我们先回家歇一歇，有什么事情明天再说，不急于一时。”

他表情越是温和，阮景越是毛骨悚然，她压低了声音。

“你干什么啊……突然这样。”

阮景立刻跟肖崇言拉开了距离，一抬头却发现众人都是一副“你们随意我们什么也没看见”的善解人意的模样，立刻就猜出在自己离开的这段时间内，肖崇言一定是胡说八道了什么。

阮景放弃了挣扎，狠狠地瞪了肖崇言一眼，转身往门外走去。

肖崇言带着微不可察的笑意，向众人点头示意，随即大长腿迈开，不紧不慢地追了上去。

陈明喃喃自语，“他们是不是住在一起……”

常桉面无表情地回答，“是的，我现在开始担心阮景的人身安全了。”说完他突然掏出手机飞快地按着什么。

“常队，你要干什么。”

“我要给局里打报告，给阮景重新安排一个住处，大敌当前，不能任由那个禽兽放肆。”

所有人都鼓掌附和。

肖崇言还真的没有辜负他朋友的期待。

才刚拿卡划开了门，连门厅的灯都还没开，阮景立刻被拉住了手臂，男人反手将她按在了玄关的墙上，一个带着炙热呼吸的吻，不由分说地落了下来。

这个吻带了几分急切，急切得令阮景承受不住，鼻端的空气逐渐稀薄，最初的不知所措后，阮景终于忍不住，伸手推拒着肖崇言。

“你……好了吧。”

“没有。”肖崇言微微地抬起身子，短暂回应了一句，又重新搂紧了她。

逐渐地，他揽在她腰间的那只手，开始不老实。

阮景吓了一跳，神魂归位，刚准备使劲儿地推开他，却突然听到三米开外的厨房方向，传来了一个易拉罐落地的声音。

肖崇言的动作一僵，下一瞬间，他转过身子挡在阮景身前，另一只手“啪”地打开了灯。

厨房的冰箱旁边，小王站在那儿，一脸尴尬，手还维持着要去捡起地下那罐可乐的动作，“我什么也没看见，你们继续……行吗？”

小王也很无辜，虽然自己由于各种原因回来得少，可并不代表自己没有这个房子的使用权。他只不过想回来睡一觉，顺便喝一罐可乐，生活为什么要给他看这个？

阮景方才被压抑的害羞悉数涌上来，用了大力将肖崇言推了一个趔趄，火速跑回卧室里，利落地反锁上门。

客厅里两个男人对视了半晌，肖崇言阴森森地笑了，“看来你今晚上很闲……等一下到书房来帮我点忙。”

小王苦哈哈地应了，直到第二天太阳升起之前，他再也没有出过书房的门。

谁也不知道肖崇言一晚上都做了些什么。

只是第二天，当京都警局的人上班的时候，许多人都听说了，有个从柳川调过来的女警，在昨天的一次行动中受了伤，现在住院了。

阮景躺在病床上任由护士给她量了量血压，这边接着电话，听着白宿在那头连声责骂。跟她一起出警的队员是废物。

白宿以为她受了重伤，没几句话的工夫，便问她在哪个医院，要过来看她。

隔着电话，白宿的态度已经差到天边去了，阮景怎么敢让他过来，只好一遍又一遍，不厌其烦地跟白宿保证，她是真的没有什么事，过两天就可以出院了。

电话那头，白宿叹了一口气，“好吧，你不让我去看你，但你总得告诉我你住在哪个医院吧，这样的话，我心里有数。”

“好吧。”

两人各退一步，阮景好不容易撂了电话，抬头就看见肖崇言抱着手倚在门边儿上，似笑非笑地瞧着她。

不知道为什么，她心里就是心虚，不由自主地开口解释起来，“白宿他……他就是有点担心我。”

说完这句话，她自己都忍不住闭了闭眼睛，解释还不如不解释，简直就是此地无银三百两。

肖崇言反而笑了，他走到阮景的病床前，俯下身子，伸出食指轻轻地在她脑门上敲了一下，“瞧你这紧张的小模样儿，即便你真的跟别人不清不楚，只要你这么看着我，我大概什么气都消了。”

虽是甜言蜜语，可阮景听这话的意思怎么听怎么觉得古怪，未待反驳，肖崇言又说：“好了，休息一会儿，今天晚上有得你忙的。”

意味深长的一句话让两人同时沉默下来。

该放的风放出去了，就看该收的网上，有没有那条他们想要网住的大鱼了。

是夜，医院的走廊寂静无人，就连巡夜的护士似乎都比往常少，若不是偶尔能从某一个病房里听到一声病人的咳嗽，阮景几乎要怀疑自己身处在一个异度空间。

突然，走廊尽头走出来一名护士，她戴着口罩，推着一个小车，走过长长的走廊，停在了其中一个病房面前。

门把手缓缓转动，几秒钟之后，门开了。

“阮小姐？”

护士在门口轻轻地喊了一声，可躺在床上的女人无知无觉，似乎睡得很沉。

护士一步一步走了进去，走到女人的病床边，一阵细微的窸窸窣窣声响起，她从白大褂里掏出了什么东西。

借着月光，护士抬起手端详着手上的那个东西——一支针管，里面装满了透明的液体。

针管缓缓推入，液体从针头处流了出来。

一切准备就绪，护士低下头，冷不防就对上了一双明亮的大眼睛。

床上的女人醒了，或者说她根本就没有睡。

“我们又见面了。”

护士眯了眯眼，第一反应就是将手中的针筒狠狠地朝女人身上扎去，但意料之外的，遭到了阮景有力的反抗——阮景带了枪。

一管针剂悉数洒到了地上。

被黑洞洞的枪口指着，护士没有惊慌，她摘下了口罩，露出那张平凡而又熟悉的脸，“看来我又小瞧了你。”

阮景翻身下床，将手上的枪随意地放在了一旁的桌子上，“好了，这下你没有武器，我也没有了，很公平，不如就来谈谈……你为什么非要揪着我不放，甚至不惜从柳川跟到了这里，你的幕后老板又是谁？”

阮景的声音有点细声细气的，像是得了重感冒，全靠嘴巴呼吸发声。

“成王败寇，你不报警来抓我吗？”

阮景耸了耸肩，“昨天那么多人的场面都能被你跑掉了，我现在报警也没什么用，还不如坐下来谈一谈。”

那个女人冷笑了一下，“我不知道该不该笑话你天真，是不是因为这几次我都没有对你造成实质性的伤害，你就觉得我不敢伤你，现在坐在我面前，这般随意。”

阮景说话不紧不慢，东一句西一句，仿佛纯粹是为了闲谈，内容也没有什么逻辑。

女人也打着放松她警惕的主意，趁着阮景不防备，瞄准了桌子上的那把枪，抢身扑过去一把拿了起来对准阮景，厉声地说:“你在拖延时间！”

阮景没有什么反应。

反倒是那个女人，也不知是不是因为方才动作大了些，只觉得头昏眼花，险些握不住枪。

女人的眼神逐渐迷蒙起来，身子摇晃了一下，一手扶着床头柜，让自己不至于倒下去，艰难地说：“这是个陷阱？”

阮景轻轻舒了一口气，“很遗憾，你才发现。”

那个女人不甘心地朝她扣下了扳机，不出意外的，是把空枪。

而她也终于支撑不住，昏了过去。

守着一个昏迷的女人，阮景无聊地坐了三分钟，常桉他们这才姗姗来迟。

看着常桉他们进房间的第一件事就是开窗通风，让屋内残余的药剂挥发干净，阮景默默地取下了塞在鼻子里的过滤芯。

阮景冷笑了一声，“你们可以再晚一点啊，我直接把这个人带到公安局去好不好？”

看着队员利落地铐上了地下的人带走，常桉摸了摸鼻子，“还不是因为你说我们如果在附近埋伏，一定会被发觉的，我们这才撤到了街区之外……”

看着嬉皮笑脸的常桉，阮景气不打一处来，半开玩笑半讽刺地说:“我说撤你们就撤啊，就不怕我出点什么事情，你们损失一个队友？！”

常桉咕哝了一声，“肖崇言不就在你旁边的病房嘛……如果你真有危险，他一定飞扑过来。”

听到他提起肖崇言，阮景忍不住偏了偏头，带了点小心翼翼，看向那个犹如幽灵一般站在身边的男人。

她今早最初提出让所有人都退到街区以外的建议时，肖崇言是不同意的，可是最后除了他以外，所有的人都赞成了。肖崇言明明还想反对，可仿佛在顾忌什么，竟然一副自虐的模样同意了。

在夜幕来临之前，肖崇言换上了病号服，板着脸进了隔壁的病房里。

阮景咬了咬嘴唇，睁着雾蒙蒙的大眼睛瞧他。她也不知道自己怎么会做出这样矫情的动作来，可就像是刻在记忆深处的，她就是很确信，只要她撒撒娇、示示弱，肖崇言就舍不得再凶她。

果不其然，后者跟她对视了几秒钟后，叹了一口气，“你怎么样？”

阮景诚实地摇摇头，“我感觉不太好，没想到这个女人也准备用药，我跟她争执的时候，好像还是有一点打到我身体里了。”

肖崇言的眼神黯了黯，似乎很想将面前的女人抓过来，放在膝盖上，狠狠地打她的屁股。

但他还是克制住了，他霍地转身，冲着外面待命的队员大声喊着，“把这个针剂送去化验，快一点！”

一片兵荒马乱之中，阮景忍不住打了个哈欠，她猜测自己被注射的应该是安眠药，这也是为什么她并不慌张。

阮景伸出一只手，扯住了肖崇言的衣摆，晃了晃，“我们先回局里吧，审一审那个女人，看看会有什么线索……我对她真的很感兴趣。”

肖崇言毫不留情地拒绝了她，“不行，你现在就在医院待着，哪里都不能去，直到那个药剂的化验结果出来。”

看着阮景坐在病床上无精打采的神色，肖崇言顿了顿，又补充道："正好，你在这睡一觉……我陪着你。"

说着，他的神色放柔了些，只是一侧的嘴角挑起了一抹笑意，显得跟平时的温和并不大一样，更撩人了些。

眼见那些准备收工的队员们都露出了便秘一样的表情，阮景不自然地咳嗽了一声。

"真没看出来，你现在是这样的人……不像个温润君子，倒像个风流的公子哥儿。"

肖崇言"哦"了一声，俯下身子，双手撑在她两侧的病床上，鼻尖对着她的鼻尖，丝毫不顾及同僚的感受，将秀恩爱的优良作风发扬至极致，"那你觉得哪个我更好？"

阮景已经困得眼睛都睁不开了，闻言喃喃地说道："我只是觉得，现在的你才是真正的你，就好像曾经我们这样相处的一样……"

她就着肖崇言的姿势靠在了他的怀里，闻着他身上凛冽的木香，忍不住缓缓地闭上了眼睛。

也就错过了肖崇言在听完她的话之后，露出的那种怅然的目光。

阮景也不知道自己这一觉睡了多长时间，可能是一个小时，也可能是三个小时，她只知道当自己醒来的时候，病床里空无一人，而银白色的月亮依旧高高地挂在天空中。

她隐隐约约听见走廊外面是常桉的声音，她穿了鞋走出去。

常桉靠着窗背对着她，在跟肖崇言说话，"……你原先想着保护她，我不好说什么，可是现在……还有什么用？你为什么就不肯……"

他的声音刻意压得很低，阮景只听了个断断续续。

但她能看清肖崇言的表情，他的眼神中仿佛有一个黑夜，没有月亮，没有星星，浓郁的墨色铺陈其中，深沉得化不开。

"还不到时候。"

常桉忍不住提高了音量，"肖崇言！"

肖崇言转过了头，看着窗外，"我现在觉得，命运好像又眷顾了我，别逼我……求你了。"

那三个字，从肖崇言的口中说出来，有着极大的魔力，让人根本无法再拒绝。

月至中天，快近农历十五，月光格外地亮，银辉照耀着一切事物，却照不进他的眼。

阮景扶着门的手缓缓地攥紧。

他们明明已经是那么亲密的关系了，肖崇言到底，还有什么秘密瞒着她。

阮景站了一会儿，又默默地退回了房间里。

她才刚又躺回床上，就听见肖崇言开了门走进来，他走到她的床边，就停住了脚，良久都没有动静。

就在阮景以为他发现自己已经醒了的时候，突然间，面前罩下了一片阴影。

一个冰凉的吻，小心翼翼地落在她的额前。

“我爱你……”

他的声音太轻，几乎要飘散在空气中，但却重重地刻在了阮景的心上。

可能是安眠药的药劲还没有过，后面又发生了什么，她已经不记得了，只知道在太阳升起的时候，她睁开眼睛，入眼的又是公寓里自己房间熟悉的顶灯。

阮景心头惦记着那个假医生，交锋了这么多次，她连人家的名字都不知道，对于攻无不克的阮大小姐来说，郁闷得不是一星半点。

狼吞虎咽地吃完一顿早餐，匆匆赶到警局时，正赶上常桉准备妥当。

大家都是一副一夜没睡的样子，一个个眼睛下挂着浓重的黑眼圈，却精神抖擞。

虽然白先文有了警惕，但抓到这个人，蒋唯心的案子肯定是能结了，或许还能一举突破走私案。

这叫人怎么不激动？

“先让我自己进去会会她吧。”

面对阮景的跃跃欲试，常桉犹豫了一下，还是批准了。

“那个女人有古怪，我只给你们十分钟的独处时间，有什么话你抓紧问。”

问讯室称得上是宽敞明亮，除了毫无死角的监控摄像头以及一扇巨大的单向玻璃以外，根本看不出这是在警局内，墙上还挂着一个老式钟表，阮景几乎怀疑它下一秒就会叮叮咣咣地响起来报时——这是他们按照肖崇言的建议重新布置的，虽然不懂这样对审问有什么帮助，但是听肖医生的，准没错。

那个女人早上显然已经梳洗过了，她虽然戴着手铐，但衣着和精神状态都还不错。

阮景坐到了她的对面。

“被你算计了这么多次，我是真心有些佩服你，还没请教你的尊姓大名。”

她开口，声音通过监控设备，传到了与她们一墙之隔的监控室内。

那个女人虽然身在警局，完全失去了自由，但仍旧不见慌张，反而比昨晚对峙的时候更加镇定，就像是有什么倚仗。

“我叫什么并不重要，阮景……我才是久仰你的大名。”

阮景轻轻舒了一口气，坐直身子，她几乎可以感受到自己的血液在加快流动，那是一种即将面对真相时的兴奋。

“为什么？我可不认为我是什么厉害的角色。”

那个女人笑了笑，她移动了一下双手，手铐随之发出叮叮当当的声音。她看着阮景，神色带着几分诡秘。

“因为那天在天台上，只有你知道了那个秘密。”

那天。

天台。

秘密。

直觉告诉阮景，这背后有什么了不得的真相。

她记得醒来后，两个人第一次在医院见面，她就从这个女人口中听到了一句问话——“你在天台上，看到了什么？”

阮景垂下眼，不动声色地说：“什么天台？我应该看到什么？”

那个女人笑了笑，“看来你的记忆，还是没有恢复。”顿了顿，她又接上一句，“阮景，你真的很幸运。”

她总在强调“幸运”两个字，令阮景疑惑的同时，也有一种深深的不适。

足足有两分钟的时间，两个人都没有开口讲话。

阮景忽而抬首，指了指她们头上的监控摄像头，对女人说：“你看到那个了没有，你也知道，虽然只有我在这里，但是他们都在外面听着，如果你不能很好配合我的问话，那些个糙汉子可不懂什么怜香惜玉，你怕是明天连脸都没得洗。”

那个女人“咯咯咯”地笑了起来，“你可别吓唬我，我又没说不配合你，只是你没有问到点子上罢了。”

阮景察觉到她的态度很奇怪，虽然不配合，但又不是全然抗拒与自己交流，言谈之间，也不害怕被自己套话。

阮景眯了眯眼，“我最想知道的，就是你叫什么名字……其实只要抓到了你，早晚都能查到你的身份，可是我呢，还是想听你自己说。”

阮景不按常理出牌，那个女人脸上终于露出了些惊讶的神色，而后顿了顿，语调带着几分怅然，“齐悦，我叫齐悦。”

监控室内，一直沉默无声的肖崇言突然喃喃自语，“是她？”

常桉偏头看他，“你认识她？”

“听说过，她是刑侦专家秦晋荀的师妹，很有天赋，只是不知道为什么会助纣为虐。”

常桉闻言也跟着叹了一口气，却不耽误他立刻嘱咐队员去查齐悦的资料。

常桉回头看见肖崇言还在紧蹙眉峰，于是打趣地问道：“你该不会是在可惜这么个好苗子却误入歧途吧？”

肖崇言摇摇头，“齐悦不简单，我是在为阮景担心。”

阮景自然听不见他们的对话，她全部的心思都在齐悦身上，“说说吧，我身上到底有什么是你想要的？早在柳川，你就找上我……吴媛和刘谨桥，应该也是你的人吧。”

齐悦戴着手铐的手放在膝盖上，向后一坐，整个姿态有几分放松，神情讥诮地看着阮景，“我们没有什么‘我的人’一说，不过是各自为政罢了……你身上的确是有我想要的东西，那份遗嘱背后的秘密，不光我想要，我们所有人都想要，可是你啊，给不了。”

“什么遗嘱？”

“没什么。”欣赏着阮景犹如触碰到迷雾的表情，齐悦缓缓地笑了。

知道齐悦是不可能再多说关于这个“秘密”的事情，阮景控制着自己的表情，作出一副淡定模样，可思维却在高速运转着，“各自为政……所以你不是受了白先文的指使，做了这些事情是吗？”

齐悦嗤笑着说：“白先文还不配，势利小人，恶心至极。”

“那是谁，让你潜伏在蒋唯心身边，又是谁，派你来抢走宝石？”

“谁给钱，就替谁办事喽。”齐悦的话模棱两可，这是不准备交实底了。

她到底是谁呢？

像能猜到阮景的心思，齐悦的声音诡秘，“我是你的朋友啊阮景。他们，那些躲在你身后的人，他们从一开始就在骗你，从滨江到柳川再到京都，你敢说，你就从来都没有怀疑过你失忆的真相吗？”

阮景心头泛起一阵苦涩，她当然怀疑过。

“让我帮你。”

齐悦真挚地看着她，声音打着圈儿地往她心底钻。

有那么一瞬间，阮景几乎想向她倾诉自己心中的疑惑。

身后的时钟突然重重地响了起来，将阮景和齐悦都吓了一跳。

阮景的神色立刻恢复了清明。

见状，齐悦的眼中闪过一丝阴霾。

阮景这才反应过来，肖崇言要求重新布置这间房间，并不是为了要放松那个女人的警惕，而是为了自己的安全。

毕竟在一个肖崇言都认可的、精通心理学的犯罪嫌疑人面前，哪怕她表现得毫无攻击性，可对阮景来说，依旧是危险的。

阮景站了起来，神色冰凉一片，“你不是想帮我，你是想杀了我，只是你的幕后老板不允许，对不对？”

所以，她在柳川对自己动了杀念，却最终离开了；所以，她在京都不惜暴露也想要撞死自己，还在隔夜潜入病床只为了给自己注射安眠药。幕后之人，应当是下了命令，要齐悦绑架自己。

“到这个时候了，你还试图催眠我，我真的很好奇，你为什么对你的幕后老板那么忠心耿耿。”

“我……”

突然间，问讯室的门开了。

“好了阮景，就先到这里吧，我们还有蒋唯心的案子要询问她。”

常桉和另外两个警察走了进来，终止了这场谈话。

阮景配合着站了起来，冷着脸走了出去。

在她身后，齐悦扬声说道：“你错了阮景，我不是在试图催眠你，我只是在试图解除你的催眠，我不信你的失忆是后遗症。”

说罢她笑了起来。

她的笑声直直地刺入阮景的心里，仿佛是在嘲笑阮景的无知与迷茫。

从问讯室出来，阮景心上发堵，在走廊上，她看到了等待着她的肖崇言，“刚才在里面，我听到了一个笑话。”

肖崇言纵容地看着她，放缓了声音问她，“什么笑话。”

“齐悦说，有人催眠了我，而她所做的，只是想帮我解除催眠的控制。”

肖崇言上前一步将她揽进怀里，拍了拍她的后背，“你的记忆丢失得那么整齐，牢固不可回溯，这不是普通的人可以办到的，而且即便真的有这么一个人，要达到这样的效果，也必须是建立在你本人同意并且配合的基础上的，你不必担心在丢失的这三年记忆中有什么违背你意志的事情。”

“我当然相信你。”阮景在他的怀里闭上了眼睛，“你不要叫我失望。”

肖崇言一下一下安抚地轻拍着她的后背，眼神悠远却空洞地看向窗外的飞鸟。

有的时候，秘密之所以能被称为是秘密，只是因为它没有被人知道。而一旦它不为人所知，是不是也可以看成这个秘密根本就不存在？

当然不能。

唯有饮鸩止渴罢了。

两天的审讯调查下来，常桉愁得头发都白了几根，“这个齐悦，滑不溜秋的，太难缠了。”

于泽说："她当然有恃无恐了，我们又没有确凿的证据能证明是齐悦杀了蒋唯心，也没有直接证据证明齐悦是走私犯……我看这样下去，我们不得不放了她。"

常桉捶了捶桌子，"那要怎么办呢，她本身在心理学上就有很高的造诣，我们这么审问她是没有用的。"

心理学上的事，自然要问肖崇言。

可这次肖崇言却没有亲自出马的意向，只是在大家眼巴巴地注视中，站了起来，"攻克齐悦的心防不难，只需要知道她当年到底为什么和这个走私团伙走到了一起，让她这么忠心的那个缘由又是什么。"

常桉费了好大的劲儿，才将嘴边的一句"废话"咽了下去。

"有个人能帮我们少走弯路，我已经约好了跟他视频电话，我们去会议室吧。"

"谁？"

"秦晋荀。"

托肖崇言的福，队里的人在一个阳光明媚的下午，从会议室的视频通话屏幕上，见到了声名赫赫的秦教授。

视频刚一接通，一个穿着休闲家居服的男人，出现在一个书房模样的空间内。

一个女人从镜头外入画，将一杯冒着热气的红茶放到了他身边。

秦晋荀两年前已经结婚，娶了法医界的高岭之花温玉。

不同于秦晋荀的不苟言笑，婚后的温玉气质都和温软许多，她从电脑屏幕里看了一眼会议室里的人，忽而笑了，"阮景？又见面了。"

无端被点名的阮景懵了一瞬间，"我们见过？"

温玉笑了起来，"是啊，三年前我们见过，当时你看起来可比现在叛逆多了，多亏了还有个肖医生治着你。"

"咳咳。"眼看妻子说得上瘾，察觉到情况不对劲儿的秦晋荀咳嗽了一声，"好了温玉，快去休息吧，你现在怀了孩子，不能太操劳。"

真是猝不及防的一口狗粮。

阮景此时心头是满满的疑惑，她扭头，肖崇言面上看不出任何异样。

像温玉说的，他们的关系曾经很不错，他……为什么要瞒着她？

而那边会议已经开始了，阮景只好压下了内心的疑惑。

“齐悦……她会走上违法乱纪的道路，我其实并不惊讶。我跟她接触过一段时间，她在心理学上的天赋不逊于你，可惜她……她家里的环境不是很好，父亲杀人入狱，母亲据说是给别人家当用人，但是和主人家争吵，打了起来，被打得重伤入院……后来伤势太重……我当时想着，我们好歹有过同窗之谊，曾经试图帮她一把，可是被齐悦拒绝了……然后我就再也找不到她了。”

随着秦晋荀的讲述，齐悦过往的一些经历逐渐被众人所了解。

就连一向怼天怼地的于泽都忍不住摇了摇头，叹息道：“她也是没生在一个好环境里，如果要是能够自小好好地被养育，今天未必不能成为我们中的一份子。”

秦晋荀一贯毒舌，隔着屏幕都能看到他不屑的目光，“她个人的经历固然值得同情，可这并不能作为减轻罪孽的理由。她没有试图向社会请求帮助，而只是一直默默消化，因而越积越多，最终走上反社会的道路。”

秦晋荀的观点，肖崇言是十分同意的。

阮景显然更富有同理心，自从听到齐悦的身世，就一直愁眉不展的。

“你最后一次跟她联系是什么时候？”

秦晋荀敲了敲桌子，“我只知道她母亲是三四年前去的，那之后她就失踪了，跟社会完全失去了联系。”

也就是说，齐悦应当就是在那个时候开始进入了走私组织。

齐悦说的话并不可信，他们也没有直接的证据证明，白先文就是走私团伙的幕后黑手，是以，虽然白先文最有嫌疑，但警方对他的布控一直以监视为主。

隔天，又发生了一桩小事，柳川警局有新人调过来，据说是管档案的，当时阮景就在想着会不会是认识的，结果人一到，还真的是……许莺。

常桉、于泽都认识她，对待这个孤身调过来的小姑娘，也都很照顾，派给她的活儿都是最轻的。

可许警花显然醉翁之意不在酒，每次他们开会需要用到什么档案，但凡肖崇言在场，她都是亲自送过来。

如此两次三番，常桉看出了苗头，私下里捅了捅阮景，“我说，还不捍卫一下主权和领土完整啊。”

阮景白了他一眼，那种对肖崇言完全的信赖，让常桉忍不住酸溜溜地又吃了一口狗粮。

过了两天，还没等他们想好要对白先文怎么办，白先文自己倒先有了动作——

一直监视着他的队员突然传来了消息，“白先文有出逃的可能性”。

“怎么办，常队？”

常桉狠狠地抽了一口烟，掷地有声，“抓！”

根据便衣的消息，白先文怀疑情况不对已经有一段日子了，可是他不敢轻举妄动，生怕落下什么把柄，可今晚，不知道突然受了什么刺激，他收拾了一个不大的箱子，连夜出了门。

看到大家都在做着抓捕准备，阮景也给自己要了一套低调的便装。

肖崇言担忧地看着她，“这么晚了，你别跟着了，一有什么消息我告诉你好不好？”

阮景没说话，只是睁着大眼睛盯着他，无声地抗议。

肖崇言受不了她直勾勾的目光，叹了一口气，无奈地挤了挤眉心不再坚持，“你跟从前一样，一点都不听劝。”

阮景一勾唇，趁人不注意，突然倾身过去亲了肖崇言一下，“谢谢。”

她亲完就跑，美人计用得炉火纯青，留下肖崇言一个人在原地，哭笑不得。

夜色浓郁，加之空气中起了雾，仅凭借路灯，几乎看不见五米开外的人，阮景坐在车上，司机根据对讲机里跟踪白先文的同事回传的消息，不断变换着方向。

可是越走，阮景心中的疑惑就越深，“不对啊，这个路线明显不是出市区方向，白先文要去哪儿……”

白先文像是喝醉了一样，车开得东倒西歪的，甚至还有一次从狭窄的单行道上逆行而过，常桉已经在考虑用非常规手段截住他的可能性了。

不过很快，白先文就停下来了。

京都的CBD中心，高楼林立，即便在晚间大部分办公室内也灯火通明。

几个人追着白先文下了车，白先文一点也没有察觉到身后有人跟着他，认准了一栋大楼就冲了进去。

常桉疑惑地说："他这是要去找谁呢？"

阮景跟肖崇言对视一眼，皆觉得有些古怪。

阮景叫住了常桉，"现在不要管他有没有发现了，牢牢地盯着他，如果他一有不对劲就立刻把他抓起来。"

常桉点了点头，刚要说什么，忽然对讲机里传来陈明焦急的声音："常队，白先文自己上去之后锁掉了电梯……我们，我们现在正在爬楼梯追他，他去了顶层。"

等众人呼哧呼哧地爬到顶层的时候，白先文整个人都陷入了一种疯狂的状态，对着空气声嘶力竭地喊着："我就是一个替死鬼！"

白先文的双手在空中无意识地挥着，像是在阻挡着什么东西的靠近。

陈明呼吸未定，话音不稳，"他是不是嗑了药了？"

甭管是不是嗑药，现在怎么办？

白先文显然一副精神错乱的模样，站在高楼边缘，只差一步就能跌下去，摔个粉身碎骨。

常桉也觉得头疼，但还是立即布置了下去，"陈明，一会儿你吸引他的注意力，我和于泽趁机把他扑倒！"

"是！"

可是白先文却没有按照常理出牌，他整个人已经陷入了一种幻想中，对着地下根本不存在的人说："你们欠我的用命换了……我欠你们的，也用命还吧。"

说完根本就不等众人反应，他面上带着诡异的笑，纵身从楼顶跃了下去。

阮景由于体力问题，并没有跟着他们上去，她在大厅等候着，可突然听到周围群众的惊呼声，不用回头她就知道。

白先文死了。

深夜寒风刺骨，尽管会议室里开了空调，那种无处不在的冷，依旧能找到人身上最细微的缝隙，狞笑着钻进去。

陈明不大相信地问阮景，“不是畏罪自尽？”

阮景摇摇头，“他跟蒋唯心的情况一样，在意识不清醒的情况下跳楼自杀。”

“可是齐悦已经被我们抓起来了……怎么还有机会蛊惑白先文自杀？”

阮景沉默了一下，看向常桉，后者摇了摇头，“派去调查齐悦的同事还没有回信。”

阮景眉头紧锁，桌下的手不自觉地握起来，忽然一只手包裹住了她的手，暖和的温度从他的手源源不断地传到她的手上。

肖崇言将她的手握着，放到自己的膝盖上，轻轻地捏了捏她的指尖。

阮景冲他微微笑了笑，感受着从指尖传来的暖意，缓缓地说：“齐悦……不能小瞧，只能说她有合谋，而且我们现在确定了白先文并不是她的幕后老板。”

于泽十分暴躁，“现在确定这些还有什么用！我们被误导了，花在白先文身上那么长的时间，都够那个幕后黑手准备个十次八次行动了。”

阮景摇了摇头，“我反而觉得，我们从中得到了一些从前没有查的信息，你不觉得，这更像是一场蓄意的报复，那个人一定是恨极了白先文。而且，跳楼自杀，蒋唯心也是跳楼自杀……那个人好像很热衷于叫别人跳楼自杀。我总觉得有什么事情被我们忽略了。”

案件在前，儿女情长的事情自然要往后拖一拖，尽管阮景内心对于她和肖崇言之前的关系好奇无比，可是看到肖崇言沉着的眉眼和眼眶下淡淡的黑眼圈，话到嘴边几次都咽了下去。

这天的夜很长，半夜甚至飘起了小雪，打在人的脸上，立刻就化成了冷水，激得人一哆嗦。

队里的人都在等着尸检结果，冰冷的走廊长椅上，阮景不自觉地蜷在肖崇言的怀里，肖崇言的怀抱很暖和，甚至令她有了困意。

只是下一秒，陈明横冲直撞地跑了过来，面色凝重，“刚才局里接到了两起报案……都是跟我们有关系的。”

一起是白先文的家里闯进了人，来人大肆翻找，惊动了邻里，这才报了案。

一起是白家，白晴在回家的路上遭到了袭击。

肖崇言的眼中浮起玩味，“这样看来，白先文的行动倒像是替那个人转移了警方的视线。”

阮景补充，“而且相当成功。”

第二天，当阮景赶到白晴所在的医院时，除了躺在病床上，双眼无神望着天花板的白晴，他还见到了白宿。

白宿走了过来，刚想说什么，肖崇言自然地伸出一只手揽在阮景的腰间，宣示主权的意味明显。

两个男人的对视间，仿佛有火花四溅。

阮景有点尴尬。

常桉“咳咳”了两声，佯装无意地从三个人中间挤过，站到了白晴的病床旁，企图用正经事将众人从这种尴尬的气氛中解救出来。

“白晴，你还好吗？”

护士帮助白晴半靠着床做起来，她的面色苍白，整个人仿佛魂儿都丢了，叫了她好几声，她才有反应。

“那些人找你是为了什么？”

白晴扭过头来，嘴唇颤抖着没有说话。

白宿见状，三步并作两步来到她的病床前，轻轻地拍了拍她的肩膀，“姐姐，你别害怕，现在安全了，有什么话你就说吧。”

白晴呆呆地看了白宿一眼，“他们让我……把遗嘱交出来。”

“遗嘱？”

白晴说那句话之后，就再也不肯开口了。

白宿叹了一口气站起来。

“没错，就是我父亲留下的遗嘱，我不明白，为什么白先文死了，却还有人在找它？”

好像所有的事情又连成了一个拼图，每一条线索都在这个拼图中占据着相当重要的部分，只差那么一小块，她就能解开所有的谜团。

阮景心中有许多猜测，却是不能在这里诉之于众。

白宿显得愁容满面，想要从阮景身上得到些许回应，可阮景的心不在焉显而易见，他皱起眉头，“小景……”

“……”

“小景。”

“嗯，什么？”还是常桉碰了她一下，阮景才反应过来白宿在叫她。

“……没什么，你们还有什么要问的吗？我看你有点累了，是不是最近没休息好啊。”

不是没听出白宿话里的关切之意，只是旁边那个男人浑身的醋劲儿都散发到她这儿了，阮景怎么敢回应，于是避重就轻地说：“一会儿有专门的警官过来给白晴做一下笔录，就可以了。”

白宿点点头，还要再说什么。

冷不防肖崇言突然开口，“常桉。”

常桉意会，立刻清了清嗓子，冲白宿伸出手，“今天多谢你们的配合，如果后续有什么疑问，我们会随时联系你的。”

这种场面话，常队说得贼溜。

几次三番被截了话头的白宿也只能有气往肚里吞。

常桉暗叹，如今明眼人都能看得出来，肖崇言和阮景……成了，也不知道这位白董为什么还要这么执着。

众人纷纷走出病房。

阮景走前，最后看了一眼白晴。

她还是那样一副木偶人的样子，坐在床上，白宿低着头轻声跟她说着什么。

阮景叹了一口气，缓缓关上了门。

常桉开车，阮景和肖崇言坐在后面。

车上没有无关人，阮景说话自在了许多，“我在想，先前因为我们所有的目光都在白先文身上，在他离开之后，也就放弃了对他住宅的监视，后来又进去一拨人，你们说，他们是不是就是在找这份遗嘱？并且在白先文身上没有得到，于是又将矛头对准白晴？”

肖崇言跟常桉都没有说话。

阮景没有在意，依旧条理清晰地说着自己的猜想，“齐悦说到的遗嘱，是不是也是这一份？”

这样想着，阮景突然不可置信地睁大了眼睛，“会不会……白宿的父亲白宙，才是走私组织的幕后老板？再进一步想，天台上，他们认为我见到的那个人……是白宿的父亲？”

不需要别人提醒，阮景自己已经将很多线索串联在了一起。

“阮景。”眼见她越说语速越快，常桉突然出声打断了她，“有些事情我和崇言之前一直没告诉你。”

就在这个时候，对讲机突然刺啦地响起，是陈明询问他们是否一起回公安局。

常桉看了看肖崇言，后者微不可察地点了点头，常桉明白了。

“你们回去吧，我们还有点事儿。”

关了对讲机，常桉打了一把方向盘，看向后视镜里表情严肃的阮景，“你见了一个人就明白了。”

接下来的路程中，阮景一直都没有说话，感受到肖崇言若有似无的视线瞥过来，她也没有给予反应。

她其实内心是有些火气的，她对肖崇言可以说是毫无保留，但肖崇言对她却仿佛有着无数的秘密。

车子行驶的路线，越看越熟悉，不多时便停在了一栋办公楼下。

阮景认出来，这是她曾经来过一次的，肖崇言临时办公的地方。

“进去吧。”肖崇言简单地说。

阮景推开门，屋子里头却只有小王一个人，正百无聊赖地玩着手机游戏，看见阮景进来，他惊讶地问道：“阮小姐，你怎么来了？”随后，他又看见紧跟进来的肖崇言和常桉，意识到了什么，小王沉默下来，将手机揣进了兜里，是不是有事情要找我？”

看到常桉点头，小王拉开了咨询室的门，率先走了进去。

小王的反应，让阮景觉得更加莫名。

肖崇言在她耳边淡淡地说道：“记得我跟你提过的那一件坠楼案吗？小王就是那起坠楼案的唯一目击者。”

“所以……小王其实是你的病人？”

肖崇言点点头，“是，一个很重要的病人，对我们来说都很重要，对这起走私案来说，也十分重要。”

所以，这才是小王为什么业务能力不过关，却还是被肖崇言一直留在身边的原因。

第九章

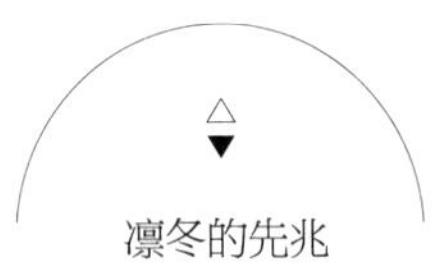

凛冬的先兆

咨询室内，向阮景坦白了自己病情的小王，变得有些拘谨。

小王的原名叫王力坚，原本只是一个在柳川打工的普普通通的工地打工仔。

一个平淡无奇的下午，他突然尿急，左瞧右瞧没人，就偷偷地穿过一个行人稀少的小道，准备找个没人的角落解决一下，经过一个大厦底下，只是因为朝天空中多看了一眼，他的整个人生就遭到了翻天覆地的变化。

他妈妈从小就说他神经大条，遇到什么不愉快的事，很快就忘了，这样的人有福气。

他不知道这是不是自己的福气，可是那件事情发生之后，每当自己试图回忆案发当天的惨状时，脑袋里就好像自动蒙上了一层雾，让他看不清楚那些鲜血淋漓的场景。

起初他还挺庆幸的，以为可以就此回归到正常的生活，但心里空落落的，总觉得缺了一块儿。

后来，肖崇言找到了他，跟他说明了情况，问他愿不愿意帮忙。

一方面是安稳的平淡生活，一方面是协助警方，想起那天惊悚的，但却也属于自己的记忆，小王失眠了几天，最终还是选择了肖崇言。

肖崇言因为小王的决定，高看他一眼。因为逃避是人之常情，哪怕小王不愿意想起这段往事，警方也绝对不会逼他。

肖崇言答应他，在他想起那天的事情之后，继续为他做心理疏导，一定不让他留下任何的心理阴影。

他可是国内首屈一指的心理医生，平日里接待病人每小时都是以四五位数计费，小王突然觉得自己好像赚了。

可能是这种乐天派的性格，影响了自己的治疗，他的治疗进展比起其他因为受到剧烈的情感波动而丧失部分记忆的患者，快得多。

小王挠了挠自己的脑袋，“我原先根本就想不起来，我在那个楼下看到了什么，都是警察告诉我，我先后目睹了两起跳楼案件，我才知道我看到过两个死人……”

小王的话很直白，阮景都忍不住钦佩他的承受能力。

“可是就在前几天，我已经能模模糊糊地想起一些东西了……”

一通回忆之后，小王终于开始进入了正题，“起先是那个女人……我觉得她应该是自己跳下来的，她落地之后还没死，她的头偏向我这边，我不知道她是不是在看我，但是我总觉得她笑了一下，怎么说呢，就是那种痛苦中还带着解脱的笑意……也可能是我看错了。”

小王很难得地用了一连串儿主观形容词，语调也低沉下去，显然回忆当时的惨状还是让他多少有些不自在，他忍不住拢了拢自己身上的衣服，“我当时迷迷糊糊的，不知道怎么的，就抬头往楼顶上看……然后就是那个男人掉了下来。”

阮景注意到，他的用词是“掉”，而不是“跳”。

联想到为什么肖崇言他们都十分想让小王恢复记忆，她霍地站起来，“你是看到有人推他下来！”

小王点了点头，一副“你好聪明”的表情，看着阮景，“不错。”

从办公楼出来，阮景的脑袋还有点晕乎乎的。

从冰冷的室外进到车里，阮景不由自主地打了个哆嗦。

肖崇言见状，一边将她揽进怀里，一面冷声冷语地让常桉把空调再开大一些。

这样的差别待遇，让常桉不爽地咕哝了一声，但还是照做了。他从后视镜里看到肖崇言竟然“丧心病狂”地呵着阮景的双手，那体贴的模样，令常桉不得不别过脸去。

肖崇言抬起头，“送我们回去吧，今天我就不去公安局了。”

阮景没有反驳。

常桉嘀嘀咕咕地将两人送到了目的地。

常桉一路上都在抱怨，以至于没有发现两个人之间的气氛实际弥漫着一种古怪。

两个人一前一后进了家门，阮景刚想往自己的卧室走，就被肖崇言一把拉住，他仔细端详着她冷淡的表情，“你在生气？”

阮景垂下眸子，“没有，我只是有点累了。”

肖崇言要是能被这种拙劣的谎言骗过，他就不叫肖崇言了。察觉到阮景还有些别扭的反抗，他干脆扶着她的腰，将她整个人抱起来，走了几步，放在沙发上。他随着蹲了下来，双手圈住她的腰，不许她逃离。

阮景侧开头不看他，“你做什么？”

肖崇言深深吸了一口气，“关于我隐瞒你的这件事情，你总要给我一个解释的机会，听都不听就判了我的罪，阮景，你这不公平。”

阮景没说话，她眨了眨眼，恼恨地咬了咬嘴唇，落在男人眼中，就是在等着他开口解释。

“关于白宙……我承认，我早就知道了，不光我，失忆前的你也知道。”

“那天真实的情况是，你追着一辆可疑的车，一直追到了那栋大楼，跟着一个男人的身影上了顶楼。”

肖崇言在讲着她的故事，而阮景听着却好像是在听别人的故事。她对这些事情一点印象都没有。

“根据你的讲述，你到天台的时候，就看见白氏夫妇已经被人控制了，你躲在角落里，亲眼目睹了白母的自杀，又从白宙那听到了他的临终遗言，然后被他们发现……后来，还好我们及时赶到，救了你。”

肖崇言说得很简洁，几句话就概括了那天的情况，但是阮景知道，这短短的几句话里面，可以延伸出无数个细节，解她无数个困惑。

“后来，有人伪装了白氏夫妇的案发现场，并且故意混淆视听，等这个消息传到京都的时候，已经演变成白氏夫妇遭遇了车祸身亡。”

阮景已经转过头来，静静地听着他说，肖崇言安抚性地摸了摸她的头顶，替她将耳边的一缕碎发掖过去，又揉了揉她的耳垂。

阮景左右动了动，皱着眉头，示意让他赶紧说正经的。

肖崇言却不急，他干脆在阮景身边坐了下来，又倾身将她整个人抱到自己的腿上，像抱着一个娃娃一样，将她整个人环进了怀中。

“可是白宙的死有蹊跷，后来经过我们确认，当时那些走私团伙的人已经全部追你去了，没有人惦记着将白宙推下去。”

“所以那天，除了我以外，天台上还有别的人？”

“没错，他应该就是一开始你追的那个人……现在想一想，或许他就是最近这一切事件的幕后操控者。”

“这件事情为什么你们不早点告诉我？”

肖崇言沉默了半晌，轻轻啄着她的额头，叹息一声，“那些不法分子看清了你的脸，在你从天台上下来之后，你遭遇了好几波绑架和暗杀……我们不清楚我们内部还有没有他们潜伏的线人。梁颜死的那天，我们还同时失去了几位优秀的同事，我们承担不起警队里面再出一个叛徒的后果了。”

阮景心中忽然隐隐约约有了一个预感，“所以，我的记忆……”

“那些人抓白氏夫妇，是想从他们口中知道有关那一批古董存放的地方，和那条安全的走私线路，可是白氏夫妇死了，在他们看来，只有你一个人知道。就是因为这样，有人想杀你，有人想绑架你，我们不得不这样做，因为当时我们对这个团伙了解得太少了，你还记得这个秘密一天，对你来说就更加危险一天，我不能冒这个风险。而且你失忆的事，一查便知，他们摸不清你的套路，反而会投鼠忌器，不敢伤害你。”

肖崇言解释了一大串，看到阮景还是冷着表情，心底里也不由得忐忑起来。

“对不起，阮景，我一直瞒着你。”

阮景沉默了一会儿，“那么，我只剩最后一个问题了。”女孩睁着一双水汪汪的大眼睛瞧着他，“肖崇言，你告诉我，我们原来是什么关系？”

两个人之间的距离极近，他仿佛一低头就能吻到她红润的唇。

可是当下，怀里的女孩儿正用这张他遐想了好长时间的红唇，说着他并不想听到的问题。

“现在想一想，你的生活中，不管是你穿的、你用的、你吃的，还是你戴的，完完全全都符合我的审美，原先我只以为我们兴趣爱好相同，可是你也说过，天底下哪有那么巧的事情。”说完这段话，她忽然笑了，她推开肖崇言，自己站了起来，带着几分少女般的俏皮，“还有性格和举止，你现在的性格，完完全全就是我上大学时候心目中的白马王子，我该不该相信，你真的是老天特意按照我的喜好为我送来的真命天子？”

阮景的一番话说得十分浪漫，可是她的神色却慢慢冷了下来。

“阮景。”肖崇言的眼中蕴起晦暗难辨的风暴，“你可以怀疑一切，但你不该怀疑我对你的用心。”

阮景抿了抿唇没有说话。

男人叹了一口气，可能连她自己都没有发现，她一边自己嘴上说着防备他怀疑他，可是行为却很诚实，大大的眼睛一眨不眨地看着他，执着地祈求一个合理的解释，来替她说服她自己，让她不再怀疑。

他终于开口，“你不是心底已经有猜测了吗？”

阮景眼底的光明明灭灭，声音很轻，“我们曾经，是不是在一起过。”

肖崇言站起身，长叹着将女人拥入怀中，一手温柔地拍着她的背，“因为你失忆了，我不想造成你的困扰，就从来不提起，傻姑娘……你相不相信爱上过一次的人，哪怕失去了与他有关的所有记忆，也会再次爱上他。”

他的声音极有安抚力。

阮景突然觉得，这几个月以来的不安尽数化作了委屈，不断放大，那股子酸涩充斥着她的整颗心，恨不得掉下几颗眼泪来。

“你知不知道我刚醒来的时候，其实很害怕。”

“我知道。

“你知不知道，我那个时候谁也联系不上，我有多迷茫。

“我知道。

“你知不知道，我很不喜欢这种未知的感觉，就好像我不是一个完整的我了。”

“我知道。”

夜风裹挟而至，阮景终于忍不住红了眼眶。

“那么我要你，帮我找回我的记忆。”

肖崇言的表情很淡，淡得犹如入夜的一片薄雾。

他说：“好。”

自从他说了那一个“好”字，阮景心中一直悬而未落的石头忽然放下了，仿佛在她的潜意识里，没有什么能比男人给她的承诺，更能带来安全感。

第二天，阮景醒得很早，外面的天还没有透亮，空气中都涌动着一股子阴霾的因子，压抑得令人喘不上气来。

本以为自己醒得已经够早了，可是等阮景收拾整齐走出卧室的时候，就看见餐桌上已经摆好了满满当当的早餐，而男人却不见身影。

正在疑惑间，浴室的门开了，一个穿着清凉的男人擦着头发走了出来。

看见正站着发愣的阮景，肖崇言顿了顿，低下头看了一眼，默默地转身走回浴室，并且从容地关上了门。

阮景眨了眨眼睛，忽然捂住了脸——他大概是忘记带换洗衣服，又以为外面没有人……

再出来的时候，男人已经披上了一件宽大的浴巾，将他整个人都裹在里面。

男人的表情淡定，看不出端倪，相对于脸红得跟个虾子似的阮景，仿佛刚才那个险些被看光了的人不是他，而是她。

直到肖崇言换好衣服，在餐桌旁坐下，盛了一碗粥率先喝了起来，阮景才从窘迫中回过神来，清了清嗓子，佯装无事。

冷不防，男人抬起头来，“你曾经看过的，不记得了？”

“噗……”阮景一口粥险些喷出来，呛得直咳嗽，“你胡说八道些什么！”

“我有没有胡说八道，你很快就知道了……吃完饭我们一起走。”

阮景一愣，“去哪儿？”

“咨询室。”

肖崇言说完，阮景就知道他要做什么了，有些忐忑地“嗯”了一声。

男人叹了一口气，放下手中的碗筷，“如果这是你想要的，我当然要给……”

声音很轻，几乎微不可察。

这一天，阮景才算真正意识到，肖崇言真的是一个不一般的心理医生，他把催眠这一种临床医学手段掌握得炉火纯青。

他们八点多钟进了咨询室，聊了会儿天，配合着肖崇言的引导，阮景丝毫没有察觉出他到底用了什么样的方法令自己失去了主观意识，仿佛那一刻的思维全都被他掌控，他可以让她笑，也可以让她哭。

可是当她从恍惚之间醒过来，觉得除了又溜走了几个小时的时间以外，并没有任何感觉，也没有想起什么。

见她疑惑，肖崇言转身站起来，关掉屋内的音乐，“我还需要对你进行一段时间的治疗，记忆没有这么快恢复的，它需要一个过程，这个过程可能是一天、一周，或者一个月，但是你会越来越多地想起来。”

见阮景还皱着眉不说话，肖崇言叹了一口气，“催眠没有你想象中的那么神奇，它是通过引导和暗示，影响你对事物的认知，可是具体能影响到什么程度，跟你的配合程度和智商都有很大的关系……换句话说，你太聪明，当时配合我的意愿又太强烈了，所以效果并不明显，总得多尝试几次，才能慢慢松动的。”

阮景突然想到什么，又问，“可是为什么我的记忆丢失得这么整齐，足有三年，以你的水平，难道不能让我像小王一样，只忘了那两天发生的事情吗？”

肖崇言没想到她能问出这个，表情有一瞬间的恍惚，但很快就调整了过来，“在催眠的过程中……出了一些小差错，对不起。”

阮景勉强接受了这个解释，她虽然沮丧，但很快就调整好心态，“等我一切都想起来了，我是不是也会想起来我们的曾经？我真想知道我们是怎么认识的，问你你又不说……”她一边嘀咕着，一边系着大衣的扣子，可下一瞬间，面前突然出现了一个人影。

肖崇言圈住她的腰，突然炙热地吻她，仿佛没有明天一样。

后来，阮景回忆起这一天的肖崇言，并没有他表面上展现出来的那样平静，他已经先一步，看到了之后会发生的，他无力挽回的那些事情。

警局里，阮景看着对白氏夫妇坠楼案的一系列调查，疑惑地问，“白宙死前到底说了什么？”

肖崇言想了想，面色变得十分严肃，就在阮景严阵以待，以为他要说什么的时候，男人摇了摇头，“还不知道。”

“什么叫‘还不知道’，难道我没有告诉你吗？”阮景觉得很不可思议。

一旁的常桉解释道：“不是你没有告诉我，而是你听来得也很模糊。这也是我们为什么选择让你失忆的原因，因为凭借这点信息，那个时候我们所知道的信息量，别说无法侦破这个案子，根本就是毫无头绪。”

跟阮景交了实底的常桉彻彻底底地松了一口气，再谈论起这个案子来，先前的遮遮掩掩此刻已经变成了畅所欲言。

常桉又跑去档案室，特意调出了当时阮景回到公安局后做的记录。

“喏，这就是你当时说过的话，一字不差全在这记录本上了。”

阮景拿过来翻着，记录清晰，龙飞凤舞的字迹，一看就是出于肖崇言的手。

有个问题标注的是“复述你在天台上看到了什么”。

底下是她的回答：

“我上去的时候，天台杂物众多，我躲在一堆纸箱后面，看见白氏夫妇都被绑着，有几个穿黑衣服的人手里都拿着利器守着，其中一个穿西服的男人，背对着我，看不到脸，但是我猜测年纪在四十五至五十岁之间，他们正在逼问白宙，钥匙在哪儿。”

下一个标注着“你是怎么样跟白宙对上话，他又跟你说了什么”的问题下，阮景回答：

“白宙将所有的事情推到妻子头上。妻子被侮辱的时候，那些人对他放松了警惕。我接近了白宙，白宙精神状态不稳，我很容易就套出话来，他说‘所有的秘密，都在遗嘱上写着’。”

确实没有什么实质性的东西。

常桉又说：“明明是真的没什么，可是不知道怎么地就谣传起来，你掌握了走私团伙的钥匙，只是不知道为什么没告诉警方。那段时间我天天提心吊胆的，就怕你有个三长两短，老肖还不得找我拼命，后来老肖才想出了这个办法，借由一场车祸，把你送进了医院，那些人这才消停点。”

他本意是想帮肖崇言说点好话，可阮景的心思完全不在这上面。

“所以这个写出来并且要留给儿子的东西，就是遗嘱。”

“应该是。”肖崇言回答得简洁，两个人工作起来的状态完全没有儿女情长的扭捏之态。

“所以关键就是那份遗嘱上到底写了些什么。”

“嗯。”

常桉看看这个看看那个，只觉得自己枉做了好人，肖崇言这两年真是越活越回去了。

可是被他暗自腹诽的肖崇言，和阮景回了住处，就完全不是那副优雅禁欲的样子了。

仿佛有什么封印被解开，褪去了那层温和斯文的外衣，肖崇言变得如同一只饿极了的狼，只想将面前丰盛的晚饭，一丝不留地吞到肚子里去。

阮景推开他，“你前世是孙猴子吧。”

肖崇言被推开，目光中还带着茫然，“什么？”

“戴紧箍咒时候一个样，不戴紧箍咒时一个样。”

肖崇言笑了，笑得邪气，“对我，你用不着那个，我也逃不出你的五指山。”

不怕流氓戴面具装文化人，就怕流氓摘下面具甘愿当个流氓。

阮景羞红了脸，呸了他一声，“花言巧语，没脸没皮。”

隔天，在跟白晴的主治医生确认了她现在的精神状况，可以见外人后，阮景跟肖崇言组成夫妻档，一起提了水果，去医院看望她。

被请来照顾白晴的护工很是警惕，哪怕在阮景出示了警官证之后依旧不敢让她们单独在一起，说什么也要待在旁边，还说这都是雇主的意思，他害怕有什么居心不良的人闯进来，惊扰了白晴，影响她的康复。

被护工虎视眈眈地盯着，阮景觉得浑身不自在，不过扭头看到神情依旧萎靡的白晴，她还是觉得，有必要多加防范。白晴的气色很差，实在不像能再经得起惊吓的样子了。

阮景剥了两瓣橙子递过去，生怕惊吓到了白晴，放柔了声音，“这个橙子很甜，我是尝过了才买的，你要不要尝一尝？”

阮景胳膊抬了十几秒，白晴才转了转眼珠子，伸出手，接过了那瓣橙子，默不作声地放进嘴里。

阮景问得很小心，“白晴，你仔细想一想，你真的没有见过那份遗嘱吗？”

护工见状，警惕地凑了上来，一副生怕阮景刺激到白晴的样子。

白晴神色默然地别过头去，“真的没有。”

然后她就拒绝沟通了，死气沉沉的模样，令阮景止不住替她担忧起来。

可是遗嘱到底在哪儿呢？

过了二月，天气逐渐回暖，京都的气温一下子攀升了五六度。

在一个飘着不知道是雪还是雨的清晨，青山墓园举行了蒋唯心的葬礼。

尽管佳人已经去了很久，但是葬礼上蒋唯心的母亲依旧哭得不能自已，只是不见蒋唯心的父亲——听说自己的女儿死后，他就逐渐闭门不出，专心处理着工作上的事情，希望借此麻痹自己。

对此，阮景心底是不大相信的，哪怕再悲痛，在这样一个悲痛的日子，他就不想亲自和自己的女儿好好道别吗？

白宿毕竟是蒋唯心生前的准未婚夫，他带了一束百合，放在了蒋唯心的墓前，目光沉沉，站了半晌，也不知道在想什么。

阮景走过去，轻轻拍了拍他的肩。

“我没事。”白宿冲她笑。

连日以来，盛合集团面临的调查让白宿应接不暇，他的父亲，他的二叔全部都具有重大的走私嫌疑。

可是他们都已经死了。

常桉他们将怀疑的目光对准了白宿。按照他们的想法，在他父母车祸那天，白宿的不在场证明根本就没办法确认，更有甚者，他们认为白宿那么轻易地就接受了父母车祸身亡的事实，没有加以调查，这就是最大的疑点。

在没有别的嫌疑人出现的情况下，白宿被列为首要的怀疑对象。

阮景也安慰不了他什么。

如果站在一个中立的立场上，她清楚地知道白宿的嫌疑有多么大，大到连她自己都开始怀疑，白宿会不会真的……是个罪犯。

可是这样的怀疑让她的心很难受，仿佛有两个灵魂在撕扯，其中一个叫嚣着想要蒙住她的眼、蒙住她的心；而另一个则告诉她，阮景，这是关键时刻，你必须时刻保持清醒。

看着白宿日渐消瘦的脸庞，她最终选择了沉默和离开。

今天似乎是一个格外适合思念亡者的日子。

刚回到公安局，就有一个人敲响了阮景办公室的门，“你看看这个信，是不是寄给你的？”

这是刑侦科的同事，这次由于要调查齐悦的事情被派了出去。

阮景接过来，薄薄的信封上面写着她的名字。

同事顺便说起了调查的情况，“我调查了齐悦，她的母亲三年前在滨江中心医院去世，我想去滨江查查说不定会有什么发现。我去滨江调查的时候，碰上了吴庸吴队，他说这封信寄到滨江有段日子了，就让我带过来给你。”

阮景拆开信，神情逐渐变得复杂。

无悲无喜，似悲似喜，有那么一瞬间，信纸上熟悉的字迹，让她不敢去看。

肖崇言走过来，略微扫了一眼信纸上的内容，又看到阮景的这副表情，于是了然，“这是……梁颜写的？”

阮景沉默了半晌，而后点点头。

梁颜已经死了，在梁颜死去的一年后，她收到了梁颜的信。

看信的落款日期是在梁颜车祸前，那几天她正准备出去旅游。

阮景依稀记得，梁颜当时还对她发出了邀请。

只是后来她为什么没有答应来着？阮景一时间也想不起来。

这几天经过肖崇言的治疗，她已经可以断断续续地想起一些往事，只是那些琐碎的片段，也根本不足以让她做出任何判断。

有同事在叫，“肖医生，麻烦过来一下。”

肖崇言离开之后，阮景独自坐在角落里，她深深吸了一口气，展开信纸，梁颜娟秀的字体跃然纸上。

小景：

你看到这封信的时候，我可能还在四处游玩，虽然这里风景很美，但是我一个人来还是有点孤单。

我最近经常怀念我们读大学的时候，你、我，还有白宿三个人，我们常常待在一起，为了看白宿他们球队的比赛，我俩还逃课陪着他去了好多个城市，那个时候虽然很担心，害怕老师批评，但是现在想一想，那才是我大学里面过得最快乐的一段时光。

这里真的太漂亮了，下一次我们三个人一起来看，好不好？

还有……我知道你和那个人的小秘密啦，不过你放心，我会替你保密的，不过总觉得他的性格有些强势，你要注意保护好自己哦。

那我，是不是可以尝试着，单独约一下白宿呢？

你也要替我保密哦。

随信而来的，还有几张梁颜的自拍照。

梁颜那样温和的女孩子，性格也十分恋旧，她很喜欢将自己生活中的点点滴滴，通过这样的方式分享给她的朋友们，却不想这成了她留给阮景的最后一样东西。

阮景闭了闭眼，将那些想要喷涌而出的眼泪逼了回去。

梁颜或许早就知道她和肖崇言的“暗度陈仓”。

以及……梁颜喜欢白宿。

现在想想，梁颜喜欢白宿，喜欢得多明显啊……只是那个时候她年纪尚小，开窍又晚，竟然都没有留意到。

阮景一遍一遍地重读着梁颜短短的信，眼睛睁得大大的，似乎想要将每一个字都刻进心里。

忽然有人在她身旁的椅子上坐下。

手上的信纸被抽走，折了起来，然后一只手轻轻地捂上了她的眼睛。

“别看了。”

随着男人的叹息，她随即被拥入一个温暖的怀里。

她静静地靠着肖崇言，视线一片黑暗。

这种黑暗给了她莫名的安心感。

她终于忍不住眨了眨眼睛，豆大的泪珠滚了下来。

“肖崇言，我想她……”

“我知道。”

“我印象里昨天我们还在一起上课，怎么醒来后，梁颜就不见了呢？”

“……”

她的情绪压抑了太久，每每泄露出来一星半点，那种抑制得过了头的悲伤都足以令男人心疼得不能自已，他轻声哄着，“乖……别哭了。”

办公室另一端的队友们看着这情形，都自觉地转过身去，假装没看见这里发生的事情，想给阮景一个平稳情绪的时间。

不知过了多久，她终于擦了擦红彤彤的双眼，自以为已经恢复过来，准备跟大家一起开会，研究对齐悦的调查结果时，那兔子一样的眼睛令所有的人既心疼又有些好笑。

几分钟后，会议桌上。

“这就是齐悦的资料？”

常桉点了点头，“虽然她最近这几年一直在隐藏行踪，但是用心查还是有些蛛丝马迹的……但是，棘手的是，这些蛛丝马迹，似乎完全没什么用啊。”

正如常桉所说，派去探查的同事，以滨江市作为源头，牢牢地咬着齐悦的踪迹。

他们偶尔能在这个城市的机场或火车站的一些监控录像中找到她的身影，但她很快就消失不见。他们根本不知道齐悦为什么要去这些城市。

那些城市在地图上都被标注了鲜红的点，分布并无规律可循。

阮景木着脸问，“这些监控的具体时间是什么时候？”

常桉又给了她一份资料。

越看，阮景的面色越不佳，到了后面她几乎有些手忙脚乱起来。

常桉吓了一跳，连忙按住她的手。

“阮景，你怎么了？”

她想开口说话，可是尝试了几次话就哽在喉咙中，无论如何也吐不出来。

她握了握拳头，站起身来。

“我列一个单子，你们去这些学校的校史馆里面调取一下他们三年前一次篮球比赛的影音资料。”

于泽不解地摇着头，“学校？阮景，你在怀疑什么？”

“我只希望，这是一个惊人的巧合。”

但阮景的愿望很快就落空了。

九个城市的九所大学，一共有五所大学录制了当年的那场篮球比赛，并且存有影音资料。在其中四盘录像带里，他们在观众席上都找到了疑似齐悦的身影。

她低调地戴着鸭舌帽，专心地看着台下的比赛。

偶尔镜头也会扫过另一侧观众席上的阮景跟梁颜。

她们都在为赛场上的男孩加油。

赛场上，是挥汗如雨的白宿。

常桉严肃地看着她，“阮景，我们需要一个解释。”

阮景沉默着点了点头。

其实也没什么可解释的，大二上半年，白宿所在的校篮球队参加了全国大学生篮球比赛，白宿作为队长，一路带领球队夺冠。

那个时候，正是阮景活得最肆意的时候，在白宿的鼓动下，每次他们到别的城市打比赛的时候，她和梁颜都要翘课，一为贪玩，二为给他加油。

同一年，齐悦的母亲在滨江中心医院去世。

同一年，白宿跟齐悦在近乎相同的时间，去了同样的城市……很多次。

原本她想将这看成是一桩巧合的，哪怕巧合再稀有，这世间也总会有那么一两件的吧。

可直到，他们现在确认了齐悦的的确确是追随着白宿的脚步去的。

可是，他是白宿啊，那个阳光、英俊，能让所有人为之瞩目的男人。

可他又是盛合集团的白董。

他是跟白宙，白先文，蒋唯心……跟她，都有着联系的嫌疑人。

一直追寻的真相就在眼前，阮景却突然间怕了。

众人都不约而同沉默起来，面面相觑。

或者是阮景的面色过于惨白，肖崇言用眼神制止住了还想要问些什么的常桉，“阮景也就只知道这些了，我想，我们或许可以从齐悦身上试探一番。”

众人附议地点了点头。

这一回，可真的是要拨开云雾，见月明了。

往日跟阮景不对付的于泽，不忍心地说：“阮景……你可以吗？如果你觉得不舒服，就换一个人去审好了。”

阮景冲他感激地笑了笑，“我没事，谢谢。”

几天不见，齐悦明显瘦了一圈。

阮景走进去，坐到了她的对面。

这一次，阮景是带着明确的目的来的，齐悦也仿佛意识到了什么，面色紧绷起来。

时间一分一秒流逝着。

阮景盯着那张憔悴的面孔，“我始终不明白，在柳川那次，你为什么会对我动了杀机，但是现在我知道了。”

齐悦现在已经不屑于伪装了，闻言只是冷笑了一下，“我不知道你在说什么。”

“你爱他是不是？”

阮景语出惊人，在监控室里的人听了都不由得微微一惊。

常桉捏着下巴，“……不会吧，这个齐悦意志这么坚定，什么都不肯交代，到头来是为了爱情？”

肖崇言不咸不淡地接了一句，“在别人的事情上，她一向都很敏锐。”

审讯室内，齐悦眼睫微动，如果不是眼也不眨地观察着她，阮景也根本就不会发现。

她没有回答阮景的这个问题，“如果这又是你们警察玩的什么新花样……我真的没工夫奉陪，我懂法律，懂得不多，但是我也知道，你们现在抓我是完全没有证据的，要不了几天，你们就得恭恭敬敬地把我放出去。”

阮景知道，她现在已经开始慌了。

她话说得越多，就代表她现在越是慌张。

“你怎么知道我们没有证据呢。”

面对阮景的询问，齐悦神经质地笑了起来，“承认吧，你们调查过我，你们也知道我的能力，我们学心理学的，走一步可以想到之后的十步、一百步，你不要妄想揪住我的小辫子，只能是白费周折。”

齐悦其实已经从侧面承认了她的犯罪事实，但这还远远不够。

阮景的神色平静，“我不需要揪住你的小辫子，我只需要揪出你背后的那个人就可以了。”

齐悦警惕地看了她一眼。

阮景的心头有些堵，她用力平复了一下呼吸，使自己平静下来。

“我的话还没说完……你爱他，可是他爱我，所以你嫉妒，所以你想杀了我，对吗？”

阮景只是坐在那里，轻巧地说着。

冷不防，一向在审讯的高压气氛下都能淡定自如的齐悦，突然发了怒，“你胡说！”

监控室里此时鸦雀无声，每个人都恨不得将自己的呼吸都调到最低的频率。

有个男人轻轻地笑了起来，“看来我说错了，她对自己的事情实际上也看得很透彻。”

肖崇言虽然笑着，但常桉莫名地感觉到了一股杀气。

“老肖……都是为了案子，为了案子，淡定些。”

肖崇言没再说话，他转身走出了监控室。

不过几秒钟，他又重新走了进来，在常桉警惕的目光下，伸出了手，“给我支烟。”

“不是吧，你都两三年没抽过烟了……”常桉一边咕哝着，还是一边掏出烟盒递给他。

“谢了。”

男人拿了烟，转身出去，站在走廊的窗前，烟雾缭绕中，背影看起来有几分孤寂。

审讯室内。

阮景步步紧逼，“你我都知道那个人的名字，你想让我说出来吗？”

“你住嘴！住嘴！”齐悦很想站起来拉扯她，可是她的双手被手铐铐住，只能声嘶力竭地在那儿喊着，做着徒劳的反抗。

“告诉我，你们的组织有哪些人，他们在哪儿？”

齐悦眼底通红，恶狠狠的一字一句说道：“我不知道。”

忽然，阮景叹了一口气，“我也只是想测试一下你的反应罢了，原来真的是他……白宿。”

说完她站了起来，准备出去。

齐悦开始急促地呼吸，在她身后大喊，“你要去做什么？”

“做我们该做的事情。”

部署抓捕，抓回审讯。

“不……”齐悦狠狠地摇头，喃喃自语，“不可以……”

阮景打开门往外走去。

忽然身后传来了一声痛苦的闷哼。

阮景心下一凛然，豁然扭过头。

只见齐悦手握一根细长的白色的东西，那东西的半截已经没入了她的心脏处。她的双眼盯着阮景，咬着牙一用力，霍地将那个东西拔了出来，鲜血一瞬间喷射而出。

不管是阮景还是监控室的人，都因为她的自杀行为顿时乱了阵脚。

常桉腾地站起来往外跑。

“她哪儿来的凶器！医生，快点叫医生！”

医生很快就来了，但是已经为时晚矣，齐悦刺进去的那一下，是致命伤，根本没有挽救的余地。

鲜血在她身下，殷红了一片。

齐悦还有最后微弱的呼吸，她眼里仿佛是有泪的，但却又没有。

她叫齐悦，但这一生过得跟喜悦一点都不沾边，她的泪，早在过去的二十几年前流干了。

依稀那是一个下午，她看着医生为母亲盖上白布单，宣布着她跟这个世界最后的联系，至此终结。

她神游到马路边，看着来往的车辆、热闹的人群，可是那每一份欢欣都不属于她，有那么一瞬间，她想冲出去一了百了。

她当真也就这么做了，当她反应过来自己究竟在做什么的时候，那辆大货车已经与她近在咫尺，她都能看得清楚司机那惊惶的表情。

那一瞬间，她竟然是渴望生的，可她意识到这一点的时候已经太晚了。

她的脚就像被灌了铅一样，无法移动分毫。

可千钧一发之际，她被人猛地抱住，向旁边一滚。

“小心！”

那人还穿着球衣，汗水浸湿了他的衣服，可他的双眼明亮，身上尽是生机勃勃。

后来那个男人跟她说："你的背影很像我的一个朋友。"

可那样明媚的少年，后来慢慢落入了泥沼，她也自然跟着一起沉沦。

毕竟，他是她唯一的……光。

"阮景，别看，别看……"

肖崇言捂住她的眼，感受着她的睫毛在他掌心孱弱地颤抖着。

他身上还带着淡淡的烟草味道，阮景恍惚间想问，刚才发生了什么事，他竟然抽了烟。

这些念头一闪而过，她在他的掌心下，逐渐调整好呼吸的频率。

过了一会儿，她缓慢却坚定地将他的手拿开，看向了已经闭上眼睛的齐悦，"是我，如果不是我这么刺激她……"

肖崇言没有让她把后半句话说出来，"你没办法拯救一个下定了决心蓄意自杀的人。"

阮景叹了一口气，询问现场的法医，"是什么凶器？"

"一根铜制的书签，她把它磨得很尖锐。"

真的是一场准备了许久的蓄意自杀。

肖崇言不知看到了什么，问法医要了一双一次性手套，走到齐悦的尸体边蹲下来。

房间内的血腥味有点重。

于泽皱着眉看向阮景，"你快出去吧，你在这里也帮不上什么忙。"

阮景只得点了点头。

"等等……"

门口处，阮景突然停了下来。

她站在原地，像是有什么问题没有想明白，大概过了一两分钟，她突然看向齐悦的尸体。

她为什么要时刻将随时都有可能暴露的凶器带在自己身上，又为什么在阮景刚揭穿真相的时候就选择了自杀？

两个人方才的谈话，一帧一帧地在她的脑海里过着……

众人都在忙碌着，唯有阮景身处在这命案现场，却站立不动。

她的眼中划过一丝不太确定的光芒，犹豫了一下，还是朗声叫了一声，“常桉！如果现在不立刻出警……可能就来不及了。”

肖崇言从齐悦的尸体边站起身，目光冷凝，“不，已经来不及了。”

常桉他们一路上闯了十多个红灯，不过二十分钟左右，就抵达了盛合集团的总部大楼。

此时华灯初上，正值下班高峰，大楼里下班的员工三三两两，好奇地看着这一队闯入的警察。

留下两个人排查大厅的人员，常桉他们一口气上到了顶层白宿的办公室。

门是锁着的，无论怎么敲都没有人开。

常桉和于泽对视一眼，下一刻于泽抄起一个灭火栓，就用力地砸向办公室的门锁。

几下过后，于泽用力一脚踢开了大门。

“警察不许动！”

偌大的办公室，几把黑洞洞的枪口下，只有秘书小晚一个人。

她虽然被刚才的动静闹得有些害怕，但还是挺直了腰板，厉声问，“你们这是干什么！”

“白宿在哪儿？”

小晚插着腰，脸上一派不耐烦，“你们这些警察，查不到我们税务的问题，现在改为直接抓人了是不是？！”

几人对视一眼。

常桉冷声说：“跑了。”

常桉掏出对讲机，先向局里汇报了这个情况，请求全市布控，而后才对于泽说：“先把她带回去询问吧。”

常桉发了话，两个队员上前简单地跟小晚说明了情况，要带她回去调查。

小晚很慌张，眼眶都红了，但还是坚持说：“不可能的，一定是你们弄错了，我们白总怎么可能会犯罪？”

可不管她怎么哭喊，都改变不了现状，等阮景在公安局见到她的时候，小晚头发散乱，眼底猩红，眼睛已经哭肿了。她坐在椅子上，一抬头看见神色冷漠的阮景，愣了愣，而后突然睁大眼睛，冲她尖叫起来，“是不是你！是不是你陷害了白董！你们不是朋友吗？你为什么要陷害他！”

阮景一看她这副模样，顿时摇了摇头，“这个张小晚只是个秘书，并不是走私团伙里的人，她也被白宿利用了。”

于泽本来很烦躁，闻言却不由得气笑了。

“这个白宿倒真是个奇人，是个女的就会对他忠心耿耿，之前那个齐悦是这样，现在这个张小晚又是这样。”

在一旁准备做笔录的陈明接话，“能不心动吗。白宿要不是个走私犯，那条件，我要是个女的，我也心动。”

常桉走过来，拿着厚厚的文件夹往每个人的后背打了一下，“行了，你们都少说两句吧，现在人都跑了，还不知道上哪儿去抓呢。”

事情总要一件一件地做，万幸的是，他们现在终于有了明确的目标。

在常桉他们试图从张小晚口中得到一些白宿出逃的消息的时候，阮景敲开了法医办公室的门。

法医加班加点地将齐悦的验尸报告赶了出来。

阮景拿着检验报告从上至下大概扫视了一圈，在其中一行上面停留许久。

果不其然，先前模糊的猜测被证实——白宿之所以能跑得这么快，完全是因为齐悦牺牲了自己。

阮景又向法医讨教了一些专业知识，等重新回到办公室的时候，已经将近凌晨。

办公室灯火通明，所有的人都绷紧了弦，做着自己的工作。

阮景把检验报告递给常桉，同时告诉了他结果。

大家事先已经有了模糊的猜测，此刻看到验尸报告，大半夜只有苦笑的份儿。

“我们只是对她做了基本的体检，根本没想到她那么丧心病狂地把电子元件植入了体内……她倒是真的肯对自己下狠手。”

阮景分析着，“应该是生物感应芯片之类的，如果这一端感应不到脉搏或心跳，那端就会有警报。”

再看也无用，常桉将报告随意地放在桌子上，“我现在甚至怀疑齐悦被抓，完全是出于白宿的授意了。”

陈明刚想说“不至于吧”，但转而就想起了齐悦决绝自杀的一幕……有这么一个人放在警方身边，她活着就代表安全，她死了就代表该逃跑，齐悦的存在相当于在警方内部埋下了一颗钉子。

倘若白宿真的是这么打算的，那他现在已经变得多么心狠手辣。

一股酸涩的感觉涌上阮景的心头，很快又被她深深的抑制住。

喉咙里仿佛有一股血腥味，阮景清了清嗓子，“查到令齐悦身亡的那枚铜质书签是从哪儿来的吗？”

于泽皱起眉头，长叹一口气，“是许莺。”

自许莺从柳川警局调过来，众人对她都很照顾，她平日的工作也清闲，按理说应该很舒心，只是越舒心人就越会想起自己没有得到的，对于许莺来说，唯一的不舒心恐怕就是肖崇言了。

她创造了一切机会企图跟肖崇言的工作能有交集，包括送送文件，整理整理档案。在一次审问齐悦的时候，她主动申请帮忙，由于缺少人手，当时的警官就让她进来帮忙记录，她就带了自己平常惯用的那一套文具。

谁能想到就这么一次，就叫齐悦钻了空子。

想到无辜被牵扯进来的肖崇言，阮景四处望了望，并未发现那个清俊的身影，“肖崇言呢？”

陈明指了指隔壁的休息室，“肖医生这几天都没睡好，刚才让我们先看着，他进去休息一下。”

阮景点了点头，往休息室走去。

她轻轻地推开门，正对面的沙发上，男人沉沉地睡着。

阮景蹑手蹑脚地走过去，蹲在他面前。

肖崇言的睫毛长而卷翘，合上了眼，他的睡颜显出几分纯真的意味。

陈明说得不错，这几天肖崇言真的忙坏了，他虽然不用直接参与抓捕，可是付出脑力劳动的人，往往更容易感觉到疲倦。

除了平日里要治疗自己的病人以外，他参与了队里几乎所有的会议，从心理学的角度给出了嫌疑人的许多行为分析，而同时，他还要兼顾阮景的治疗。

不知道是不是她的错觉，几乎每一次治疗过后，肖崇言都要经过很长时间的调整，才能使他的情绪恢复往日的冷静与镇定。

阮景不知道他低沉的情绪是从何处起的，问他，但他什么也不说，只是默默地做着自己的工作，同时还将阮景照料得无微不至。

想到这里，她忍不住想伸手触摸男人高挺的鼻梁，可又怕打扰他难得的浅眠，只好抑制住自己蠢蠢欲动的手，只专心致志地看着他。

月至中天，冷清的月光透过窗子照进来，起风了，风带起地上的枯叶和沙石，在空无一人的街道上起舞，偶尔会打到窗户上，发出啪嗒啪嗒的声音。

不知是不是这样细碎的声音惊动了沉睡中的男人。

肖崇言眉心动了动，缓缓睁开了眼睛。

正对上阮景目不转睛望着他的目光。

四目相对，肖崇言的表情有一瞬间的迷茫，“阮阮？”

他的声音还带着身处困意中的沙哑，低沉，却极为性感。

印象中，肖崇言从来没有这样叫过她，他一般叫她的名字，“阮景”，偶尔讨饶或偶尔亲昵时，他也会叫她，“小景”。“阮阮”这样甜腻的称呼，似乎更适用于对待那种半大的小姑娘，十分宠溺。

阮景一愣。

可肖崇言显然没有意识到她在想什么，浓重的困意模糊了男人平时的洞察力，他伸手，骤地将她一下子揽进怀里，咕哝道：“再陪我睡一会儿。”

他的怀抱十分温暖，可沙发就这么窄，如果阮景不想掉下去，就只能紧紧地依靠着他，还要将自己的双手环在他的腰上保持平衡。

这里是随时都可能有人进来的休息室。

一想到这个，阮景哪里还能躺得住，她忍不住轻轻挣扎起来。

“别动。”男人闭着眼睛，随意地拍了拍她的后背，长腿长手，完全将阮景圈在怀里，我一会儿就得起来去看白宿的资料，看看能不能分析出来，他会往哪儿逃窜……”

阮景不动了。

过了大概两三分钟的样子，在她以为男人已经重新陷入了睡眠之中时，却又听见他的声音淡淡地响起，“阮景，白宿的事我也很遗憾……但你还有我。”

阮景的心突然酸涩了一下，犹如有一株藤蔓悄悄地长了出来，包裹住她的心脏，缓缓缩紧。

她自以为情绪掩藏得很好，却不想都被肖崇言收入眼底。

阮景觉得自己的鼻子囔囔的，良久，她的头轻微地点了一下，“嗯。”

或许是男人的怀抱太过温暖，而她此时又太贪恋这份温暖，一股困意袭来，阮景也缓缓地闭上了眼睛。

不知道过了多久，于泽拿着一叠打印出来的A4纸，低着头走了进来，一看见屋内的这份光景，他似乎有些怔愣，他站在那儿，呆呆地看了几分钟，而后又沉默地退了出去，轻轻掩上了门。

这两天众人加班加点地忙碌，一直盯着医院那边的同事，终于传来了好消息。

白晴想要见阮景。

白先文身亡，白宿外逃，一月之间，白氏接连动荡，几位高管相继被警方带走谈话，这个从根上就不干净的商业帝国，终于一朝陷入了风雨飘摇之中。

可这些都好像跟白晴毫无关系。

阮景见到她的时候，她的精神状态不知道比上次要好了多少，她看着窗外光秃秃的枝桠，唇边竟然勾起一抹怪异的笑意。

仿佛白氏的落魄，就是她恢复健康最好的营养品。

这个比喻让阮景忍不住打了个哆嗦。

阮景敲敲门，走进了病房。

听到声音，白晴转过头来。没有了上次的护工，她只得自己费力地坐起来。

阮景见状，连忙上前一步，帮她调了一下枕头的高度。

“谢谢。”

“没事。”

白晴看着她，沉默了一会儿，突然说：“我们也很久没见了吧。”

“五年了。”阮景淡淡回答。

白晴点了点头。

紧接着，又是一段长久的沉默。

一片安静中，白晴突然语出惊人，“你们一直想找的遗嘱在我这儿。”

阮景感到自己的心重重一跳。

看着她惊讶的表情，白晴竟然缓缓地笑了起来，“很惊讶吧，白宙亲手写下的遗嘱，白先文至死都没有找到的遗嘱，白宿一心想要得到的遗嘱，竟然在我这里。”

阮景张了张嘴，却发现自己不知道要说什么。

白晴仅仅是需要一个倾听者，她的目光逐渐迷茫，“妈妈之前就劝我，让我离开算了，可是我偏不。我就要看着他们一个个得到报应。我知道，这一天早晚都会来的。”

阮景敏感地察觉到白晴对于称呼的运用。对白家的三个男人，她都直接称呼了全名，而只有对白母——吴琳琅，她用了“妈妈”这个词。

阮景忍不住质疑起自己五年前的记忆。明明那个时候，她看到的，和她听到的，都是吴琳琅对白晴尖酸刻薄，反而是白宙，对自己这个领养的女儿关爱有加。

“遗嘱就在会所里，就是上次你去的那一家……在我待的包厢……那幅油画后面。”

“你看到我了？”

白晴笑了一下，不置可否。

阮景站起身，郑重地向她道谢，“谢谢你，这份遗嘱对我们来说很重要。”

“是我应该谢谢你，白宿是被这个家逼疯的，或许再熬个几年，我也会变成他那样。”

一口气说了这么多话，白晴表现出了明显的疲倦，她重新倒回了床上，偏过头，不再看阮景。

阮景静静地退了出来。

肖崇言就在病房外等她。

阮景将白晴带来的消息告诉了常桉，却没有急着离开医院。

肖崇言侧头问她，“怎么了？”

“我还有几个问题想确认。”

肖崇言并没有问她是什么事，只是点了点头，“我在这儿等你。”

阮景一路走过了三条长长的医院走廊，上了四层台阶，走到了一个医生的办公室前，敲响了门。

“请进。”

里面是一位五十岁左右，头发斑白的女医生。

“您是白晴的主治医生吗？”

医生推了推鼻梁上的眼镜，点点头。

“我想了解一下白晴的身体情况。”

…………

尽管阮景已经有了一些心理准备，可医生的话还是令她寒毛倒竖。

“病人做过好几次流产，术后恢复得并不是很好，以后恐怕……很难做母亲了。”

阮景垂在衣袖下的拳头攥了起来，“是谁带她来做的手术？”

医生仔细回忆了一下，“……是她的父亲，白先文。”

阮景从医生的办公室走了出来，脸上是一种出离愤怒的表情。

回到公安局，常桉已经收队归来，文件夹里小心翼翼地夹着他们拿回来的遗嘱，上面的文字已经全部誊录下来，正准备拿去给鉴定科的同事看看还有没有什么别的发现。

常桉一边看着遗嘱的内容，一边说："我不懂白晴究竟为什么要把遗嘱藏起来？"

陈明接话，"改天你去问问她不就得了？"

阮景突然站起来，"去什么去，每个人都有不想被别人知道的往事，你们是警察，又不是狗仔队，那么八卦干什么？！"

常桉有些莫名，"不去就不去，干吗突然发这么大的火……"

阮景心里有火发不出，几个深呼吸之后，冲出了会议室。

走廊上冰冷的空气，让她的头脑清醒了一些。

肖崇言走到她的身边，依旧什么也没问，只是一只手轻轻地拍着她的后背，诱哄一般。

阮景转头就将脸埋进了他的胸膛，声音闷闷的，"你知道白晴都遭受了什么吗？白先文，他就是一个披着人皮的畜生。我真的很想说出来，还白晴一个公道，可是，告诉常桉他们也没用，白先文已经死了，这件事情说出去也只是多了一个人知道她曾经的狼狈。我早在很久之前就已经见过她了，可是那个时候我竟然没有发现一丝异样，我本可以保护她的。"

肖崇岩感受到了她深深的自责，语气有些怅然，"让死去的人得到安息，让活着的人得到慰藉，这就是你一直在努力的事情。但更多的时候，我们并不是万能的，偶尔也会失败，偶尔也会有遗憾，我们是人，而不是神。但你不要因为这些事情，就有了挫败感，因为有更重要的事，还在等着你去做。"

肖崇言放柔了语气说起话来，简直温柔得不像样子，可他身上那种不羁的气质却依旧存在，矛盾却又相互融合。

阮景抬起头来，"我怎么觉得，这个场景很熟悉，好像很久以前你就这么说过我。"

这句话脱口而出后，阮景的脑海中立刻浮现出了一副画面。

午后，烈日，校园，垂头丧气的女孩儿，耐着性子安慰她的年轻老师。

只是那个时候，女孩儿噘着嘴想要扑进男人的怀抱，却被一只手指头顶住了脑门。

男人的嗓音含着笑意，“你还得再长大一点啊，未成年，还有两个月了吧。”

…………

这些是她的记忆？

记忆中的她比现在要活泼。

可记忆中的男人远没有现在内敛。

“好了，我们回去吧，大家还在等着你开会。”

肖崇言打断了她的回忆，安抚地摸了摸她的脑袋，率先转过身往回走。

看着男人的背影，阮景心头忽然浮现疑惑。

肖崇言是因为什么，变成了现在这样的性格？

可能是因为发了一通火，阮景再回到会议室里，总觉得大家看她的目光带了几分“敬畏”。

她正想着要不要解释一下，却突然瞧见自己的座位前的桌子上，正摆着一杯也不知道是谁倒的，热气腾腾的红糖水。

好吧，这也不失为一种原因。

阮景端起杯子来喝了一口，目光不经意对上了对面于泽的目光。，他愣了一下，率先移开了视线。

奇怪……

不过，阮景的注意力很快就被遗嘱的内容吸引了。

为了防止走漏消息，只有几个人来参加这场会议，可是他们中没有一个能读得懂这份遗嘱。

不管左看右看，上看下看，这就是一份很普通的遗嘱。

甚至有人对它的真实性提出了质疑。

因为这份遗嘱在现在看来是十分荒谬的。

一个走私团伙的首领级人物，竟然会在给自己儿子留下的遗嘱中，强调了一定要按时资助盛合集团近年来资助的贫困山区的小学。

于泽拧起眉，“搞什么？那些公益性项目难道不是盛合对外打的幌子吗？”

常桉沉思了良久后，说：“阮景，你明天再去找白晴问一问，这个遗嘱还有没有什么其余的部分。”

阮景点点头。

第二天一早，他们突然从交通部门得到消息，说是看到一辆可疑的车辆，趁着天光未明的时候，从高速公路驶离了京都，从监控摄像头模糊的影像来看，那个人很有可能就是白宿。

快到春节了，各大高速公路车流量都迅速增大，于是警力倾巢出动，希望用最快的速度排查或追捕。

肖崇言也跟着去了，在路上，他还特意打电话叮嘱阮景，注意安全。

阮景和于泽虽然没参加这次行动，但两人也在办公室里忙了一天的相关事宜，等他俩赶到医院的时候，最后一丝霞光隐入天际，繁星点点，隐约浮现。

白晴并不在病房。

起初他俩以为，白晴只是下楼散散心，可是等了半个多小时，在窗外彻底暗下来的时候，白晴还是没有回来。

阮景突然有种不好的预感……

于泽问了一圈医生护士，都说没见过白晴。

阮景借了钥匙，打开白晴的病房。她平日所有的生活用品都还在原来的位置上。小桌子上还摆放着一杯水，水是满的，但早已凉透。她的床铺凌乱，像是睡着的时候被惊醒，匆匆离开的。

阮景看了一圈，“她是主动离开的。”

于泽拧眉，“主动离开，为什么？”

“主动离开，却背着所有的医护人员……除非，她是察觉到了什么危险，所以偷偷走了。”阮景一边说，一边理着思路，而现在能对白晴构成危险的……

“有没有可能，是白宿的人？”于泽也想到了这里。

阮景面色凝重地点点头，“白宿不知道我们已经拿到了遗嘱，所以他以为，他还有这个机会……白晴能在豺狼虎豹的窝中活下来，嗅觉应该很灵敏，她应当是提前感到了什么不对劲，所以慌慌张张地跑了。”

“那今天早晨我们收到的消息……”

阮景闭了闭眼睛，有一种最坏的情况，“有可能是一个圈套。”

于泽一边掏电话，一边往外走，“我现在就去打电话通知局里警力增援。”

走廊上寂静无人，月光惨白，透过窗子洒着凄清的冷光。

“来不及了。”

阮景话音刚落，走廊尽头便传来了一个不紧不慢的脚步声。

阮景的眼睛一眨不眨地盯着来人的方向。

走近了，男人的身影从阴影中显现出来，面上带着一丝阴郁的笑意。

是白宿。

第十章

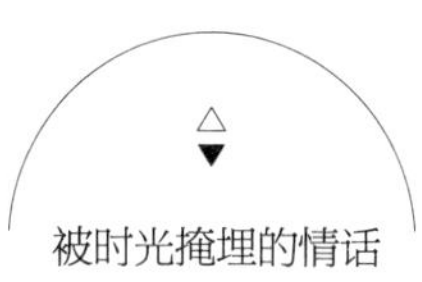

被时光掩埋的情话

阮景第一次不带丝毫感情地审视着这位昔日的伙伴。

一旦褪去了那层滤镜，很多疑惑根本不需要思考，便可自行解开，譬如蒋唯心的死。

蒋唯心的死有多么明显的证据啊，可她为什么就是没有联想到呢？她留下的日记，一页页，一张张，记录着她对同一个人的倾慕和恐惧，她不是真的疯了，也不是真的从未察觉到异样，只是她选择了被爱情蒙蔽住自己的双眼，从而葬送了性命。

阮景想象不到，白宿是怀着什么样的心态，一点一点地看着蒋唯心走向死亡的。

可现在的情况容不得阮景多想，她此时自身难保。

阮景的目光折射出冷淡，“你来晚了，遗嘱不在白晴身上。”

白宿皱了皱眉，显然这件事情超出了他的预期，但不过片刻，他很快又笑了，“那你就当成，我是为了你来的。”

阮景冷笑，“为我？”

白宿毫不犹豫地点点头，露出了一如既往阳光俊美的笑容，可这笑容后面，却泛着森森寒光，“小景，我来带你走。”

阮景面无表情地看着他，“我要是不跟你走呢？”

白宿抬了抬手，几把枪口同时指向了于泽。

于泽咬了咬牙，却是迈了一步，坚定地站在了阮景的面前。

“你快走。”

白宿发出了一声轻笑，眼睛眯了眯。

阮景熟悉他的各种表情，心下一凛，从于泽身后站了出来，与他并肩而立。

这是一个子弹打过来，或许会误伤到她的角度。

果不其然，白宿见状，又压了压手，那几个人放下了枪。

白宿冲阮景伸出手，“过来吧。乖女孩会有奖励。”说完，他从旁边的一个男人手中拿过了一个正方形的盒子，类似于那种装零食的礼品盒，他想要把盒子递给阮景，可阮景警惕地没有接。

白宿收回手，把盒子举得高高的，作势要摔，他恶作剧似的笑了笑，“你真的不要吗？这里面可是梁颜的骨灰。”

阮景觉得自己的脑中轰地一响，“你为什么会有梁颜的骨灰？她不是葬在了滨江吗？”

白宿看她的目光有几分怀念，“她葬在哪儿不是问题，梁颜生前那么喜欢阳光，把她埋在地底下，多暗啊，而且……我想，她也是愿意陪着我的。”他话说得轻巧，就像是在唠家常，一点也听不出紧迫感。

已经这么长时间，却依然没有人注意到这里的异样，只能说明，白宿布置得十分周详。

“别杀他。”

阮景心知，这一遭是逃不掉了，落在白宿手中，她暂时不会有生命危险，但于泽不一定，所以她看向白宿，想弄明白他的打算。

白宿轻笑，“我又不是杀人狂魔，我没必要杀他，我甚至……不会带他离开，反而会放他去通风报信。”

“过来。”白宿再次说道，冷硬起来的语气，宣告着他的耐心已经快到了极限。

阮景一步一步地走过去。

白宿突然拉过她，一掌重重地劈在她的脖颈处，阮景一句话都没来得及说，就昏了过去，缓缓倒进他的怀里。

“阮景！”

于泽大喊着想要冲过来，被两个黑衣人毫不留情地制住，同时堵住了他的嘴。

于泽只能呜咽着，疯狂地摇着头。

像是终于得到了心爱玩具的小男孩儿，白宿轻柔地替阮景梳理了一下头发。可他目光转向于泽的时候，嘴角却勾起了一个残忍的笑容。

“杀了也麻烦，给他点儿教训吧。”

阮景是在一张柔软的大床上醒来的。

脖颈处的疼痛，让她立刻回想起之前的遭遇。

她警惕地坐起来，四下张望。

屋内空无一人，陈设整洁温馨，但是除了必要的生活物品，也没有多余的装饰，甚至一扇窗都没有，她无法得知现在是白天还是黑夜。

阮景翻身下床。

门不出意料是锁着的，自己身上的东西也已被拿走，转了一圈之后，阮景又重新坐回到床上，垂着头等待着。

不到十分钟，门开了，白宿走了进来。

阮景听到动静立刻往外看了一眼，可是只能看到雪白的走廊墙壁。

“你醒了。”

白宿的态度和往常没什么不同，好像他自己不是被警方通缉的要犯，而阮景也不是被他胁迫而来。他拍了拍手，外面有人送进来一辆小推车，上面摆满了食物。

白宿将菜肴一道一道摆在了桌子上，又递给阮景一双筷子，“吃吧。”

餐车是酒店客房服务时常用的那种，只是有些旧，把手上早已失去了金属光泽。

“……想出什么了吗？我们在哪儿？”

思维冷不丁地被打断，对上白宿饶有趣味地打量，阮景收回了目光，“我在想，你究竟是从什么开始算计我的。”

白宿将筷子摆在阮景面前，自己又拿起了另一双，一副胃口很好的样子，“哦？”

“从我们在柳川的第一次会面？或者是，从我失忆醒来后，嫁祸我杀人，阻止我离开柳川的时候？你做了这么多，却还能在我面前摆出好朋友的样子，白宿，你现在变得真可怕。”

白宿叹了一口气，“小景，亏你那么聪明，你应该知道，身陷囹圄时，不要激怒对方，不然，你可能会受到伤害。”

阮景握住了拳头，眼底有愤怒的火光。

白宿又笑，“但是我不生气，因为我知道，你在乎我，所以你现在觉得愤怒。”

吃完饭，白宿让人收拾了屋子，扭过头来对阮景说：“你就安心地待在这里，不会有人伤害你，我还有事情要做，等事情一了，我就带你走。”

事情一了……

毫无疑问，白宿是在等待警方破解出遗嘱的秘密，好坐收渔翁得利。

白宿走了。

阮景独自坐了一会儿，低下头，缓缓张开手，里面是一把餐刀。

阮景比自己想象中的要沉得住气，想着今后几天自己能做什么，她盯着雪白一片的天花板，感觉顶灯在缓慢地旋转，压低，渐渐地，她也闭上了眼睛。

老实说，她大概是天底下待遇最好的肉票了。

按时给她饭吃，没有人折磨她，一些合理范围内的诉求也会立刻得到满足。

这一天，刚吃完饭，就有个中年男人进来，说白宿要见她。

门外两个黑衣男人正交头接耳地说着什么，见她出来，都停止了说话，警惕地盯着她，手中的枪蠢蠢欲动。

阮景脸上沉着，内心却泛起了波澜。

夜里，她看不清这些人的长相，可是现在仔细打量，就能看得出来他们五官上的不同。

而且他们刚才说的……好像是缅语。

中年男人警告似的看了她一眼，“阮景小姐。”

阮景低下头，顺从地跟着他走。

两人到了另一间稍大的房间，中年男人示意她自己进去。

白宿正坐在沙发上，把玩着一只女人绾发用的簪子。

阮景一眼就认出来，是那支修复完成的贵妃簪。

“拍卖网站上的卖家原来是你。”

“是我。”白宿承认得很干脆，“说来还得谢谢白先文，替我吸引了你们那么长时间的注意力，我才能将一切布置好，从容抽身。”白宿将贵妃簪举起来，冲着光源，眯着眼睛欣赏着，“你说，这支簪子到底代表着什么？”

阮景摇头，“不知道，不过他或许跟你父亲留给你的遗嘱有些关联。”

白宿笑了起来，“想从我这里套话？小景，你变得狡猾了。”

阮景沉默无语。

白宿忽地收了笑，食指点了点下巴，“但很可惜，我也不知道……不过既然警方拿到了遗嘱，想必会想方设法破解吧。”

话虽如此，但他的语气轻慢，仿佛并不在意这个谜底能不能被揭晓。

“猜猜看，肖崇言会不会不管你？”

阮景不想回应他恶意的揣测。

她坐在白宿对面，光影在她和他之间打出了一条明显的界限。

阮景的喉咙有些干涩，“就当是朋友一场，你能解答我几个疑惑吗？”

男人挂上无所谓的笑，“你说。”

“你为什么要杀蒋唯心，如果只是为了宝石，我相信，你有很多机会可以拿到。”

“因为，我不想娶她啊，她只能去死。”白宿轻飘飘地回答。

“那你当时为什么要答应订婚？只是为了借蒋家的势吗？”

好像戳到了他心里的某个点，白宿忽然将手上的簪子往桌子上一摔，毫不顾惜它的价值，“蒋家？蒋唯心死得冤不假，但要怪只能怪她的父亲，他和白宙一样，都不是什么好东西。”

阮景还想问什么，可白宿并不给她这个机会，他厌烦地挥了挥手，“小景，我只想找你聊聊天，可现在我累了，你回去休息吧。”

有一天，刚吃过晚饭不久，阮景突然听到隐隐有烟花升空的声音，她突然意识到，或许她离城市并不远。

大年三十，万家灯火，辉煌璀璨，夜空中，大片大片的烟花漫天，渲染出一副浓厚的节日氛围。

这本该是一个安宁祥和的夜晚，可京都公安局却笼罩在阴霾当中。

陈明呵着手上的寒气推门进来，“常队，有个盛合的项目经理招认了，他十三年前曾经负责过京都国家博物馆的电力修缮工作，或许跟当年的失窃案有关。”

这是条大鱼，常桉当即站起身，准备跟陈明去看看，走到门口，他犹豫了一下，还是回头，“崇言。”

被叫到名字的男人没有反应。

“老肖！”常桉加重了语气。

男人这才如梦初醒地转过头，“……嗯？”

“我去看看嫌疑人，你……算了，我自己去吧。”

常桉叹了一口气，看着精神状况不佳的肖崇言，既无奈又无力。

五天了，阮景到底在哪儿？

五天来，这个问题时时刻刻都在肖崇言的心上沉甸甸地压着。

他拼命地告诉自己，白宿对阮景并没有恶意，阮景现在是安全的。

他只需要尽快找出他们在哪儿。

可这谈何容易。

医院的监控全都被人为破坏，现场没有留下任何蛛丝马迹，可是他知道，白宿不会就这么离开。

他一定会在一个能看得到他们的地方，静静地蛰伏着，等待着。

肖崇言按了按心脏的位置，他能感觉到，阮景就在他的身边。

在稀稀落落的爆竹声中，阮景迷迷糊糊睡到半夜，门却突然被打开了。

她瞬间惊醒，白宿还穿着睡衣，游魂似的站在门口，目光显得有些单纯，“小景，我做噩梦了，你陪陪我。”说着他冲她走过来。

阮景警惕地坐起来，一手悄悄握紧了藏在被子下的餐刀，这两天她经常会躲进洗手间内磨刀，此刻刀口已经锋利了许多。

可白宿走到她身边坐下来，再没有别的动作了。

即便阮景不通心理学，但她也知道，白宿现在的精神状况不太正常。

她试探着问，“你梦见什么了？”

“我梦见我们一家三口在吃年夜饭……我母亲包了饺子，他把饺子放进我的碗里，我咬了一口，可是里面全都是血。”白宿的声音在深夜里泛着森森的寒意，“我扭头一看，我母亲身上也都是血……她倒在地上，身体很扭曲，她睁着眼睛看着我，然后跟我说，白宿，你要给母亲报仇。”说到最后，白宿几乎咬着牙，怨毒地看着虚空的某处。

阮景听得心惊胆战，担心白宿会突然暴起，她试图放缓了声音，平和他的心态，“白宿……你听我说……”

“我不听！”白宿转过头来，目光极为陌生地打量着阮景，突然伸出双手死死地掐在阮景的脖子上，“如果不是你们听信了传言，那么急着出警围剿，我母亲就不会死！”

男人的力气很大，阮景瞬间觉得自己呼吸困难起来，她握着餐刀的手缩紧。

他的状态狂热，但神色却清明，阮景也分不清他现在到底是不是处在一个清醒的状态。

联想起在柳川时，吴庸曾经说过的那些话，阮景心底逐渐有了猜测。

她艰难地问道：“你说的……是什么意思？”

回忆起了什么，白宿略微松了松手。

阮景呼吸一畅，忍不住咳嗽起来。

白炽灯的光很刺眼，又透着冷色，将白宿的脸衬托出怪异的青，“我现在告诉你也无妨，那场针对走私组织的围剿，根本就是一个圈套，一个只针对白宙和我母亲的圈套……”

阮景突然留意到，和白晴一样，白宿从来没有称呼过白宙为“爸爸”。

“团伙里有人见不得那些滔天的财富全都进了我白宙的口袋，于是偷走了贵妃簪，但他只知道贵妃簪是个信物，却不知道它的用处，所以一气之下就把它拆了卖掉。他怕白宿发现，竟然一不做二不休，给警方通风报信……白先文，我让他死的时候还能有个全尸，就已经是全了我们亲戚一场的情分了。”

原来，当时警方接到的那个举报电话，竟然是白先文打来的。

外面突然烟花升空，犹如一记响雷在阮景的心底炸开。

阮景看着白宿被白炽灯衬托得越发苍白的面色，那父子间略有相似的眉眼，突然令她的记忆不受控地回溯到一个阴天的午后。

…………

她飞快地开着车，紧紧地跟在一辆黑色的商务车后，那辆车开得有些慌不择路，并不知道身后还跟了一条尾巴。

那辆车撞死了梁颜，她不能让他逃走！

她一旁的手机在嗡嗡地响着，“肖崇言”三个字闪烁在光屏上。

她没有接，手机自动挂断了，可不过两三秒，又再一次响了起来。

可阮景并没有想要接的意思。

由于最近发生的几桩事，她跟肖崇言关系已经降到了冰点。

他的控制欲令她再也无法忍受，最终只能提出分手。

为了挽回，他承诺会改正，却在阻止她涉险的这件事上出奇地执拗。

电话铃声又一次断了。

阮景也正好追着那辆车到了一栋大楼的楼下。

下了车，她只看到了一个年轻男子的背影一闪而过，她紧紧攥着手机，毫不犹豫地追了上去。

天台上，阮景意外地看到了两个熟悉的人影。

是白宿的父母！

她抑制着自己剧烈的心跳，小心翼翼地藏在一堆纸壳箱的下面。

她听到白宙在折磨之下，近乎哀嚎地求饶，“我什么都不知道……那条线一直是琳琅管的，你去问她啊！”

阮景将吴琳琅的不可置信看在眼里。

她听见吴琳琅在骂，“白宙，你不是个男人！”可是随后她就被另一群人堵住了嘴。

后来，这场凌虐就变了味儿，她看见一个中年男人撕开了吴琳琅的衣服。

阮景咬着自己的手，防止自己呜咽出声，另一只手颤颤巍巍地掏出手机，迅速给肖崇言发了短信，说明了自己的方位。

可是时间一分一秒过去，阮景的手被自己咬出了血，她很想冲上去救她，但她知道这样无济于事。

终究没等到警察来。

吴琳琅不知道看到了什么，大叫了一声，不知哪里来的力气挣脱了中年男人的禁锢，奔着天台边缘冲去，下一秒……整个人消失在众人的视线里。

她竟是义无反顾跳了下去。

白宙自从看到自己的妻子遭到侮辱，就变得疯疯癫癫的，阮景隐约听到他说着什么，“就在遗嘱里……放了我……”

吴琳琅的跳楼自杀令那些人慌乱了一瞬间，有人建议，既然白宙不说，干脆把他也丢下去吧，杀人灭口，一干二净。

趁着这个间隙，阮景迅速移动到白宙身边，也终于听到了他口中翻来覆去说的那句话，“所有的秘密，都在遗嘱上写着。”

天台边，有人回头，看见了白宙旁边多出来的女孩儿。

“抓住她！”

阮景掉头就跑。

所有的人都被突然出现的阮景分去了注意力，追着她往楼下跑。

依稀之间，她听到有人喊着，“有人把白宙推下去了！”

她无法往回看，她只能不停地奔跑。

…………

阮景的记忆至此终结。

她好像知道，那天开车从抓捕现场逃跑，又急匆匆赶到天台上的人是谁了，有一种巨大的惊愕瞬间流转到她的四肢百骸，“你……你竟然杀了梁颜？为什么！”

“我没有选择。”白宿显得很平静，“她撞破了走私组织的内部会议，我曾经想留她一命，可她却逃出来，执意要去告诉你。”

其实到底是什么原因已经不重要了，她，梁颜，白宿，他们三个最终在命运的岔路口分道扬镳。

白宿此刻已经清醒了很多，他瞥见阮景脖子上淡淡的瘀青，缓缓伸出手，轻柔地在上面摸了摸。

阮景僵着身子，放缓了呼吸。

白宿的动作很轻柔。

“白先文，白宙，蒋原，那些害死我母亲的人，一个我都不会放过。”

只这一句话，阮景一瞬间将许多事情都串联在了一起，因果脉络慢慢清晰。

白宿亲眼看见吴琳琅受辱，而吴琳琅被儿子看到了狼狈不堪的一幕，愤而跳楼。

吴琳琅是跳楼而死的。

所以，出卖了白氏夫妇的白先文，被蛊惑着跳楼自杀。

祸水东引只求一时苟且偷生的白宙，被白宿亲手推下了楼。

白宿，他已深陷在深渊里，无法自拔。

可蒋原……在天台上侮辱了吴琳琅的那个中年男人，为什么还活着？

今天是阮景失踪的第七天。

这七天里，肖崇言整夜不合眼，哪怕是偶尔打盹儿，不出半个小时，也会立马惊醒。他硬撑着，就好像脑子里有一根弦紧紧绷着。

常桉很怕这根弦随时会断掉。

还在年里，有同事特意带了饺子过来。

常桉走过来招呼肖崇言，“老肖，过来吃点饺子。”

肖崇言沉默地走到桌子边，什么话也没说，举着筷子，机械地往嘴里塞了一个，好像吃饭进食于他，只不过是一种维持体能的任务罢了。

看他这样，常桉心里也不好受。

这些日子，因着阮景的失踪，哪怕是三年前的博物馆失窃案和走私案都接连有进展，但所有人依旧再没有露过笑脸。

一室沉闷中，常桉轻咳一声起了个话头。

“博物馆的案子破了，是白宙伙同白先文做的。

“白先文当时负责博物馆的电力修缮，制造了停电事故，白宙利用那停电的两个小时，在博物馆安保系统全部失效的情况下，两个人里应外合，盗取了大量藏品。”

肖崇言点点头：“你们辛苦了。”

见他实在没有心情闲聊，常桉乖觉地闭上嘴。

阮景失踪后焦急的人也包括于泽。

那天他被狠狠地打了一顿，断了两根肋骨，多处软组织挫伤。

但他不过只在病床上躺了三天，就非逼着医生开了一大堆止痛药出院了。这两天但凡有点关于阮景的风吹草动，于泽永远是第一个带队冲上去排查的。

于泽的焦躁与担忧表现在脸上。

可眼前这个男人，却烙刻在心底。

他依旧沉着、冷静，配合着警方完成着一切关于走私集团的调查取证工作，可这份内敛的样子，却让所有见到肖崇言的人都不忍再看下去。

陈明拿了一份口供进来，“真没想到，揪住一个盛合集团，一连串儿揪出了这么多有问题的公司……他们常年合作的公司中，只有一个蒋氏账目清白。”

也不知道谁感叹了一句，“蒋家那女儿也真是可惜了。”

肖崇言的筷子顿住了，“怎么可能？”

“你说什么？”常桉好像没有听清楚。

“白宿和蒋唯心的联姻是白宙强力促成的，可白宿却又非得杀了蒋唯心不可……他们之间一定有什么千丝万缕的联系，即便不是生意上的事，也会有别的。”

有时候肖崇言的洞察力堪称可怕。

在他之前，几乎没有人将这几点联系在一起，可是这种矛盾一旦摆到明面上，整个事件都透着股不对劲儿。

“你是说蒋原有问题？”

肖崇言没回答，突然问了一个风马牛不相及的问题，“你们说，白宿连于泽都放回来了，就证明他并非视人命为儿戏，他何必要为了一个宝石项链杀害蒋唯心？”

没有人能回答这个问题。

肖崇言的目光骤地亮了起来，“我知道了……是报复。”

白宿在这栋小楼里窝了几天之后，突然间行动了。

他指派的几个人一早就出去了，而他自己则拿出了手枪，慢条斯理地擦着。

所有人整装待发的样子，让阮景不由自主地紧张起来。

他们到底在等待什么？

大约过了两三个小时，有个中年男人风尘仆仆地回来，附在白宿的耳边说话，音量虽小，但坐在旁边的阮景还是听清了。

中年男人说：“蒋原抓到了。”

白宿心情愉悦地笑了起来，“自从蒋唯心死后，他就躲了起来，自以为这样就能躲过去吗……真是妄想。”

蒋原……

阮景突然意识到，自己之前的理解错了。

白宿口中还有事情要做，指的并不是继承白宙的走私集团。

他或许并不贪恋那些滔天的财富。

他只是想给吴琳琅报仇。

而现在，他的仇人只剩下蒋原还活着。

容不得阮景多想，白宿一把抓住阮景的手腕，带着她上了一辆车。

车辆启动，周围的景物不断飞逝着后退，阮景终于认出来这里是什么地方——京都北边，一片刚被划归为拆迁地的地区，所有的住户都已经搬走，但开发商仍没有动工。他们果然从来都没有离开京都。

“白宿，我们要去哪儿？”

白宿心情极好，“带你去看看有罪之人应得的下场……你知道吗，蒋原一心想要插手走私生意，可笑，白宙还以为一桩婚姻就能缓和他俩之间的矛盾，现在，蒋原马上就要死了，他至死都不会得到他想要的。”

阮景看着他，悲哀逐渐涌了出来，“白宿，没有人能逃过制裁，你收手吧。”

“那就一起下地狱吧，其实算一算，你也欠我的，不是吗？”他忽然抓着她拉到身前，两人呼吸近在咫尺，阮景不得不双手推拒着拉大距离，“等我杀了蒋原，我就带你离开。”

白宿已经完全陷入了大仇即将得报的疯狂中。

又是一处天台，底下车流穿梭如火柴盒，令人望而头晕目眩。

蒋原被五花大绑拉了上来。

他应该是直接从床上被绑到这里来的，身上还穿着睡衣，头发散乱，摇着头，嘴里呜咽着求饶。

白宿欣赏了一会儿他的狼狈样，突然说：“给他解开。”说完，他从怀里抽出了手枪，黑洞洞的枪口贴上蒋原的额头，语气轻柔，“往左边走。”

左边是天台的边缘，蒋原惊恐极了，他哆哆嗦嗦地往左蹭了两步，就再也不肯动了。

“饶了……饶了我吧。”

一股尿骚味传来，蒋原的身下顿时湿了一片。

白宿低声笑了起来，“果然，生死之间，很少有人能保持平常道貌岸然的样子。”

他仿佛觉得很有趣，用枪顶着蒋原，将他一点点往天台边缘逼去，如同戏耍着一只蚂蚁。

楼下隐约传来了警笛的声音，此起彼伏，交织成一片。

“老板，警察来了。”

“来得还挺快。”

白宿转头看向阮景，“肖崇言来了。”

是的，肖崇言，他来了。

阮景的眼睛亮了起来，她眸光里的希望与喜悦，深深地刺痛了白宿。

那边蒋原也似绝处逢生，挣扎着想要站起来。

白宿脸上蓦地漫上一股狠厉，他揪住蒋原的衣领，生生地将他拖到了天台边。

阮景被人控制着，只能隔着十几米的距离朝他喊，“白宿，警察已经到了，你别再造杀孽了！”

白宿回过头看了她一眼，嘴唇一勾，手上却突然用力——

哀嚎声瞬间消散在空气中。

蒋原被推了下去。

空气搅动的声音从高空中传来。

一辆小型的私人直升飞机逐渐靠近。

白宿的衣角被大风扬了起来，他擦了擦手指，从容淡定。

这就是他提前准备好的退路。

警察已经爬了上来，正一下一下地撞着天台的大铁门，铁门锁着，却已摇摇欲坠。

白宿活动了一下脖子，朝阮景伸出手，“如果你愿意跟我走……”话说了半截，他的手指僵在空中，眼睛危险地眯了起来。

阮景面色冷淡，手上正举着一把不知从哪里拿来的刀，刀口冲着他。

铁门“哐当”一声倒在了地上。

“放下枪！”

“把手举起来！”

白宿身边的中年男人忍不住凑上来，“老板！”

白宿攀上软梯，目光幽深，直勾勾地盯着阮景，“小景，过来。”

阮景没动。

白宿不耐烦了，刚要上去拉她——

此时警察已经尽数涌了进来，是于泽带队冲在最前面，两伙人马持枪相对。

一个黑衣男人实在受不了这紧张的压力，突然狂叫着，手中的枪“砰砰”几声，子弹悉数打出，全是冲着阮景的方向。

“小景！”

“阮景！”

阮景眼前一黑，可意料之中的疼痛没有传来——

有人及时冲过来护住了她。

她怔怔地看着身上趴着的那个人影，手指抬起到眼前，满手的鲜血。

是于泽的血。

他的目光第一次毫无顾忌地定格在阮景脸上，咧着嘴仿佛想要笑。

“你、你一个女人，你……”

他话没说完，眼里的神采却渐渐褪去，头软软地歪到一边。

“于泽……于泽！”

阮景豆大的泪珠不受控制地滚落下来。

白宿的声音随风飘来，恶意满满，带着得不到就想要毁掉的偏执与不甘，“小景，梁颜是我撞死的不假，可归根结底都是因为你跟肖崇言，你们无法在一起。”

是因为你跟肖崇言。

本就疼得不能自已的神经忽然之间又被重重一击，阮景眼前一黑，晕了过去。

她跌进了一个温暖的怀抱，有人在她耳旁说，“别怕，我在。”

她分不清这句话是现实还是虚幻。

…………

暮春樱花翩翩落下，被风吹起，洋洋洒洒地在滨江大学的校园内，下了一场声势浩大的樱花雨。

梁颜偶尔用手抓着飘落到身边的花瓣儿，她扭头，见阮景走路都不忘研读那些资料，上前拉住阮景的手腕，摇了摇，“小景，我真的很想去毕业旅行，你就陪我一起去吧。”

阮景撩了撩眼皮子，无奈地叹了一口气，“我也真的没时间，我不是在公安局实习嘛，最近有大案子需要我参与……你去找白宿吧。”

“白宿最近也是经常见不到人影，我总感觉他有心事，怎么说呢……就是没有我大一刚认识他的时候那种意气风发的感觉了。”梁颜的声音有几分低落，然后看到阮景头不抬眼不睁的模样，气不打一处来，“喂，我说的话你听没听到啊，你到底陪不陪我去？！”

见她真的生气了，阮景随意地回应着，“行，那你让我考虑考虑。”

“不用考虑了，恐怕不行。”一身西装优雅，戴着无框眼镜的男人从她们身后走了过来，突兀地插进两个人之间，“阮景很忙，恐怕没时间陪你游遍祖国的名山大川。”

阮景抬起头来，目光闪过一丝更深的无奈。

梁颜疑惑地睁大眼睛，“肖老师？您的公开课不是都讲完了吗，怎么还来学校？”

被称作肖老师的人，丝毫没有老师的自觉，“梁同学，你这么大的人了，单独出远门还会害怕？”

梁颜下意识地，“啊？”

“阮景提出的‘情景推演法’得到了滨州市公安局上下的一致认同。她现在最应该干的事情是用自己的天分为人民群众发光发热，而不是在这里陪你苦恼着毕业旅行要去哪里。”说完他绅士而又嚣张地将阮景硬拉走，气得梁颜在后面直跺脚。

“自己去就自己去！”

“喂，你怎么这么跟梁颜说话！”被他拉到一个偏僻角落的长椅旁，阮景眉峰紧蹙。

四周没人，伪装得一本正经的男人突然露出了他“禽兽”的一面，他一把拽住阮景，将她抱到自己的腿上，“就是看不得别人在你身边腻歪。”

说完他有些着迷地靠近她的唇。

阮景伸手挡住了他，“肖崇言，你不能总这样逃避问题，我不喜欢你这样。”

“哪样？”肖崇言幽暗的神情直直地看着她。

“你的控制欲真的很可怕，我并不是属于你的一个什么东西，我是一个有着自己思想的人。”

“可你也是我的人。”

和这种天生霸道的人，根本讲不通道理，一股深深的疲倦席卷了阮景。

对峙间，肖崇言的手机忽然响了，是吴庸打来的。

“接到匿名举报电话，说是走私团伙的核心组织近期会经过滨江和柳川的交界处，你和阮景快来。”

撂下电话，肖崇言深深地看了阮景一眼，叹了口气，“好了，别生气了，我下次一定对梁颜礼貌一点，好不好？”

阮景低下头，肖崇言的手腕上还戴着她送的腕表。肖崇言的财力她是见识过的，这大概是他戴过的最廉价的一只表了。

可是他自从收到，就一直没换过别的。

阮景的心一软，不再跟他争执了。

可是两人之间最本质的问题，终究还是没解决。

随之而来的，是一段烦躁又充满着争吵的日子。

案件的调查如火如荼地进行着，阮景和肖崇言却不断因为一些小事产生摩擦，两人的恋情原本就刚开始，肖崇言的强势和霸道令未经情事的阮景十分不适，再加上她一门心思都扑在案子上，对未来的规划，只有“建功立业”，于是在一次晚餐中，阮景提出了分手。

原本给她切着牛排的肖崇言停下了手上的动作，他看了她良久，最终屈服，“你觉得我哪里做得不好，我可以改。”

阮景只是紧皱眉头，没有说话。

看到阮景忙得焦头烂额，梁颜是失望的，但仍是打起了精神，在她工作的时候，将一杯咖啡放到她的手边，“你就好好工作吧，等我回来，就给你带礼物。”

阮景正在推演着行动路线，闻言只是随口“嗯”了一声。

等她回来。

可梁颜再没能回来。

记忆如潮水般涌来，一浪高过一浪，不遗余力地拍打着她，像是想要将她缺失的全都弥补给她，剧烈的喜怒哀乐一起冲刷，让阮景忍不住大喘气起来。

…………

阮景霍地睁开眼睛坐了起来。

大汗淋漓。

她呆呆地坐了几分钟，没有动弹，大梦一场，不过如此。

任谁突然多了三年的记忆，都不会立刻神智清明。

肖崇言走了进来，身上还带着淡淡的烟草气息，“你醒了。”

一杯冒着热气的水递到了她的面前。

阮景抬头看他。

男人改变了许多。

一如他所说，她不喜欢的地方，他可以改。

“你原来……不是这个样子。”

她的声音干涩，并不好听，肖崇言的手却抖了一下，杯中的水差一点洒出来。

他仿佛一时之间，不知道该怎么面对阮景。

他静静地背对着窗子，月色皎洁，流光却无法穿过他，只在他的身边投射出一道阴影。

阮景小口小口地喝光了杯子中的水。

没有把杯子递还给他，她自己穿鞋下地，缓缓地走到桌子旁。

玻璃杯轻轻放在桌子上，发出“咚”的一声轻响。

两个人都在试探，或者说等待。

是阮景先有了动作。

她突然踮起脚，不由分说地吻上了肖崇言的唇。

男人愣住了，垂在身侧的手颤了颤，似乎是想要拥住什么，但最终还是垂在身侧，没有动弹。

阮景一吻即离，眼神清澈无比。

“我只是想确认一下。”

阮景的声音很轻，带着点学术似的认真。

在那些脑海中纷繁闪过的片段里，那个男人拥有着和肖崇言一样冷峻的眉眼，更嚣张，更热情，可是嘴唇的温度却相同。

穿越层层迷雾，她想起了许多，那样纷杂，却唯独这一瞬间不经思考地浮现在眼前。

“这其实不是你一个人的错。

“我在还对爱情迷迷糊糊的时候，持太过草率的态度跟你相处，你也很累吧。

“我也知道，在问题出现之后，你一直试着挽回，甚至到最后，你想出让我失忆的法子，也未必就没有私心。

“这些我不怪你。”

从柳川到京都，从自己失忆的缘由，到梁颜的死因，他瞒得严丝合缝，瞒得密不透风，用尽一切方法延缓秘密被揭开的时刻。

她清楚地知道，肖崇言爱她，他一直爱着她，只是他的爱，充满了他浓重的自我主义，令她喘不过气来。

肖崇言苦笑着低下头，“我发现我没有办法看到你身处险境置之不理，我努力想要做到跟你共进退，但是那很难……我只想造一座金屋子，让你住进去，为你规避掉所有的风雨……这是我性格上的缺陷，我知道的。”

两个人谈话间，常桉的身影在门外晃了一下。阮景瞥见了他，但随即又挪开了目光，她眼里与往常不一样的镇定与复杂令常桉一愣。

意识到了什么，常桉担忧地看了一眼肖崇言，转身离开了。

肖崇言陷入了回忆，目光怅然，令他的面色不自觉地展露出几分苍凉之意。

“我催眠了你，却需要一个由头让你失忆得众所周知，我在心里演练了无数遍，可当我真的开车撞向你的时候，我感觉自己的心都停止了跳动……看着你面无血色地躺在医院的病床上，我就在想，从今以后无论谁都不能这样对待你，包括我自己。”他说了许多，像是在急急地表露着什么。

阮景闭了闭眼。

“谢谢你。”

两人许久都没再说话。

肖崇言忽然轻笑一声。

“你还是在怪我。”

“我知道，我不该怪你，可是我就是忍不住去想，如果没有你的欣赏，将我引进了滨江市公安局，如果当时不是你一直阻拦我，如果当时我陪梁颜去了那场毕业旅行，她是不是……就不会死？”

阮景深深吸了一口气，“肖崇言，我们正式的，分手吧。”

男人看着她，目光中有淡淡的痛惜流过，却复又隐忍在风轻云淡的笑意里。

隔了一会儿，他说：“好。”

一个矛盾产生了，哪怕这个矛盾被掩埋了很久，它的裂缝也只会随着时间的流逝而不断增大，终有一日，秘密揭开，它上面再华美的建筑也会轰然坍塌。

肖崇言将阮景送回了公寓，体贴地将她安顿下来之后，驾车去了自己的咨询室。

休息室还有一个里间，他推开门，有一个蒙着白布的画架。

那是一副完成的画作，画上的女孩亭亭而立，神态却模糊不清。

他从柳川把它带了回来。

浓烈的色彩，代表了热烈的、无望的爱。

他曾以为幸运眷顾了他，但现在看来……并不是。

就这样了吗？

隔天。

阮景回来了，公安局的气氛却比以往更加压抑。

开会的时候，队里好几个人都红着眼睛，陈明明明在介绍着嫌疑人，可将近一米八的汉子说着说着却突然哭了出来。

没有人笑话他。

于泽的座位空着，就好像下一秒会有一个人走进来坐下一样。

…………

会议散了。

常桉追出来定定地看着她，半晌，“你是阮景？”

在旁人看来傻乎乎的问话，阮景却是郑重其事地点了点头，“是我。”

是那个完完整整，记忆不差分毫的阮景回来了。

常桉苦笑，“怪不得老肖今天没来，他大概也不知道在哪儿哭吧。”

常桉对他们两人的事情知道得一清二楚。

阮景垂下眼帘。

“先走吧，去参加于泽的追悼会要紧。”

“好。”

于泽的追悼会在烈士陵园的灵堂里举行。

或许当真是为了应景，天阴沉得仿佛要塌下来。

于泽的父母从老家赶了过来，两个头发花白的老人满脸泪痕，却依旧维持着该有的仪态，向前来参加追悼会的人一一致谢。

常桉身边多了一个穿着黑衣服的中年女人，两个人一起向遗像鞠了躬。两个人长得很像，女人应该是他的母亲，那个手握巨额财富，却在年纪轻轻时就失去了丈夫的女人。阮景突然想起来，肖崇言说过，常桉的父亲也是因公殉职。

轮到阮景时，她将手中的花放到了于泽的黑白肖像前，深深地鞠了个躬。可她起身后，却不知道怎么面对于泽的父母。

“我……”

于泽是为了救自己而死的，阮景不知道该说些什么。

于泽的父亲摆摆手，目光还在儿子黑白色的相片上留恋，嘴上却说着，

“他一个大男人，本来就该保护女孩子……”

阮景再也听不下去，只觉得胸口被什么沉甸甸的东西压着，喘不上气来，逃也似的出了灵堂。

她扶着树，大口大口地深呼吸着，离她不远处，男人看着她，目光怜惜。

于泽追悼会过后的几天，专案组的工作逐渐回到了正轨。

白宙昔日的手下，随着案件的逐渐明朗纷纷落网，可白宿依旧不知所踪。

“贵妃簪在白宿手上，白宙的遗嘱在我们手上。”常桉慢条斯理地总结着，“所以我们现在就有一个好消息和一个坏消息了，好消息是，白宿并不知道贵妃簪的用途，坏消息是，我们也不知道遗嘱的含义。”

面对众人的嘘声，常桉一拍桌子，“这能怪我吗？白宙生前对这个秘密真的是守口如瓶，咱们抓了这么多人，竟没有一个说得出来个子丑寅卯。”

阮景缓缓地开口，“其实，有一个人，我们始终没有考虑进去，她虽然无辜，但是她却可能在这个案件里充当了一个极其重要的角色。”

“谁？”

“梁颜。”

阮景不经意间对上对面男人的视线，又不动声色地移开了目光。

阮景从来没想过，有一天，自己将这种情景推演的手法，用在白宿身上。

“如果按照时间线来捋，这个故事就会清晰很多。”

这个偌大的走私帝国败相显露，白宙和吴琳琅准备带着白宿去熟悉那条走私线路，以图日后……他们或许是在靠近柳川的某个地方遇见了梁颜。

正独自进行毕业旅行的梁颜，突然在一个陌生的地方看到了自己的好友，她或许很兴奋，也就忽略了奇怪的地方，等梁颜发现异常时已为时已晚，白宙起了杀意，可白宿念着两人的交情，替梁颜求情，暂时保住了她的性命。梁颜喜欢白宿，但却仍找机会逃了出来，想要将这个消息递给阮景。

来到命运分叉口的那天。

白氏夫妇被背叛，慌不择路，被蒋原抓到。

梁颜终于找到了阮景，想要飞奔着告诉她什么，却被驾车追来的白宿撞死。

白宿内心惦记着母亲的安危，只想着拖延警方的时间，让他救下母亲，却还是为时已晚。

梁颜拼了命地想找阮景，绝不仅是简单地告诉她白宿有问题……她可能无意中洞悉了某些真相。

阮景抚摸着梁颜寄回来的信件和照片，照片上背景各不相同，但梁颜始终笑靥如花。

“其实，事到如今，我们还剩两个关键性的疑点没有解开：第一个是，十三年前丢失的那批古董到底藏在哪里，第二个是，白宙是通过怎样的路线将这批古董走私到国外的。

“你们有没有想过，这么长时间以来，白宿之所以迟迟没有动作，除了报仇，还有另一个重要的原因，那是因为他连宝贝都没有找到，所以，哪怕他知道走私线路也没有用。

“如果我没有猜错，遗嘱代表的是藏古董的具体位置，而贵妃簪，则是一件类似信物的东西，只有拿着它的人，才可以使用那条通道。”

阮景清悦的声音，在偌大的会议室中响起，在她陈述的过程中，没有一个人出来打断，或提出什么质疑。

肖崇言是最快给出反应的人，“阮景的猜测，是目前为止最有可能的事实。“根据这些照片的拍摄地点，我们应该能知道她碰到白宙的地方是在哪里。”

常桉恍然大悟，“也就是说，我们可以通过梁颜的路线，确定白宙之前的行踪？”

阮景神色幽深，“白宙亲自带着白宿去看，一定是一个很隐秘的地方，可是带着旅游目的的梁颜也会出现在那儿，那就证明，它不一定很偏僻，但却极容易被我们忽略。那个地点即便不是走私线路的突破口，也一定是一个关键地点。”

每个人都有其固有的思维，不管他怎么隐藏，只要可以揪住一截尾巴，就一定能把它庞大的本体拽出来。

散了会，阮景回到办公室，重新拿起了那份遗嘱，字斟句酌地阅读。

常桉离开的时候叮嘱了阮景不要熬到太晚。

阮景虽然答应了，但却没放在心上。

一来，她已经隐隐有了些头绪，不想就此中断。

二来，她实在不知道应该怎么面对肖崇言。

“你在想什么。”

真是怕什么来什么。

肖崇言的声音突然在她身后响起，阮景一个激灵反射性地抬起头来，却正好撞上了男人的下巴。

男人“嘶”了一声，稳住了手上的咖啡，“阮阮，疼。”他的音调带着点莫名的委屈，一边揉着下巴，一边将咖啡放到她的旁边。

阮景不自觉地干咳一声，“你……你还没回去休息啊。”

肖崇言轻笑，“你还没回去，我怎么可能回去。”

相比较阮景的不自然，肖崇言则展露出了一个成熟的男人应该有的姿态。抛去两个人目前的尴尬关系，他还是她的队友。

“哪里想不明白？”

“只是很困惑，这流水账式的遗嘱，到底有什么含义。”

肖崇言拿起桌上的复印件，顺势坐到阮景的旁边，一只手搭在她的座椅靠背上，身子微微冲着阮景。

男人俊美的脸近在咫尺，她不自然地扭过头去。

肖崇言恍若未觉，面色十分严肃，看样子是打算认真地和阮景探讨案情。

“我详细地了解过这个白宙，他是一个标准的，聪明的，有着七情六欲的罪犯。”肖崇言不像刑侦科的人，警察办案讲证据，而他只讲心理，“他能在十三年前犯下大案，又能摇身一变，成为一家国际化大公司的总裁，他能够在关键时刻露出贪生怕死的一面出卖妻子，却又重视香火传承，想要将自己的一切留给儿子。以他的个性，去判断他写下的遗嘱，到底哪里最违反常规。”

肖崇言的语调不急不缓，仿佛一切难题在他眼里，都只是一张有待他解开的网，他握住了线头，抽丝剥茧只是时间问题。

这样的肖崇言让阮景忍不住想起，两人刚开始认识的时候。

她只是一个有些天分的学生，由于年龄和聪慧，被大家众口称赞。

而他已经是一位在国内甚至国际上都享有盛名的心理医生，被滨江大学请回来，给刑侦专业的学生做几堂有关犯罪心理的讲座。

那正是阮景对犯罪心理着迷的时候。

如果算起来，还是她先纠缠的他。

一往无前的少女，不知道从什么时候开始，撞进了他的心里。

屋内的气氛突然有几分暧昧。

阮景后知后觉地发现，在她愣神的时候，男人一直在望着她。

眉眼生动，有掩藏不住的遗憾，却也有劫后余生般的庆幸。

第二天，常桉刚来上班，就看见阮景风风火火地从办公室里冲出来，他一愣，“你昨天没回家？”话音刚落，就看见肖崇言也踱着步子从里面走出来。

常桉又一激灵，脑袋一抽，“你俩昨天晚上一起睡的？”

常桉的声音大了点，走廊上所有的人都忍不住看了过来，还有人专门从办公室里探出脑袋，听着八卦，窃窃私语。

这些日子，阮景和肖崇言的不对劲儿，大家都看在眼里，也都默契地不上前去触这个霉头。

眼下这是……和好了？

明明是两个人一起被围观，可尴尬的似乎只是阮景一个人，她咬着牙，“我是有正事找你。”

常桉调出了所有受过盛合集团资助的贫困山区学校的名单。

这些资料都是一早就调查出来的，只是当时看了一遍并没有发现什么异常，就搁置到了一边。

“阮景，你要这个干什么？”

阮景没回答，反而又问，“梁颜的路线整理出来了吗？”

“出来了。”

陈明把地图铺开，将梁颜途经的几个城市，都用红色的圆圈勾勒出来。

阮景缓慢端详着地图，视线随着圆圈游走，“如果走私路线的关键节点就在这几个地方之一，那么，藏着古董文物的地方，应该也不会太远，否则不方便转移。”

在肖崇言的帮助下，阮景在同一张地图上，一个一个地确认了那些希望小学所在的位置。

“不是。”

“不是这个。”

“也不是这个。”

起初，常桉他们还不懂阮景在做什么，可随着所剩的希望小学越来越少，常桉犹如被雷劈了天灵盖一般，拍桌而起，“我知道了，希望小学其实是个幌子！”

肖崇言轻飘飘地瞥了他一眼，仿佛是在嘲讽他的不淡定。

没有人打扰阮景。

几分钟之后，当一所小学的所在地名，恰好出现在其中一个红圈范围内时，阮景轻轻舒了一口气，直起腰来，“就是这里了。”

“交县”两个字，深深地映入所有人的眼帘。

交县，顾名思义，是处于两座城市之间的一个小县城，那里山脉连绵，所有的村民进出不便，落后又贫穷，只是因为这里在战国时期曾发生过一次辉煌的战役，所以偶尔会有历史爱好者慕名而来。

梁颜想必也是因此去那里的。

常桉准备了贵妃簪的图案拓本，给参与行动的队员人手一张，打算等到了交县，就开始分头调查，等发到了阮景这儿的时候，常桉突然跟肖崇岩对上了目光。

十几年的交情，常桉立刻就读懂了肖崇言面无表情的含义。

阮景刚伸出手接，常桉就缩回了手。

这是在逗她玩儿呢？

常桉轻咳，“这样好了，为了节约时间，我们兵分两路。我带人去县城中心四处问问有没有人见过这个贵妃簪图样。你跟老肖直奔这个希望小学，看看小学内部有没有什么疑点。”

常桉利落地布置着工作。

阮景听了顿时有些犹豫。

“阮景，这是组织上给你的工作，你有什么意见吗？”

常桉说得一派正气，阮景到嘴边的话也只能咽了回去。

“没有。”

由于不知道还有没有白宿的人在附近监视，阮景一行人这次是低调出行，他们开了辆老旧的大巴车，经过了一夜的行程，于天明时分悄悄抵达交县，没有引起任何人的注意。

常桉他们这两天就住在县里了，可肖崇言和阮景还要再爬小半天的山路。

两个人一人背了一个登山包，乍一看就像是一对儿来旅行的小情侣。

天气正在逐渐回暖，才爬了不到两个小时，阮景就已经满头大汗，速度也渐渐慢了下来。

肖崇言回过头，瞧见她体力不支的样子，虽然红扑扑的小脸十分惹人怜爱，但他心下尽是心疼。他慢走了几步，想要拉她一把，可谁知阮景看见他的动作，目不斜视地从他身旁疾步走过，瞬间超过了他。

肖崇言有先天的长腿优势，两步就赶了过去，伸出手拽住她的包带。

阮景睁着大眼睛看他。

风很轻，空气很静。

肖崇言叹了一口气，无奈地说：“别闹别扭，哪怕不让我拉手，也把包给我吧。”

男人并没有逼迫她的意思，好商好量的，请求着自己能够帮她分担一点。

阮景拿下了包，塞到他的怀里，“快走吧。”

肖崇言愣了愣，尽管身上两个沉重的背包，但还是脚步轻快地跟上了她。

下午两点多的时候，两个人到达了位于一个山坳处的希望小学。他们以这里的孩子学习不易为名头，捐了五千元钱，得到了老校长热泪盈眶的感谢，随后盛情邀请他们参观校园。

“这是你们整个学校的平面图？”

老校长点了点头，“规模跟城里的学校没法比，但是已经够这些娃子开心的了。得感谢盛合集团，要不是他们资助了钱，恐怕这些娃就得在漏风漏雨的地方学习了。”

山村里的消息闭塞，哪知道盛合集团如今已经成了人人喊打的过街老鼠，或许偶尔听说了，也并不放在心上，还要替盛合喊个冤，人家做的公益是实打实存在的。老百姓淳朴，不会想那么多事。

老校长一边说着，一边往窗外看去。

在塑胶铺成的操场上，孩子们互相追逐着，嬉戏打闹，天真烂漫，让观看的人脸上都不由自主地露出会心的笑容。

“除了教室、操场、食堂这些公用设施，盛合集团还给每个学校都修建了图书馆。”

阮景突然说：“带我们去看看。”

老校长一愣，期期艾艾地说：“图书馆可没啥好参观的，虽然我们有图书馆，却没有那么多的书，基本上也就是闲置……哦，偶尔也会有盛合集团的人过来，看看我们缺什么。”

正因为是这样，阮景才觉得奇怪。

在这样贫穷落后的山村小学，修建一个几乎有整个学校二分之一大小的图书馆，是一件十分多余的事情。

见两个客人坚持，老校长也只好翻出了钥匙，领着他们往图书馆走去。

图书馆在教室北边的一座单独的小楼里，装修颇有几分现代简约派的风格。

老校长给他们开了门，就被一个老师喊走了。

图书馆里面的灯光十分昏暗。

进门的时候，阮景一没留神，被台阶绊了个趔趄。

肖崇言立即伸出手拽住她。

由于惯性，阮景没站稳，冲进了肖崇言的胸膛，反而将肖崇言重重地往后一推，撞到了书架上。

听着耳边男人发出的闷哼，阮景红了脸，连忙站稳。

“对不起，你没事吧。”

肖崇言隔了一会儿，才说：“没事。”

他的气息喷洒在她的脸上。

阮景这才意识到，两人之间的距离有些近了。

她刚想起身，却被男人按住。

他的手心灼热，透过衣料，温度传递到了她的身上。

“你……干什么。”

“阮景。”

阮景的眼睛东瞟西瞟，睫毛紧张地颤动着，“你……你先放开我，我们再说话。”

肖崇言凝重地说：“书架是空的。”

这时，肖崇言的手机响了起来。

是常桉打来的。

交县是这一切隐私的发源地，也是揭穿一切真相的终点。

常桉拿着贵妃簪的复印像，还没问上几家，就在一个木匠店的椅子上看到了和贵妃簪上的花纹一模一样的纹理。他上前一套话，木匠承认的速度之快，几乎让常桉不知道下一步该怎么进行了……并且，当得知他们在找这个，木匠就拿出了这支簪子。

常桉彻彻底底地惊呆了。

可木匠说，这就是个普通的簪子，是个信物。

经过调查，他们才知道，这木匠说的全是实话。

十三年前，发了一笔横财的白宙正在满世界地想找到一个可以藏匿这批宝物的地方。路过交县，恰好碰上木匠的儿子得了急病，可家里没钱医治。白宙当时什么都缺，就是不缺钱，他垫付了几万块的医药费，成功地救回了木匠的儿子。

木匠的儿子在缅国做苦力，一年要出去好几次，缅国那混乱的国情，突然让白宙心中有了个主意，他谎称自己想做点“小生意”，请求木匠的儿子每次出门的时候都帮他捎点东西，但要避人耳目。

木匠的儿子出于义气，每年为他往返了十几趟中缅边境，还组织了一帮兄弟帮他，却从来没想到，自己是在为虎作伥，也不知道自己包袱里所谓的特产，竟然如此价值连城。

三年前，已经意识到身边危机四伏的白宙拿着贵妃簪找到木匠，告诉他，如果自己出了不测，那么拿到这支贵妃簪找到木匠的人，就继续对接木匠的儿子。

每一笔价值千万的走私生意，唯一的维系却是往日的恩情。

同时，警方在中空的书架中找到了十三年前遗失的那一批古董，除了已经流出海外的几件玉器，其余遗失文物全部追回。

也难怪他们翻遍了所有可疑的地点都没有找到这批文物，谁能想象得到呢，充满着阳光的希望小学和充满感恩之情的质朴的村民，成了白宙所依仗的一切。

白宙相信这世上有善良的人，可他自己却不愿意成为善良的人。

就在警方找到交县的前三天，有个年轻的男人，将这只簪子送给了木匠，请求木匠的儿子带他穿越中缅边境。

警方按照线索一路摸过去，在一艘船上找到了白宿。

警方抓捕他的时候，他的身上只带着梁颜的骨灰。

听到这个消息，阮景微微有些失神。

不管怎么说，一桩悬而未决达十三年之久的走私案，就这样告破了。

京都公安局嘉奖了专案组的所有人员，几天下来，公安局内部一片欢欢喜喜的气氛，明明早就出了年，可比过年还热闹。

下班的时候，大家争先恐后地走了，只有阮景还埋头在文件中。

一片静谧中，皮鞋敲打在地面上的声音响起。

阮景以为是哪个同事回来了，头不抬眼不睁，随意地问，“怎么，落什么东西了吗？”

脚步声停在她的面前，一片阴影罩了下来，男人含着笑意的嗓音低醇悦耳，“落下了一个你。”

阮景霍地抬头，动作不自然地放下了笔，“你怎么来了？”

肖崇言今天显然是精心打扮过的，白衬衫黑西服，发丝整齐，却都抵不过男人眉目如画。他的声音很柔和，“我在中央大道顶上的旋转餐厅订了位置，晚上一起吃饭吧。”

阮景摇摇头，“我这还有许多报告要写，你约别人吧。”

男人也不勉强，“那就明天。”

“明天也有许多报告要写。”

“那就后天。”

“后天也有。”

阮景拒绝的态度十分坚定。

肖崇言叹了一口气，“走私案已经解决了，难道你真的不准备重新考虑我俩之间的事了吗？”

阮景低下头去，重新拿起笔，打定了主意，不搭理他。

肖崇言喉结微动，眼神暗了暗，最终只是说：“明天是周末，中午，旋转餐厅，我等你。”

阮景没有回答，只是肖崇言已经走了几分钟，她拿着的笔却始终没有写下过一个字。

第二天是周六。

其实阮景倒真的没有骗肖崇言。

随着走私案的告破，有许多报告需要详细书写。队里一个个都是大老粗，根本没有能做得来这份活儿的人，所以这个任务也就落到了队里唯一的女同志，阮景头上。

可是她从早上就开始心神不宁。

快到中午的时候，旁边鉴定科同样加班的同事伸头问她要不要一起订饭。

阮景犹豫了一下，还是点了点头。

吃完饭，阮景瞥了瞥墙上的时钟。

下午一点。

手机没有丝毫响动。

他应该……不会一直等着她吧。

哪怕一直这么安慰自己，可是接下来的时间，她的工作效率极低，总是隐隐感觉有什么地方不踏实。

忽然——

走廊里响起了尖锐的警报声。

这是城市中有大范围的恶性伤人案件才会响起的铃声，代表着一切案子都要为这个突发事件让行。

阮景的眼皮狠狠一跳。她疾步从办公室里走出去，看见走廊另一面，常桉飞奔而来。

常桉看见阮景，他停下脚步急匆匆地说："是走私集团的残余分子，狗急跳墙，在中央大道布置了定时炸弹，想要来个玉石俱焚！已经派拆弹专家前去了。你跟不跟我一起走？"

阮景的脑袋轰了一下，周围的一切声音顿时消弭，腿不自觉地发软，她的手狠狠地抓住常桉的胳膊。

"你怎么了，阮景？"

阮景听见自己的声音哆嗦着，"给……给肖崇言打电话，看看他还在不在旋转餐厅。"

"你说什么？！"

肖崇言的电话打不通。据说是为了防范新型炸药，切断了以中央大道为中心方圆十里之内的所有通信信号。

警戒线已经拉起。

人群正在紧急地疏散着。

往日繁华的中央大道，此时一片狼藉，上演着只有电影里才会发生的生死时速。

阮景揪住一个警察就问，“人全都出来了吗？”

这个警察是认识阮景的，他一边将阮景往后推，一边说：“没有，那帮人锁了门，在所有的大门上都安装了炸弹，我们不敢硬拆，现在只有西门是可以通行的，人群疏散太慢。”

阮景觉得自己从来都没有这么镇定过，“主炸弹安装在哪儿？还有多长时间？”

“据我们了解，还有不到八分钟的时间，拆弹专家已经上去了……在旋转餐厅。”

阮景听完点了点头，还记得道了声谢。

可是下一秒，她就义无反顾地掀起了警戒线，钻了进去。

一位同事拉她，没拉住，急道：“阮景，你干什么？！”

在慌慌张张冲出来的人群中，她逆流而上的身影显得是那样的显眼。

有人喊她，“阮景你疯了！你不能过去！”

她没有停下来。

“那是足足三十斤的火药，一旦引爆，能炸毁半个中央大道！你回来啊！阮景！”

常桉喊破了嗓子，几乎带着哭腔。

可阮景拼了命地跑着，跑向大楼门口，顺着楼梯往上跑着。

她只想——

男人带着无奈问她，“难道你真的不准备重新考虑我俩之间的事了吗？”

哪怕在生命的最后一刻，她想告诉他。

可以的。

可以的啊。

阮景不知道过了多久，三分钟，五分钟，还是七分钟，她也不知道炸弹会什么时候爆炸，有可能是一分钟之后，也有可能是一秒钟之后。

她只是机械般地爬到了旋转餐厅。

推开门的一瞬间，灯光晃得刺眼，她连眼睛都睁不开。

却——

不是想象中狼藉的场景。

专业的爆破专家，脸上露出了轻松的表情，正在收拾着一地狼藉。

炸弹没有爆炸。

嘈杂的环境中，阮景却只能听到自己的心跳。

她突然蹲下来，紧紧地捂住了自己的脸。

她哭了。

在一众为劫后余生而欣喜的人群之中，阮景哭得毫无形象。

肖崇言缓缓地冲她走来，“你来了。”

逆着光，男人站在她的面前，轮廓模糊，显得那样高大。他将她扶起来，紧紧拥进自己怀里，在她的耳旁耳语，“中午，我一直在问我自己，如果你要是不来，我会怎么办。”

阮景狠狠地将手握成了拳，像一只小兽，拼了命地捶着他的胸膛。

她发起狠来，打人还是有些疼的，可肖崇言只是紧紧地抱着她，眸光含笑，仿佛拥有了全世界。

“刚才我还在庆幸你没来。”

“可是现在我庆幸，你来了。”

天空放晴，一缕阳光穿透了云彩，直直地射了下来，将方才还有些晦暗阴沉的大厦，照得明亮异常。

“我突然想明白了一件事。”

阮景虽没有问他，但是啜泣声却小了，显然在认真地听着他说话。

肖崇言看着她泪眼模糊的小脸儿，手指擦去她的眼泪，“那就是，你来不来都不重要，因为那是你的自由。我再也不会逼迫你做任何选择，也不会强行把我的想法加诸在你的身上。

“阮阮，你有你广阔的天地，你属于自由，但我一直属于你。”

…………

我在你最好的年纪遇见你。

我想给你星星，给你月亮，给你所有珍珠宝石般璀璨发光的东西，让它们照耀着你的双眼，可我唯独忘了给你自由。

明知已经安全，可周围的人还是忍不住纷纷逃离这栋大厦。

警察尽职尽责地疏散着人群。

常桉他们押着几个垂头丧气的男人，进了警车。

阮景拉住肖崇言的衣摆。

肖崇言扭头看她。

“你再问我一遍那个问题。”

“什么？”

“就是你约我吃饭的那天，问我的问题。”

肖崇言想了想，“我忘了。”

还没等阮景睁大眼睛表达不满，男人突然捧住她的脸，头一低，吻了下来。

他呢喃道：“我有一个更好的问题。”

她的气息被他辗转在唇齿之间，什么话都说不出来。

短暂的思考后，阮景双手搭上他的脖颈，用行动给予他，她的回答。

肖崇言闭上了眼睛。

我在我最成熟的时候重新拥有你。

为你擦去眼泪，与你并肩作战。

直到你与悲伤、苦难搏斗过。

直到你度过了梦想燃烧或者破灭的岁月。

可是阮景，我想让你知道，我总会在你身边。

图书在版编目（CIP）数据

需要保密的情话 / 北流著. -- 南京 : 江苏凤凰文艺出版社, 2019.5
ISBN 978-7-5594-3489-0

Ⅰ. ①需… Ⅱ. ①北… Ⅲ. ①长篇小说－中国－当代
Ⅳ. ① I247.5

中国版本图书馆 CIP 数据核字（2019）第 059131 号

需要保密的情话

北流 著

责任编辑　丁小卉
文字统筹　王叮叮
封面设计　梦幻鱼
责任印制　刘　巍
出版发行　江苏凤凰文艺出版社
　　　　　南京市中央路 165 号，邮编：210009
网　　址　http://www.jswenyi.com
印　　刷　长沙鸿发印务实业有限公司
开　　本　880×1230 毫米 1/32
印　　张　9
字　　数　276 千字
版　　次　2019 年 5 月第 1 版 2019 年 5 月第 1 次印刷
书　　号　ISBN 978-7-5594-3489-0
定　　价　36.80 元